小説枕草子——むかし・あけぼの

上

小说枕草子

往昔·破晓时分

A Novel
of
The Pillow Book

日／田边圣子 著
陈 燕 译

重庆出版集团
重庆出版社

SHOSETSU MAKURA NO SOSHI MUKASHI, AKEBONO by TANABE Seiko
© 1983 TANABE Seiko
All rights reserved.
Original Japanese edition published by KADOKAWA in 1983.
Republished as paperback edition by Bungeishunju Ltd., in 2016.
Chinese (in simplified character only) translation rights in PRC reserved by Chongqing Publishing House Co., Ltd. under the license granted by TANABE Seiko, Japan arranged and CREEK & RIVER SHANGHAI Co. Ltd., PRC.
through THE SAKAI AGENCY and Beijing Kareka Consultation Center, Beijing.
Simplified Chinese translation copyright © 2020 by Chongqing Publishing House Co., Ltd.
All rights reserved.

版贸核渝字（2017）第051号

图书在版编目（CIP）数据

小说枕草子：往昔·破晓时分 /（日）田边圣子著；陈燕译. —重庆：重庆出版社, 2020.1
ISBN 978-7-229-14504-0

Ⅰ.①小…　Ⅱ.①田…　②陈…　Ⅲ.①长篇小说—日本—现代　Ⅳ.①I313.45

中国版本图书馆 CIP 数据核字（2019）第 223973 号

小说枕草子——往昔·破晓时分
XIAOSHUO ZHEN CAO ZI——WANGXI POXIAO SHIFEN
［日］田边圣子　著　　陈燕　译
责任编辑：魏雯　许宁
装帧设计：谢颖设计工作室
责任校对：杨婧

重庆出版集团　出版
重庆出版社

重庆市南岸区南滨路162号1幢　邮政编码：400061　http://www.cqph.com
重庆出版社艺术设计有限公司 制版
重庆豪森印务有限公司 印刷
重庆出版集团图书发行有限公司 发行
E-mail:fxchu@cqph.com　邮购电话：023-61520646
全国新华书店经销

开本：890mm×1230mm　1/32　印张：23.625　字数：520千
2020年1月第1版　2020年1月第1次印刷
ISBN：978-7-229-14504-0
定价：119.80元

如有印装问题，请向本集团图书发行有限公司调换：023-61520678

版权所有　侵权必究

目录

田边圣子与日本古典文学
——代译本序……００１

导读……００１

小说枕草子（上）

一……００１
二……０５４
三……０８０
四……１０１
五……１２４
六……１４７
七……１６９
八……１８５
九……２０７
十……２４０
十一……２６１
十二……２８５
十三……２９９
十四……３２７
十五……３３８

目录

小说枕草子（下）

十六……三七一
十七……四一八
十八……四二六
十九……四五〇
二十……四七六
二十一……五〇九
二十二……五四四
二十三……五七六
二十四……六〇五
二十五……六三二
二十六……六四四
二十七……六五七
二十八……六七一
二十九……六八六
三十……七〇一
三十一……七一九
三十二……七二六

译后记……七三二

附录……七三四

田边圣子与日本古典文学
——代译本序

本书的作者田边圣子生于1928年3月27日，已经是位91岁的老奶奶了。她自1943年开始发表小说以来直到2011年，在长达半个多世纪的时间里，笔耕不辍。初步统计，她创作了95部小说，68部随笔，根据古典作品改写的小说17部，另有16部古典随笔及评论、旅行记等刊行。难以想象，这样一位小个子女性，如何有着编织出如此丰富多彩的文学世界的能量！而作为一名日本古典文学研究者，我最为关心的无疑是她的那些根据古典作品改写的小说。

2008年是《源氏物语》千年纪之年，也正值田边女士八十寿庆，笔者应邀参与了她的《新源氏物语》的翻译。当时便为田边女士深厚的古典文学功底以及虚构故事的能力所叹服。此次阅读陈燕老师翻译的《往昔，破晓时分——小说枕草子》，更加惊叹于她将历史与《枕草子》的美文相融合将其小说化的能力。与纯属虚构的《源氏物语》不同，清少纳言的父兄、前夫橘则光以及《枕草子》中涉及的人物，都是历史上存在过的，不少有逸闻传世，甚至有明确的史料记载。假如仅仅只是将这些历史上的人物以及他们经历过的历史事件融入小说，那也只是写一部历史小说而已。这部作品更艰难的还在于将《枕草子》的世界也融入其中了。翻阅过《枕草子》的读者应该了解，里面几乎没有故事情节，更多的是对于稍纵即逝的美的巧妙再现、对人情世故的善意调侃，要将这种只能意会很难言传的感性小说化，谈何容易！而田边女士完美地将历史人物、历史事件以及《枕草子》世界进行了再现，阅读此书，仿佛是清少纳言在向你娓娓讲述她的曾经。

比如，清少纳言的父亲清原元辅是在986年正月、在其79岁高龄时被任命为肥后国守的，并于990年6月卒于任上。国守的任期一般为4年，肥后为上国，任期为5年，元辅就是在即将结束任期返回京城的时候去世的。这样细小的历史背景，在作品中体现得毫无遗漏！尤其巧妙的是，作者将父亲晚年的这一任官经历，是通过与丈夫则光的对话方式进行叙述的，而且是安排在则光的另一个妻子去世以后。通过描写清少纳言与则光对这两个死亡事件的不同感受，活写了二人截然不同的性格，也为清少纳言最终将自己的感性诉诸笔端埋下伏笔。则光与其他妻子育有三子，这也是有据可查的。但这个妻子什么时候去世，这三个孩子是否同一母亲所生，皆不可知。这样的部分，便成了作者虚构故事的空间。作品安排则光领着三个男孩来与清少纳言共同生活，于是，《枕草子》中漂亮的婴儿吃草莓、发现了一个小灰尘的小宝贝用可爱的小手指将它捏起来给大人看等著名段落便自然而然地融入其中了。

能够将古典世界如此不着痕迹地用现代语言进行再现，这是田边女士与其他现当代作家的最大不同点。而这样的古典文学素养，应该也是她小说创作的能量源。

译者陈燕老师专攻平安朝女性文学，熟悉平安时代的语言和文化背景，也熟知《枕草子》的世界。她的译文自然流畅，不少地方能够读出她与小说作者乃至清少纳言本人的心灵交汇。作为一名被各种压力聚焦的年轻教员，挤出时间翻译这样一部大作，也是性情使然吧。阅读本书，可以达到同时与清少纳言、田边圣子以及译者陈燕老师三位女性对话的神奇阅读效果。

——张龙妹

导读
女为知己者书

一片丹心写流年。

不论高峰或低谷，在平安朝才媛清少纳言的心中、笔下，永远只有一个笑容璀璨的定子中宫。作为平安朝最为显赫的藤原氏关白家小姐身边的仕女，她目睹了一条天皇的中宫定子如何经历人生的高峰与低谷，并展示出一种面对颓然命运，依然从容的坚强内心。清少纳言将自己对定子的敬爱与仰慕悉数化为文字，留与后世一部充满笑声、雅趣的《枕草子》。

本书的作者田边圣子女士是日本著名小说家，创作了诸多以女性为主人公的作品，曾经获得芥川文学奖、吉川英治文学奖、菊池宽奖等多项殊荣。田边女士以她女性作家独到的视角对千年之前清少纳言书写《枕草子》的初衷展开解读，细致入微地揣摩清少纳言的内心，并将她的种种思考细细耕耘在了本书之中，传神地再现了当时贵族女性们的精神风貌。

在小说的前半部，作者展示了一幅优雅的平安朝宫廷生活画卷。彼时，定子中宫身边有豁达开朗的父亲道隆、高雅博学的母亲贵子夫人、优雅从容的兄长伊周、聪明俊逸的弟弟隆家。定子中宫如同一朵向阳的葵花般，朝气蓬勃，充满自信。中宫所在之处，从来欢笑声不断。而清少纳言则是与中宫最为心心相印的一位仕女。清少纳言以此为荣，并将自己与中宫的心有灵犀视为人生最大的价值。中宫对她出色才华的赏识，成为她书写《枕草子》的最大动力所在。

小说的后半部，随着定子的父亲道隆溘然离世，曾经如日中天的中关白家瞬间倾塌。在政治手腕更为老到的叔叔道长面前，定子的兄长伊周、弟弟隆家节节败退，最后双双落马遭到贬谪流放。定子的母亲贵子夫人伤心之余也离开了人世。接二连三的变故让定子的命运急转直下，跌入了人生的低谷之中。面对种种残酷现实，虽然一度想要弃世出家，但定子仍然选择坚强地直面命运，欢声笑语依旧围绕在她的身边。此时，清少纳言无疑是定子身边一个最为坚定的支持者。

此外，小说也成功地塑造了许多出色的配角。清少纳言曾经的丈夫则光虽然钝感愚直、不解风情，却与她有着多年的默契。有着独特人生哲学的栋世、潇洒风趣的经房、才华横溢的齐信、务实能干的行成等男性配角，都为小说增添了不少精彩。而毒舌的右卫门君、活泼的小兵卫君、阴郁的小左京君以及给了清少纳言诸多人生建议的弁君等诸多女性配角，则让小说描绘的后宫世界变得十分立体。在小说的最后，纯真的安良木登场，她如同少女时期的清少纳言一般对宫廷充满向往与憧憬。经过清少纳言的斡旋，安良木成为新中宫彰子身边的仕女，这似乎是完成了一个时代的更迭，也给故事带来了遐想的余韵。

小说不仅巧妙地将主人公清少纳言留给后世的《枕草子》中的精彩章段编织进了作品，还安排了《小右记》、《荣华物语》等多部日本古代文献的史料逸事穿插其间，更有《清少纳言集》、《赤染卫门集》等多部平安朝贵族女性私家集中的和歌珠玉般镶嵌其中，每每起到画龙点睛足的作用。这些足见田边女士深厚的古典文学功底与非同一般的细致用心。在田边女士的笔下，一幅幅平安朝的华美绘卷缓缓展开，平安朝独特的寝殿造建筑、精美的家具装饰、贵族男女的华丽服装、隆重的庆典与法会仪式等等，让我们对千年之前的日本王朝岁月充满遐思。清少纳言在《枕草子》中留下的关于平安朝自然风物的细致纤美的感受，或清风明月，或鸟语花香，也都被田边女士以极为细腻的笔触，生动地予以了再现。在与小说对话的过程中，译者时时恍若置身于那个优雅而残酷的王朝时代，伴随着宫廷仕女们的衣香鬓影，依稀可以闻见淡淡花香，听见杜鹃轻啼，望见朗朗晴空。

另一方面，作品也生动地描述了宫廷生活中的种种智慧撞击。仕女们与男性官员们之间充满情趣的优雅应酬，清少纳言不让须眉的出色文采、灵机应变的聪慧才智都让人印象深刻。与此同时，作者借由书中人物之口对人生输赢、情爱悲欢展开的种种精彩诠释，也都让人获益匪浅。当定子的中宫之位被剥夺时，能吏行成对清少纳言细细开解，建议她从另一种角度寓目现实。对于一向喜欢争强好胜的清少纳言，人生阅历丰富的栋世则提醒她岁月绵长，不必争一时之气。这些男性与女性之间的平等交流，让人耳目一新。

众所周知，平安朝是日本古典文学的巅峰时期，才媛辈出。这部小说，不仅让我们领略了千年之前中宫定子及其身边仕女们的风采，知晓当时的人情风物，也对平安朝贵族女性文学双璧之一的随笔《枕草子》之萌生、孕育、问世有了一个详实的了解。清少纳言为定子中宫执笔、书写人生的满腔赤诚跃然纸上。作品中的清少纳言数次提道"只写美好的……"，用自己手中的笔，或虚构，或写实，将定子中宫的一切美好留在纸上，用串串笑声抹去她生前经历的种种阴霾，这不仅是在报答中宫对自己的知遇之恩，也是清少纳言作为一名才媛仕女的文学自觉。清少纳言有别于当时依附于男性的众多女性之唯唯诺诺，独立自信且乐观坚定，努力追求女性自身的人生价值，其文学思考与书写笔触之新颖，于今天依然毫不褪色。

人生也许无常，向阳终会花开。期待每一个读者也能从这本书中获得向阳的力量，分享清少纳言留给后世的一瓣心香。

——陈燕

一

真是的，这个则光，为何让我这样心神不宁？

这样心神不宁，或是心生失望？

或是憎恨不已？或是焦灼不安？

一切，依然一如从前。

不，有些地方甚至不如往日了。比如，如今的则光，已经发福。

当年——已经是近十年以前的事情了，想来也是自然——则光正值双十年华，身材瘦削，玉树临风。那动人的背影总是让人不禁遐想：究竟是何方贵公子，如此风采？（虽然正面望去，他的脸略微显得有些木讷……）

至少，当年，这算是则光的优点。

可如今则光膀大腰圆，体态臃肿。肥硕的身材已然失控。而且，并非单纯的肥胖，看上去似乎一股被遏制住的活力即将撑破外面的皮囊，让人莫名着急得慌。

给我的感觉是，"身体"健硕得近乎鄙俗，"心灵"却有些愧于分量不足。

殿上人[①]、身份尊贵的世家子弟中，也有三十岁上下年纪轻轻就发福的人。但他们是一种"清爽的丰腴"，优雅中带着几分慵懒与惺忪。白白净净，面容高贵，看上去温润宽和。

举手投足间，他们彬彬有礼、优雅从容，甚至连发福也成为一个优点。身材瘦削的人，衣服晃晃荡荡，不免显得有些轻佻。而体

[①] 9世纪之后，允许进入天皇日常生活所在的清凉殿的贵族。

态丰腴的人，看上去中气十足，有一种别样的魅力。

可是，则光呢？一身赘肉野蛮生长，束手无策之余，终于变成了一个无可救药的庞然大物。

肩膀肌肉虬结，拳头大如钵头，即使是苦修中的修验者也要甘拜下风。那粗壮的脖子如同深山中的百年老杉，而结实的胸脯则坚如磐石。（在这样的躯壳中，藏着一颗跟外表格格不入，软弱而又单纯的心。）

脖子上一张肉墩墩的娃娃脸，表情松弛，流露出一种难以形容的茫然。女人们都跟他十分亲近，随随便便地叫他"则光"、"则光君"。

则光不仅在女人们中人缘甚好，与出入宫廷的男人们也关系融洽，很受欢迎。可以说是大家公认的老好人。

然而，公认的老好人，换一种说法，也即公认的大傻子。

年轻时的我，并不中意这样的则光。但即便不中意也无可奈何，因为他是父亲为我选定的夫婿。

那时，我们终日争吵不休。

因为则光有了新的爱人，对方为他生了孩子。男人三妻四妾，身份高贵的甚至可以拥有十几个妻子，这在世人眼里是那么稀松平常。即便是身为底层官员的则光，有那么两个妻子也没什么大碍。可是，我怎么都咽不下这口气。

不论什么事情，我都必须是唯一的。

如果不是"第一"，而是第二或第三，我宁死都无法接受。

我心里期待的只有"第一"。

年长我一两岁，无才、迟钝的则光居然另有所爱，这件事让我的自尊受到了极大的伤害。尽管成婚以来，我对他深感失望：他甚至连一般男性的文学修养都不曾拥有。

公务所需的汉字学识，他多少掌握了一些。但是物语、和歌等，他则是一窍不通。什么世间情趣，什么花前月下，什么琴瑟和鸣——都一概不懂，他是一个彻头彻尾的不解风情的榆木疙瘩。

"这样，真是相对也无言……"

跟则光结婚之后，不到几天，我便十分失望。

我的这些想法，则光一无所知。他对年轻的我是如此迷恋，在家里时，总是寸步不离我的身边。他从不花心思去想些有趣的话题哄我开心，只是一味地沉溺于我的肉体，就像婴儿贪恋母亲的乳房一般。

我对父亲说：

"那人真的很无趣，我烦透了。父亲，您说该怎么教他才好呢？"

父亲当时已经七十六岁。我是父亲五十八岁那年出生的。父亲老来得女，对我这个小女儿十分溺爱。

比起政界，父亲清原元辅①在歌坛的名气更大。他曾经是《后撰和歌集》的编撰者之一，可这一辉煌在我出生之前已经落下帷幕。现在，仍然有权门显要在家逢喜事之际，请他吟咏进献祝贺的和歌。

父亲的成就自然让我感到十分荣耀。但私底下，父亲在家里只是一个已经谢了顶的、喜欢说笑的老爷子。

有一次，父亲担任贺茂祭②的使者，正威风凛凛地骑马经过一

---

①清原元辅（908—990），三十六歌仙之一。
②又称为"葵祭"，是京都贺茂御祖神社（下鸭神社）与贺茂别雷神社（上贺茂神社）的祭礼，据说大约源起于钦明天皇五年（544），于阴历四月中的酉日举行。古时，为求得丰收，人们在马脖子上系铃铛，让马奔跑，以祭祀贺茂神。

条大路①时，马儿突然受惊绊倒，父亲也从马背上摔落在地。

这倒在其次，糟糕的是他戴着的发冠也掉了，露出了光秃秃的脑袋。

在人们眼里，男子头上戴着的发冠或者乌帽子掉了，就跟不穿内衣一样丢人，有失体面。边上看热闹的人们顿时哄然大笑。如果有头发的话还好，可当时恰好夕阳红彤彤地照在光秃秃的脑袋上，如同圆光②一般熠熠生辉。这一幕是那么地诡异滑稽。殿上人的牛车在跟前排了一溜，马夫连忙把发冠递给了父亲。

可是，父亲却制止道：

"慌什么！我有话要跟在场的诸位大人说。"

然后，走到殿上人的牛车旁边说道：

"各位看到我落马掉冠，应该觉得非常可笑吧？但这无非是一小小的失误，人有错手，马有失蹄，更何况这大道是一条碎石子路。马儿无过，当然，我亦无错。况且，我鬓发既失，无法将发冠固定在头上，它本来就无法戴好。所以也不能怪罪掉落的发冠。像今天这样的事，时有发生。某某大臣在大尝会③举行祓禊仪式时，某某中纳言在去年天皇行幸郊外时，某某中将在斋王返回斋院当天经过紫野时，都曾经掉落发冠，类似的例子数不胜数。你们这些年轻人，对这些先例、道理一无所知，居然还笑个不停？孰不知，笑人者，何其痴！"

朝着牛车一番手舞足蹈的说教之后，父亲不慌不忙地站在大路

---

①平安京东西方向的交通要道。

②佛、菩萨以及诸圣神头后的光圈。

③又称大尝祭。平安时代，新天皇即位之后，初次亲自进献新谷给诸神的祭祀仪式。如果天皇在七月之前即位，大尝会于当年的十一月举行。如果天皇在七月之后即位，则于翌年的十一月举行。

上，高声喊道：

"发冠拿来！"

随后，他接过马夫呈上的发冠慢慢戴上。围观的人忍不住齐声大笑。马夫问：

"大人为什么不赶紧先把发冠戴上，反而来一场无益的说教呢？"

据说当时父亲答道：

"蠢材！这样说教一番，他们现在虽然哄笑一场，过后便不会再提了。否则，这些口无遮拦的愣头青们，不知道还要损我到什么时候！"

父亲总是轻易就能把人逗笑，而且凡事处之泰然，自行其是。倒不是说他为人狠辣、天不怕地不怕。父亲歌才过人，却屈居卑位。仕途不见起色，岁月却已催人老去。蹉跎之余，父亲似乎已经看破世事，变得有些玩世不恭了。

这让父亲变得圆熟世故。在世人眼中，父亲虽然官职卑微，却十分擅长吟咏和歌，个性潇洒幽默。

父亲的第一个孩子——也就是我的长兄——比我年长二十多岁。姐姐也早已出嫁，人到中年。我和跟我年龄最接近的兄长致信的生母，是父亲娶的最后一个妻子。她很早就过世了，我对她没有什么印象。

或许正是这个缘故，父亲格外疼爱我这个小女儿。

"可爱的小姐啊！"

父亲常常开玩笑说：

"要是父亲我当上了某个上国[①]的国守，一定把你打扮得漂漂亮

[①] 一说为离京城比较近的令制国。一说为律令制体制下，将令制国按照面积、人口等分为四等，上国为其中的第二等。按照延喜式，山城国、摄津国等三十余国属于上国。

亮的，给你找一个如意郎君。"

"那就赶紧吧！父亲，怎样才能成为国守呢？"

我缠着他问。

"这可是要由大人物们，天皇或者大臣们来决定的。"

"那，上门去拜托拜托他们？您就说为了哄女儿开心，请让我早日成为国守？"

"哈哈哈！如果能成为国守，不仅仅是我家女儿，我本人也是喜出望外啊。我想不论是谁，都会为此感到十分高兴。人人都希望自己是那个幸运儿，所以竞争非常激烈。想要申请的人那么多，令制国数量却十分有限，正所谓僧多粥少啊。"

从我懂事开始，每逢春季除目①都是沸沸扬扬。春季的除目，朝廷任命的是地方官。每年这个时候，多年的家臣们从乡下来到京城，心想着"今年我家大人也许会时来运转"。

亲戚们也聚了过来：

"情况怎么样了？今年应该也花了不少钱财了吧？论资排辈，也差不多该轮到了。"

他们期待着能沾点光、分杯羹，都是些唯利是图的家伙。这些不速之客的牛车一辆挨着一辆，挤得水泄不通。一听说去寺庙参拜，祈求神灵保佑顺利任官，便争先恐后地跟在后面。

他们聚集在一起，肆意地饮酒作乐，嚷嚷着：

"鼓舞士气，提前庆祝！"

这些人大张声势，载歌载舞：

---

①平安朝之后，大臣以外的朝廷官员的任命仪式。每年春秋两季举行。春季任命地方官，秋季任命大臣以外的京官。

"今天不醉不休！大人此次定能顺利升迁，为国效力，定能受封上国，马到成功！"

整整喧闹了三天。而除目也是前后三天。

到了第三天晚上，父亲依然未收到任官通知，所有人便开始有些惶惶不安。

任命审议已经通过的官员们，接二连三都让下人开道启程回府了。门外不断传来开道的吆喝声。然而，送吉报的使者依然不见踪影。

天空渐渐开始泛白。

派去探听消息的仆人无精打采地从审议业已结束的官府回来了。看着那张又冷又饿、写满失望的脸，府里的人连"情况如何？"都提不起劲儿问了。

从外地来的家臣、亲戚中厚脸皮的帮闲们没有眼力见地问：

"情况怎样？大人是哪一国的国守？"

这种时候，一般都不回答"落选了"，而是说"大人是某某国的前任国守"。所谓"前任国守"，也就意味着未能成为新一任的国守。

从老家赶来的家臣、多年的部下都大失所望，一个两个地陆续都走了。帮闲和亲戚也悄悄地散了。

无处可去的家臣们一边叹气，一边早早开始盘算来年需要补缺的令制国。

按照常理，所有人中，最为失落、沮丧的本该是这家的主人，可是父亲却跟我这个小女孩开着玩笑，悄声地说：

"可爱的小姐啊，你瞧，接下去的一年里又有盼头了。"

"为什么？"

"新的一年里，又可以成天忧心忡忡地四处活动、筹措资金、给人捧场了……算是又有正事可做了。有目标，就有干劲儿啊！"

"可是光有目标，却一直不能实现，也不太合适吧？父亲大人，这样的盼头，还是适可而止吧！"

"哈哈哈！你说的对，不能年复一年，总是再待来年，冯唐易老啊！虽然为了你，为父心里盼着自己能一直都保持健康。"

此话不假。父亲虽然年事已高，但身体强壮、精神矍铄。我出生时，他就已经是个老人了。所以在我的眼里，父亲并没有变老的感觉。

每次父亲落选国守，他便写和歌送给相应身份的人。其中一些和歌被视作佳作四处宣传，赢得人们交口相赞。这些和歌在打动人心之余，四处流传。

年年泪涟涟，几番愁思深深陷。
何时能逢春？樱花含泪未曾开。

尽管此歌哀叹自己顶着一个秃头，壮志多年未酬，但父亲却豁达地笑着跟我说："不过是再待来年——多经历几次失望，人会变得更加坚强。"

父亲并不是为了安慰我而强颜欢笑，而是他生性乐观。

我从未见过父亲垂头丧气或失望忧郁。即使他吟咏的是一首悲伤的和歌，用他的话说：

"假如没有另一个自我在观照内心的悲伤，则无法吟咏出真正的悲意。"

他还告诉我：

"和歌在追忆与自我客体化的过程中诞生。即使全身心地沉浸于其中,也一定有另一个自我在远处凝视着自己。"

时至今日,我依然未能完全参透父亲话中的深意。虽然父亲曾经指导我学习和歌,但他似乎已经察觉到我并无这方面的才华。

"不要勉强。"

父亲安慰我。

"不会咏歌也没什么。你是个聪明的孩子,身上有一种魅力,引人注目,招人喜欢,将来会有人慧眼识珠的。迟早有一天,不仅是父亲,其他人也会真心说你是个'可爱的小姐'的。"

"是夫婿么?"

"也许吧。你的夫婿会疼爱你,或者……如果能出仕宫中,也许会有更多的人喜欢你。"

父亲相对比较开明。

他不曾保守地告诉我:

"女人照顾好自己的家庭,相夫教子、平安一世便是幸福。"

也从未强行要求:

"女人不要抛头露面,好好持家才是正道。"

我身边也有许多出仕宫中的女性。已故的母亲生前曾经出仕过小野宫家①。她才华出众,擅长社交,深得主家以及来往客人的器重,人缘甚佳。

"那些女人,如同世上的花儿一般。虽然身为女性,但是踏入社会,给别人和自己都带来欢乐。如此人生,并无不妥——但是,

①藤原实赖一门。藤原实赖(900—970)为藤原忠平长子,官至从一位摄政关白太政大臣。世称小野宫殿,谥号清慎。

怎么说呢？如果能够被某个男性钟爱一生，也无不可。作为父亲，我还是希望能让你过上安安稳稳的幸福日子。"

父亲似乎为我勾勒过各种各样的人生。

我的异母兄姐都已经各自有各自的人生。但他们当中，没有一个仕途有望的。

一个兄长成为雅乐头①，终日与音乐为伴。另一个兄长出家为僧。跟我年纪最为相近的同母兄长致信是人们常说的"京城混混"，品行不端，脾气暴躁。

父亲为致信兄长感到痛心，但是他常说：

"也罢，每个孩子都人各有命，致信迟早也会混出个人样吧。"

不过，我和致信兄长相处甚好。

终于，在父亲六十六岁那年，他当上了盼望已久的上国国守，被任命为周防国的国守。

"恭喜恭喜！"

"终于等来了这一天啊！"

鸿运当头，家里一下子挤满了人。

九岁的我看着周边人们狂喜、兴奋的样子，目瞪口呆。年幼的我，并不明白这究竟意味着多大的幸运。

周防国是一个不错的令制国，十分富饶。如果被任命为当地的地方长官，在任四年，将会积累相当一笔财富。虽然我知晓此事，但并未真实经历过。

我跟随父亲一起前往周防国。我们乘船穿过了濑户内海的多岛海。到了周防国，那里便是父亲的天下了。

---

①掌管雅乐寮的长官。

我们在周防度过了四年的美好时光。正月里，子日①那一天，父亲带我前往胜间浦的海边，他在那儿举行了热闹的子日宴。父亲当时吟咏的和歌收录在他的歌集里。

胜间浦之滨，娇俏小松树。
春来莫相忘，今日好时光。

父亲曾经说过，这首和歌是为我而作的。他性格开朗，十分健谈，在任地深受爱戴。他虽然不能称为能吏、良吏，但也不是那种残暴、苛刻的酷吏。

正所谓"一任国守，刮地三尺"，在人们眼里，国守是贪得无厌的象征。但父亲显然没有那样的才能。

因为担任周防国国守之后，我们家并没有变得更加宽裕。任期结束之后，父亲为了求得官职，依然要全力以赴、四处奔波。

父亲七十一岁、我十三岁那年，父亲周防国国守的任期结束，我们回到了京城。返程依然是行船，但感觉比去时更有情趣。也许是因为我稚气已脱，到了善感的年纪。

虽然大海的景色让人豁然开朗。但海上的天气瞬息万变，也让人心生恐惧。

风和日丽，碧蓝的海面上，岛屿的影子时隐时现，船歌悠扬。突然，一阵风吹过来，顿时乌云遮日，海里掀起了巨浪，阵阵拍打着船舷。到达港口不久，波涛更加汹涌，飞沫溅湿了人们的衣裾。

---

①旧历中，十二支的"子"日。在古代日本，多指正月里的第一次子日。平安时代，贵族们会在这一天出外郊游。

大海变化无常。

我还看到了海上谋生的男人们和女人们。水手、舵手、船工们丝毫不在意这可怕的大海，淡定从容地扬帆起航。他们把重重的货物摞在一起，背着它们在船上行走自如，飞快地穿过令人眩晕的船舷。

海女们潜入了海中。正当我为她们捏一把冷汗的时候，只见她们扯动了楮绳，船上的男人们便开始拉绳。浮出水面之后，海女们长长地吐出一口气，那声音听起来像笛子似的。我说了这么一句"真可怜……"。

父亲听到后，说："那是她们的工作。她们乐于以海为生，所以并没有什么可怜或不可怜。或许在她们眼里，我们不得不为五斗米而折腰，也是十分可怜。"

说完之后，父亲笑了。

可是，比起海女，我还是更愿意做一个国守家的小姐，因为那样可以回到京城。

京城有庆典活动，京城有热闹繁华，还能得到有趣的物语，我为能够回到京城而高兴。

不过，海上之旅的种种情趣，也让人难以割舍。夜间，停泊在港口，每一艘船上都点着灯，美不胜收。

拂晓时分，从船上望去，只见许多小船像散落的竹叶一般浮在海面上，船儿后面漾着白色的浪花。我想起了父亲教过的那首古歌：

世事皆无常，红尘何所似？
拂晓出海去，船后白浪随。

我还发现，看似非常遥远的距离，行船很快就到了。

"父亲，原来水路似远实近啊。"

"说得对。那么，什么似近实远呢？"

"十二月的最后一天和正月的第一天。只差一天，但新年一到，一下子便隔着一年了。"

"没错，的确如此。"

父亲笑了。上了年纪的父亲和我相处十分融洽。扬起风帆的船儿行驶得飞快。

我喃喃地低语：

"就这样一艘又一艘地过去了……扬着风帆的船儿……"

父亲说：

"人的年龄也是如此。还有，春、夏、秋、冬……稍瞬即逝啊！"

父亲对于"人的年龄、春夏秋冬，皆稍瞬即逝"的感慨，当时的我还无法理解。我的青春才刚刚开始，京城里某个地方还有一位未来的"夫婿"在等着我。

父亲曾经说过，彼时橘则光和我门当户对，家世、年纪都十分般配。最重要的是，则光的母亲当上了冷泉院①第一皇子的乳母。当时，圆融院②在位，第一皇子即是东宫。

身为下一代天皇的奶兄弟，则光可谓前程似锦。

父亲跟我说：

"是个温和的男人，人缘也好，将来一定前途无量。"

当时，也有许多人来给我牵红线。可则光是父亲力荐的对象，

---

① 冷泉天皇（950—1011），967—969年在位。天皇逊位之后，改称"院"。
② 圆融天皇（959—991），969—984年在位。

我无法拒绝。

结婚之后，我发现则光擅长的是力气活、武艺、骑马、弓箭等等。虽然他不像致信兄长那样无赖，但也相差无几。他性格软弱，所以不至于莽撞胡来，可是对于文学艺术之类毫无兴趣。这让我的心顿时凉了半截。

则光的奶兄弟即东宫，后来即位成为了花山院①，据说是一位十分优雅的风流人物。他所作的和歌优美动人，而且工于丹青，甚至在建筑及美术工艺等方面也自成一家。他觉得樱花的树枝如果苍劲虬曲则差强人意，而枝头微现则更胜一筹，便在中门②外栽种了樱花。他还将瞿麦花的种子播撒在围墙上，花开时，四周似乎镶上了一条唐锦，十分惹人注目。

话虽如此，这位花山院遗传了他父亲冷泉院严重的癫狂症，也给人们带来了不少麻烦。

则光追随在这样一位风流优雅、兴趣广泛的主君身边，却丝毫没有近朱者赤，依然是粗人一个。

花山院在位两年之后，便草草退位。其中的曲折，世人都知道。据说他最爱的女御③过世了，他便终日伤心欲绝意志消沉。野心勃勃的藤原兼家④一派趁机哄骗他出家。事情发生在宽和二年⑤六月二十

---

①花山天皇(968—1008)，984—986年在位。
②平安朝寝殿式建筑中，在连接东西厢房与水榭的中门廊中间设置的一道门。
③日本古代宫廷中，天皇妃嫔位阶的一种。平安时代中期之后，女御成为仅次于皇后与中宫的位号。
④藤原兼家(929—990)，平安时代中期公卿。官至从一位，任摄政、关白、太政大臣。
⑤986年。

三日夜里。事后，皇位由下一代天皇即一条天皇继承，兼家大人当上了摄政。

则光如今依然在已经是法皇的花山院宫里当差。曾经憧憬的前程似锦就像是黄粱一梦。虽然这个并不是原因，但自从则光与其他女人来往之后，我的心就不在他身上了。我待在父亲家里的时间更多了。

"可爱的小姐啊！"

父亲现在仍然这么叫我，他说：

"女人想教育男人，无异于镜花水月。当然，男人同样无法教育女人。虽然无法教育，但是彼此忍让，相互磨合是可能的。我觉得吧，则光不是个坏男人。不管怎么说，他是打心眼儿里喜欢你的。当初，他可是一片诚心地来跟你求婚的。你们俩也没到必须分开的地步。"

可是，我觉得待在父亲家里更为有趣。相识的歌人们常常在此汇聚一堂，也常会收到参加赛歌会①的邀请。

我自己也结识了爱好和歌的女性朋友。

当时，道长大人出任权②中纳言，父亲家那边的一个女性亲戚在他夫人身边当差。她有时带我去道长大人宅邸里玩耍，我远远地观望着权门的热闹繁华，觉得十分快乐。

大小姐刚刚出生不久（这位小姐就是日后入宫侍奉一条天皇的彰子中宫），府邸里洋溢着喜庆、热闹的气氛，与父亲家的风格有一些相似之处。

这也许与府邸的主人道长大人的性情相关。道长大人时年二十

---

① 将歌人分为两组，围绕歌题作歌，由判者评定双方优劣的一种文学游戏。始于平安时代初期。

② 平安时代设有权官制度，"权"即定员编制之外的官职。

三四岁，人们都说几个兄弟里，他长得最像父亲摄政大臣兼家大人。他为人胸襟开阔，大方从容，豁达开朗，我曾经从帘子后面偷偷地仰望过，是一位风采出众的大人。府邸里，不时有进宫侍奉的仕女们返家休假，有时会听到她们说起宫里的事情。有人轻描淡写地说着：

"主上说了……"

我在一旁听得十分入迷。

话里出现的"主上"便是如今的一条天皇，当时年纪尚小，大概只有七八岁。还未举行元服①仪式，当然皇宫里还没有女御、更衣。宫里只有年幼的天皇一人，显得十分冷清。仕女们说：

"再过四五年，女御们都纷纷入了宫，到时候宫里就该热闹起来了。"

"这府上的小姐差不多也要入宫了吧？"

"不过，道隆大人家的大小姐比主上年长四岁，按照顺序，应该是她先入宫，都说她长相非常出众。还有大纳言家的、中纳言家的小姐们，各自也都为入宫的相关准备、后妃教育而忙得不可开交。这么看来，主上未来的后宫，应该会十分繁荣。"

这些都让我听得津津有味。

未曾见识过的华美宫廷，与物语故事所描绘的世界重叠在一起，相映成趣，让人觉得格外优雅。

这些传闻中提到的道隆大人家的小姐，即日后的定子皇后。当时我做梦都没有想到，数年之后，我会成为这位小姐身边的一个仕女。

---

①古代日本男子成年开始戴冠的仪式。

和那些人交往时，我常常被人介绍为"元辅的女儿"。比起不起眼的小吏之妻，说是歌人的女儿，人们往往会更容易接受"啊，是那个元辅……"。当然，为了不辱父亲的名声，在我看似漫不经心地吟咏一些和歌的时候，总是全力以赴。

　　众所周知，"歌人"这个头衔，不管在什么样的上流社会，都是一种别样的权威。甚至权中纳言道长大人的夫人，也因为"元辅的女儿"这一身份而对我另眼看待。

　　一来二去，书信往来、相互邀约外出游玩的朋友越来越多，这让我很是开心。正月七日，宫中举行白马节会①。这是天皇在紫宸殿御览白马的仪式。马是祥瑞之物，"青"也是春天的颜色，传说在这一天见到白马，便可以破除一年的邪气。宫里仕女们邀请我前去观看，令我大喜过望。

　　牛车卡在了待贤门的门槛上，车子里的女人们头都撞在了一起，戴着的发饰梳子都掉了，令人忍俊不禁。建春门②附近，站着许多殿上人。隔着牛车帘子远远望去，在立蔀③的另一边，女官们来来去去，她们或许是主殿司④的人吧？

　　看着她们熟稔地在宫里来去自如，我心里想：不知她们前世积了多少功德，这辈子可以过上如此体面的生活……羡慕也好，憧憬

---

①正月七日，天皇起驾至紫宸殿，左右马寮的官员牵出二十一匹白马供御览，以破除一年的邪气，并宴请群臣。始于承和元年（834），早期为青马，故而此仪式亦称为青马节会，后改为白马。

②原文为「左衛門の陣」，为建春门别称，当时为左卫门府职员守候待命的地方。

③各殿四周设置有可移动的屏风，用以遮挡视线，避免窥见室内。多以木料制成格子状，背面钉上木板。

④后宫十二司之一，掌管灯油、薪炭、清扫等事宜。

也罢，我的心似乎已经深深迷失在这九重宫阙里了。

耳闻目睹了以上种种趣事，我似乎从中品味到了一种梦幻般的甘美。足不出户地守在家里，或是照顾则光的日常起居，或是调遣吩咐下人们做事，或是对另一个女人心生嫉妒，这种局促不已、小家子气的日子，我渐渐地觉得索然无味了。

例如，我咏了一首和歌，做了出色的点评，这个时候，要是身边能有一个人，认可我的作品并且不假思索地给出一句"真是有趣"，那该有多好！这样的期待，不是理所当然的么？——可是，当我跟则光聊起某一个话题，他不但不会跟我一起寻找乐趣，反而会一本正经地问：

"这究竟有趣在什么地方？"

"教教我吧。"

居然跟我说让我教一教他！

这种事情，如果不是一方说完之后，另一方马上就心领神会，哪还有什么乐趣可言？！

他跟我抱怨：

"你对我真是一点都不温柔。"

可是，当对象是则光的时候，我心里就一点"温柔"的想法都没有了。

"对不起，我并不是只对你一个人不温柔的。"

我跟他说。

"也许我并不适合结婚，可能天生不是那种老老实实待在家里的女人。"

与其把梦想寄托在男人或者孩子身上，我更喜欢与旗鼓相当的人相处，享受心有灵犀般的对话交流，揣测着彼此的教养、机智、精神所在，相互切磋，彼此欣赏。那一刻，有一种鲜活的高度紧张与亲密和睦以及敏锐感觉，让我情有独钟。

不管是自然，或是人生，对于逝去的每一瞬间的感动：

"哦！……这是……"

"那是……"

彼此都能心意相通，一起分享心动的感觉，品味着活在当下的充实。

如果在成长过程中，从来都不曾经历过，我可能对这一切将无知无觉。可是，跟父亲"聊天"的时候，我懂得了其中的乐趣。

而且，虽然只是只爪片鳞，可我见识过了上层社会更加绚丽多彩的世界，真是一言难尽。

说起来，不知那是几时的事情了，位于小白川、小一条大将①的府上，曾经举行过法华八讲②。暑气正盛的六月中旬，法会场面非常盛大，各色人等闻风而至。听说迟到的话，连牛车都无处停放，于是我赶在朝露未消之前就出发了。可到了现场，却发现四处已经停满了牛车，水泄不通。

前一辆牛车的车辕上架着后一辆牛车的车厢，拥挤不堪。随着日上三竿，暑热难当，唯有池中的莲叶透着一丝凉意。

尽管如此，依然不虚此行。

除了左大臣与右大臣③，朝中显贵悉数出席。

---

①藤原济时（941—995），藤原师尹之子。官至大纳言，兼任左近卫大将。

②又称御八讲会、御八讲，为讲赞供养《法华经》之法会。将《法华经》八卷，分别于八座讲说，每一座讲说一卷，所以称为法华八讲。

③当时左大臣为源雅信，右大臣为藤原兼家。

官员们身着看上去十分凉爽的青紫色直衣①、淡青色单衣，成排地站着，场面十分壮观。宰相②安亲大人③显得十分年轻。厢房的帘子高高卷起，长押上④坐着一排公卿。年轻的贵公子们各自身着狩衣⑤或直衣，三三两两端坐在下手边上，也是一道风景。

初次见到兵卫佐⑥实方⑦，也是在此处吧？他和侍从⑧长命⑨等人都是小一条大臣府上的子弟，不时进进出出。几位尚未元服的少年公子在一边转来转去，十分可爱。

太阳稍稍升高一些时，三位中将⑩，即如今的关白大人进来了。他身穿薄质的青紫色直衣、同色指贯⑪、白色单衣，手持红色扇子，如花招展。

每一位贵公子，都让人眼前一亮。

讲师尚未登台。摆着几张四角方盘餐桌，一些人正在享用佳肴。

中纳言义怀⑫光彩照人，十分醒目。他是花山院的舅父，当时

---

①平安时代贵族男子的便服长袍。
②又名参议，为平安时期日本朝廷组织最高机构太政官官职之一，从官至四位以上的朝臣中遴选有才干者，参议朝政。宰相为其唐名。
③藤原安亲（922—996），官至正三位，参议。时年六十五岁。
④平安朝寝殿造建筑中，主屋与厢房、簀子之间，地板高度存在一定段差，段差所在之处称为"下长押"或"长押"，可倚之而坐或倚之而卧。此外，支撑房屋结构的柱子与柱子之间，上下均有横木连接，该横木经常依"长押"而建。
⑤平安时代贵族外出狩猎时的服装。
⑥兵卫府次官。
⑦藤原实方（生年不详—999），藤原师尹之孙，官至从四位上，左近卫中将。中古三十六歌仙之一。
⑧天皇近侍，负责提醒、进谏等，从五位。
⑨藤原济时之子藤原相任之幼名。
⑩近卫府次官。"三位"为官阶。
⑪一种裤腿较为肥大、裤脚有束带的和式裤装。男性贵族着直衣或狩衣时穿用。
⑫藤原义怀（957—1008），官至从二位，权中纳言。藤原伊尹第五子，时年三十岁，任权中纳言。其妹怀子为花山天皇之母。

花山院在位治世，日后回想，正是中纳言最为春风得意的时期。

他遣人前往女车传话，谈笑风生，兴致盎然。

讲师已经开始讲经了。因为家中临时有急事，我只好中途退席。可是，后面牛车一辆挨着一辆，要出去谈何容易。一辆一辆地打过招呼，终于从狭窄的通道里挤出来了。公卿、殿上人们都纷纷打趣说：

"在高僧如此庄重地说经之时，中途退席……"

"看来应该是有什么要紧事。"

他们看到是一辆女车，就开起了玩笑。我也不搭理，一心想要尽快撤离。中纳言义怀似乎认得我的牛车（由于丈夫则光是花山院的奶兄弟的这层关系），他笑着说：

"倒也无妨，'退亦佳矣'嘛！"

此话出自《法华经》方便品中的一个故事。释迦牟尼正要开始讲经的时候，五千个自以为已经悟道而妄自尊大的信徒起身离开，而释迦牟尼对此并未阻止，只是说："退亦佳矣。"我当场回了他一句：

"您不也是五千人中的一个么？"

然后就退出了。

事后，据说由于我的应对十分出彩，好评如潮。我跟则光说了此事，可他似乎不太明白究竟何处赢得众人喝彩，问我：

"跟我说说嘛，究竟哪里有趣？"

"算了。"

真是扫兴。

（那次法华八讲结束之后数日，花山院竟突然悄悄地出家了……

中纳言义怀追随其后遁世而去，让人唏嘘不已。曾经那么荣耀显赫，却出人意料地出家了……)

父亲当时受命担任肥后①国的国守。虽然是一件十分荣誉的事情，但他已经七十九岁了。

"这应该是最后一次任职了。从肥后国回来之后，就安度余生吧。"

"父亲，我能跟您一起去么？就像上次周防国时那样。让您一个人远赴肥后，总觉得心里七上八下的。"

"你不是还得顾着则光么？夫妻分居两地可不好！"

"我也正琢磨着该怎么处理才合适。就算跟则光分开，也没什么。我不在身边，他也会过得很好。那边女人生的孩子，他可是宝贝得很。听说是个男孩。他居然在我面前炫耀孩子！"

"是么？"

父亲虽然年纪大了，但有些地方依然让人觉得稀奇古怪。哪怕这种时候，他也不会说一些从常理出发的话，诸如"你最好也生个孩子吧"或者"女人如果没有孩子，将来老无所依啊"之类的话。

他说："则光大人是个男人，他也许需要孩子继承家业——可是，有了孩子，烦恼也随着而来，都一样。"

"父亲，您要是有一个靠得住的孩子，就不用这一把年纪还得远赴他乡了。"

"那倒也未必。我还没有老糊涂，趁此机会，可以好好拜访拜访肥后那边的歌枕②——倒是你，在我回来之前，跟则光分开的事

---

①相当于现在的熊本县。
②古来和歌中咏过的名胜。

情先缓一缓。你一个女人,孤身住着可不行。"

父亲又瘦小了一圈,身上的衣服显得愈加宽松肥大。但他的眼睛依旧神采奕奕,十分矍铄。

肥后国跟其他地方不同,任期是五年。父亲能够长寿到任期结束,平安归来么?

父亲出发之后,我这边也发生了一些变化。则光的"另一个女人"突然因病去世了。

"太突然了……"

葬礼结束之后,则光回到家里,一脸颓丧,眼里浮现着泪光。

"就像后脑勺突然挨了一棒似的,脑子里空荡荡的。"

说着说着便抽抽搭搭地哭了起来。

"是么。"

我从未见过那个女人,心里虽然有几分憎恨,但也不觉得有什么感情,所以不知道该怎么应对则光,有些犯难。

"你不好受吧。"

"总之,太突然了!如果长期抱病倒也罢了,前一天晚上我们才刚刚分开的。看起来心情也不错,没有一点异常——饭后,说是我的衣服破了,还帮我缝补好了。她可真是一个体贴的人呐。"

"是么?"

"她跟你不一样。"

说这话的时候,则光并无恨意。

他总是轻描淡写,不痛不痒,全然是一种客观的断定。这一点,我非常清楚。"你对我一点都不温柔",他这么埋怨我的时候,仅仅是在说明事实,而别无他意。

所以，他说的这些话，并非含沙射影地通过褒扬其他女人，试图触怒我或者贬低我。只是像一个孩子似的，有什么就说什么。

于是，则光和我说话的时候，就如同一个孩子在跟父母倾诉一般。

"一早，我出发去当差。出门的时候，她跟往常一样，抱着孩子跟我道别。过午，消息就传来了。说是病情十分严重，正前去请僧人前来加持，结果就在这当口上咽气了。我赶到的时候，她已经头朝北躺着①，手上……戴着念珠。"

则光的眼泪大颗大颗地落下，他紧紧地抓着我的手说：

"孩子也不懂得自己的母亲已经死了，一个劲儿地摇晃着她……嘴里喊着母亲快起来，这可真是……哎！我当时已经、实在是受不了了！"

他整个人扑进我的怀里，号啕大哭。

"真是可怜。"

虽然说了这么一句，可我就是一滴眼泪也没有，声音也丝毫未变。

我不知道该如何是好，一边看看别处，一边抚摸着则光的背部。

"诸行无常。想当初，花山院殿下与女御永别而哀叹不已的时候，我还不懂这些，难以感同身受。如今算是尝到其中滋味了！"

"人世无常，无可奈何啊！"

说完，我问则光：

"你一直这么悲伤，身体可吃不消。你都没吃什么东西吧？这

---

①入棺之前停灵的状态。

两三天……"

"没吃。"

则光茫然地回答我。

"这多伤身啊……我准备了饭菜,起来吃点吧。"

"不要。我一点胃口都没有。看什么都觉得没意思,吃什么都觉得没味道。"

"说什么呐……"

我觉得很无趣。跟我说他其他女人的事情,强人所难地希望我能与他共鸣,这些也正是则光不够灵光、"缺点什么"的地方。虽然不至于幸灾乐祸,但对我而言,说实话,那个女人的过世,并不能引起我的悲伤。只是,关于小男孩的那些话,让我有些触动,心生同情。

"那,我一个人用餐了?"

我吃了点东西。我既不会感到难过,也不会食不知味,吃得很香。

则光说:

"这种时候,你居然还能吃得下饭!"

没弄错吧?死的既不是我的父母兄弟,又不是我的恋人……

"话虽如此,可丈夫的悲伤不就是你的悲伤么?你可真是铁石心肠啊。"

则光并非发怒,而是觉得无话可说。

而我则因为他的无话可说而无话可说。

此后不久,传来了父亲的讣报。父亲在举目无亲的任地过世了,如同灯熄灭了一般。

刚刚接到消息的时候，我寻找的第一个人便是则光。

"父亲过世了！我的父亲……早知道应该陪他一起去肥后的。我居然让老人孤零零地客死他乡……"

我紧紧地抓着则光，放声号啕大哭。

"他说过会平安回来的……哎，我的脑子里，一半都是空空的！"

"嗯，是么？"

则光无措地回答。

然后，他小心翼翼地说：

"心里不好受吧……没办法，人世无常啊。"

"话是那么说，可我心里还是难过得受不了！你怎么如此漠不关心！"

"我……"

"对了！妻子的悲伤不就是你的悲伤么？我为父亲过世感到如此伤心，你哪怕能感受到一丝一毫……可你却如此无动于衷！"

"没那回事……"

"就是！你既没有同情心，也没有想象力……"

我哭了许久。则光似乎有些无聊，便对我动手动脚。

"老爷子过世了，我会更加疼爱你的……这不也挺好么？我来补偿你……"

说着，一双大手从领口边上慢慢伸了进来。

"现在不是做这个的时候，不明白么？你这个混蛋！"

我狠狠地推开了则光。

"我跟父亲之间的感情，是一点一滴地交心堆积起来的。现在，他突然走了，我有多伤心，你难道不知道么？无能之辈！傻瓜！蠢货！"

"当初，那一位过世了，我伤心痛苦的时候，你不也一点都不同情我么？"

"不是一回事！"

"不是么？人死了，都一样！"

则光罕见地愤怒反驳道。

之后，又发生了许多事情。我和则光分手了，又再次重逢了。

我成为关白道隆大人家的大小姐、定子中宫身边的仕女，出仕宫中。

则光——在而立之年，终于晋升为藏人①，获得了升殿资格。

于是，我们相遇了……这次我们不是作为夫妇，而是作为恋人开始交往。

"则光，清少纳言②是你什么人呀？"

被藏人所长官这么一问，则光顿时手足无措：

"她、她是我的妹妹……"

因为回答得尴尬，所以则光被起了个"哥哥③"的绰号，惹来

---

①日本古代律令制下的令外官之一，近似于天皇的秘书。由于在天皇侧近执行勤务，不受位阶限制，得以升殿。

②"清少纳言"为女主人公名字。"清"可能源自她父亲的姓氏"清原"，而"少纳言"则有数种不同说法，其中之一认为是由于女主人公有近亲担任过"少纳言"一职。少纳言，官阶为五位，原本为天皇近臣，负责昭敕宣下、掌管御玺与太政官印等工作，后期因为藏人所等机构的设立，职权衰减。

③此处"哥哥""妹妹"暗指情人关系。

众人一番嘲笑。

则光依然一点都没有变。

当我还是一个少女的时候，曾经跟父亲谈论过：
"似远实近的是水路。"
如今再让我说的话，想要加上：
"极乐。"
还有：
"男女之间。"
虽然佛说极乐远在十万亿佛土之外，但据说只要一心念佛，它便近在咫尺。

有一件事非常不可思议。每当我思念父亲的时候，总有一种见到极乐世界的感觉。父亲对我的爱，父亲的人生哲学，父亲看世界的方式……当我沉浸在这些关于父亲的温暖回忆之中时，对我而言便如同置身于安养净土一般。当年，在我着裳[①]时，父亲曾经送给我一首和歌：

吾女之秀发，如白川玉藻。
今宵已及笄，光彩映千秋。

作为迟来的女儿，我对父亲而言是一个极大的安慰，也许给他带来了一个新的心境。另一方面，也充满了不安，父亲不得不为了

[①]平安时代贵族女性的成人仪式。裳，指裳裙。着裳，即将裳裙系在腰上。同时将垂散的头发束扎起来。

生计而一直四处奔波。当他在遥远的任地肥后过世时，年纪已经八十有余了。

"再过半年就可以回到京城，就能见到心心念念的小姐了……大人一直这么盼望着……"

那些将父亲的遗骨与遗物带回京城的人们哭着说。任期还剩半年时，父亲走了。"多希望能再看父亲一眼……"，我不断地想念着父亲，终日以泪洗面。父亲作为一个歌人，声名远扬。他度过了八十多岁的漫长人生，直到生命的最后一刻，他仍然作为地方长官在履职。作为一个男人，他度过了充实丰硕的一生，应该了无遗憾。这也是父亲的性情使然。

只是，在未来的日子里，我已经无法再遇到一个叫我"可爱的小姐"、不求回报且毫无保留地爱我的人了。再也不会有人推心置腹地告诉我真心话、给我启示了。再没有人让我见识如何淡定从容地将世上那些庸俗的价值观、刻板的道德观、无聊乏味的楷模抛诸脑后了。再没有人剥掉所有的虚伪、假面，告诉我什么是真正的爱、与所爱的人在一起是什么样子了。

父亲会不会留了书信给我？怀着这个想法，我翻找了父亲遗物中的旧书信，发现全部都是他的歌稿。父亲在肥后也吟咏了一些和歌。

藤崎[①]宫中岩上松，
几度经历子日会。

父亲曾经见过的肥后藤崎，是一个什么样的地方呢……我想起

[①] 藤崎八幡宫。

了许久以前,当我还是一个少女的时候,曾经跟父亲一起前往周防国,在那里举行过庆祝子日的宴会。那一年,在胜间浦的海边,父亲为我吟咏了一首和歌。可是,此次在藤崎举行的宴会,我却不在他的身边。父亲一个人庆祝子日,他一定怅然地想着:余生中,究竟还能再庆祝几回子日呢?

尽管如此,我依然想象不出父亲意气消沉、泪眼愁眉的样子。在我的记忆中,他一直那么洒脱、诙谐。父亲温和开朗,喜欢随意地插科打诨。临终之际,病床边没有一个亲人,他也许会朝我做着鬼脸、眨巴着眼睛:

"已经到时候了,再见吧。我先走一步,你后面跟着来吧,可别走错路了!可爱的小姐啊!"

他很可能会说:

"我偷偷告诉你极乐怎么走,你悄悄地跟着来吧。你要是带着别人一起来,这事儿可就露馅咯!"

我越是这么依着父亲的性情去想象,就愈加为了他孤身离世而感到悲伤不已。

在继承父亲的遗产的时候,我们兄妹几人争执不休。这让我想起了以前和父亲的对话。

父亲问我:"似近实远的是什么?"

我好像回答了:"十二月的晦日①与一月一日。"

然而,"似近实远的"应该是"交恶的兄弟、亲戚"。虽然血脉相连,看似亲近,但心和心相隔甚远。

我的同母兄长致信深受异母兄姐的嫌弃。直至今日,他依然未

---

①阴历每月的最后一天。

曾举行元服仪式，披散着头发，腰上别着大刀，一副骇人的样子在京城的大路上晃荡。同行的都是一些恶僧、素行不良的下人，不时吓唬着行人。对我而言，致信是一个非常亲切的兄长。可他的所作所为在循规蹈矩的兄姐眼里，无异于蛇蝎一般。他是一个近似黑帮的京城混混，靠武力生存。当时，他时常出入藤原保昌①大人的府邸。保昌大人是道长公的管家，喜欢舞刀弄枪，十分勇猛。兄长有时仗着保昌大人的权势逞威风。

亲戚们聚在一起时，一旦提起分割遗产的事，兄长便会大发雷霆。

有一次，兄长喝醉之后耍起了酒疯，则光靠近他，说：

"致信大哥，来……"

然后轻轻一下，就把兄长的双臂反剪在背后了。当时，他还年轻，尽管看似瘦弱无力，一旦从后面控制住了兄长，不管一身蛮力的兄长如何挣扎，也都无济于事了。

"致信大哥，到外面吹吹风，醒一醒酒吧。你醉得太厉害了。"

则光毫不费力地一下子架起兄长，把他带到了外面。兄长步履蹒跚，抓起则光的乌帽子扔了出去，乱喊乱叫，丑态百出。

"好了好了……你再这么乱折腾，酒劲儿起来了，会更难受的……"

可能因为被架着，压到了心窝儿，不等则光说完，兄长便一口吐在了则光的背上。则光把兄长放在了院子里，细心照顾着，自己也换了衣服，并没有生气的样子。比起傲慢的异母兄姐，则光似乎更愿意亲近脾气暴躁的致信。

---

①藤原保昌（958—1086），官至正四位下，摄津国国守。平安朝著名的女歌人、日记文学作者和泉式部是他的妻子之一。

我的异母兄姐中，有一个叫戒秀的，出家后侍奉花山院。这一位不仅是僧人，在和歌方面也颇有名气。可这些素养似乎并未影响到他的物欲，他说：

"我早早被送到比叡山出家，未曾得到父母多少照顾。所以，我想我比其他人多得一些遗产，也不为过。"

如此这般，父亲的葬礼结束之后，围绕遗产分配的纷争持续了许久。他们说我和则光成婚时已经分得了财产，所以我这次得到的非常少。我本想把父亲的和歌稿子留在身边，可戒秀声称要编辑父亲的私家和歌集，便把它们拿了个一干二净。和兄姐们相比，我分到的遗产少得可怜。

或许，我心里珍藏着关于父亲的最为新鲜的记忆，这已经是一种幸福。我和长兄他们年纪相差二十多岁，没有什么可以跟他们争论的资本。而且，怎么说呢，我对金钱没有什么概念。我想成为人群中的"第一"，是针对爱情、才气而言，与金钱方面的贪念毫无关系。

如同我对现实利益比较淡泊一样，则光的兴趣与爱好似乎也在别处。

"喂，听说老爷子在肥后那边，十分宠爱当地的一个年轻女子。"

则光戏谑地说着。我对此并不知情。

"这事，是听哪个说的？"

"那些家将们呗！听说老爷子留了遗言，随身物品和衣物什么的都给那个女的了。"

则光和我一样，并非出于物欲而对此事产生兴趣。他似乎觉得这是一个适合男人们分享的有趣话题。

"据说是一个二十多岁的女人，为人温厚，一直细心照顾着老爷子。"

"是个下人吧？一个普通的侍女吧？"

"应该不是，听说以夫人自居呐。老爷子有颗年轻的心啊。那么一把年纪了，还能宠爱年轻女人。看来我也有希望，得好好跟老爷子学习啊。"

则光说得眉飞色舞。父亲有一个年轻情人的消息，无损于他在我心目中的形象。我的脑海中还会浮现出这样的景象：父亲把那个女人当成了我，如同爱我一样地爱她，有时也会开玩笑地叫她"可爱的小姐"。

"喂！你是想说这事不带一点桃色么？"

则光一脸难以置信。

"难道老爷子不曾跟那女的同床共枕过么？！"

"当然！父亲都已经是八十多岁的老人了！"

"八十也好，七十也罢，男人可是老当益壮的。我家老爷子如此，东三条大臣（兼家公）年过六十依然强壮，跟你们女人可不一样。'可爱的小姐'？就算可爱的小姐是个小姐，那也是在枕边说的吧？哈哈哈！真是羡慕啊！"

"混蛋！则光你混蛋！父亲是个歌人！他知风雅、懂情趣，即使在恋爱的时候，也是如此。那些卑贱的俗气男人与下作女人厮混，跟这不是一回事。在远离都城的偏远地区生活，对于父亲那样的文化人而言，西边的蛮夷之地一片荒凉。身边有个年轻女子，借以缅怀京城的优雅风致，也算是一种安慰。"

"我跟你说"，则光的语气变得有些不怀好意，"你那些所谓的文化人意识、上流阶层意识,我可是受够了!老爷子或许是一个歌人、一个和歌集编撰者、一个流芳百世的歌仙,但只要是人,那就都一样,不论下三滥或上九流。我这么说,并非我站在下三滥一边,想要讽刺上九流。我只是觉得人都一样。佛祖都说了,在佛面前,天子乞丐人人平等——我想,也许老爷子是死在那年轻女人柔软的胸脯上的?果真如此的话,我替老爷子感到高兴。这就是往生极乐啊!真是这样,我可是比以前更加喜欢你们家老爷子了。哈哈哈哈!"

"混蛋!去死吧!则光!"

我用力地打着则光的胸膛。

不是的!不是的!

人和人是不一样的。像则光这样的傻瓜懂什么?!他深陷在无知愚昧的黑暗与浅薄、粗俗、下流的泥沼中,什么也看不见,什么也听不见,他从未试着去感受天空飘过的云朵、阵阵吹过的风儿。

也许父亲的确曾经和那个女人相亲相爱。透过那个女人,父亲感受到了京城的风与光,望见了都城繁华大路上的人流、庆典活动。也许他一边回想着自己的青春、悠长的人生,一边把手放在了女人的胸口。或者,也许他一边低声自语"几度经历子日会",一边回望来时人生路,每一天每一刻都在心里想着"……我还活着,今天还活着"。看到樱花时,他问自己:"我还能看到明年的樱花么?"活得太久了?还是太短暂了?或许他一直找不到答案,便在年轻女子的温柔乡里寻求安慰。

这些和则光所说的"不可能不带一点桃色"之类的风流韵事截然不同。可是,这些连我自己都难以说清的感怀——例如,我跟父亲之间的某种共鸣——能让他人明白么？终有那么一天，我能将这点点滴滴的感动、涌上心头的激情述说清楚么？

我甚至无法让身边最亲近的则光理解这一切！

尽管如此，正如"似远实近的是男女关系"所说，以前我从未想过，与则光分手后，在自己年过三十之际，会再一次和他走到了一起。

当然，对则光而言，这也是意料之外的。

分开之后，我们别无来往。当彼此都已是出仕之身，再度重逢时，心里的确有些怀念。我们之间并非大吵大闹之后互相憎恨而分开，也不是从对方身边逃开，所以当我见到则光的时候，感觉就像与感情深厚的兄弟重逢一般。他是藏人，服侍在天皇身边，经常四处走动联络，所以也不时会来服侍中宫的仕女们这边。

则光似乎无法把我当成"感情深厚的姐妹"。

有一天，我待在宫中的房间里。此处是细殿①，作为前往清凉殿的必经之路，总有殿上人来来往往，脚步声昼夜不停。

突然，脚步声停住了。有人用手指轻轻地敲着房门。

细殿这边的房间，跟其他地方的不一样。不仅狭小，而且数个隔好的房间连在一起，一点动静都能听得一清二楚。昼夜都要留心不敢高声笑闹。

用手指敲门的男人，似乎竖耳倾听了一会儿。我屏住了呼吸：肯定是则光。白天在登华殿②擦肩而过时，我曾问他"你还好么？"

---

①殿舍与殿舍之间的细长走廊，隔成数个小间后，作为仕女们的休息室使用。

②日本平安时代后宫有七殿五舍，七殿分别为：弘徽殿、常宁殿、承香殿、丽景殿、登华殿、贞观殿、宣耀殿，五舍分别为：飞香舍、凝花舍、昭阳舍、淑景舍、袭芳舍。

我稍微动了动身体,穿着的衣服发出了一些声音。或许因为这个,男人听见声响之后,又"笃笃笃"地轻轻敲了几下门。我甚至在用火筷子拨弄火盆时都小心翼翼地尽量不发出声音,不承想对方连这个都察觉到了:

"你在里面吧?喂!海松子①!"

他居然低声叫出了名字。这么一来,旁边的人都知道了。

这人是则光。不仅仅因为声音,而且称呼我为"海松子"的,只有他一人。

把则光迎进这样如同宿舍一般的地方,不知道会招致怎样的风言风语。虽然如此,我别无他法,只好开门。

则光十分欣喜地正准备进来,突然看见远处一群人正一边唱着歌,一边往这边走来,他顿时不知所措地呆住了。我很擅长在这种时候随机应变,索性一下子把门敞开,让人看起来似乎在迎接这些殿上人进屋。他们原本并未打算进这里,因为我打开了房门,所以一个个都停下了脚步:

"哎呀,今晚就在这里过一夜吧。再多进来一些人!"

"太窄了!已经坐不下了!"

"后面的人站着,站着!"

"隔壁房间的已经睡下了么?把她们都叫起来,今晚好好热闹一下!"

他们把仕女们都叫醒了。帘子色泽青青,几帐②的帷子也十分鲜

---

①一种中药材。
②平安时代贵族宅邸室内使用的一种隔间用具,两根T形棒两边挂着薄绢,下有底台,可移动。

艳，将躲在后面的仕女们若隐若现的裙裾、衣襟衬托得更有韵致。

"究竟是怎么回事呀？已经这么晚了……"

"从管弦乐会那边过来的。既然都是通宵，不如大家一起……"

于是一片嘈杂。身居六位的藏人、贵公子们喧闹起来，接二连三地不断有人进屋。则光只好失望而归。

不过，也多亏了这些人，我和则光躲过了一场风波。

则光不断地找机会跟我搭话。当然，他现在身边有新人陪伴，并无跟我再续前缘的意思。

我也不想跟他再次成为夫妻。

我已经失去了成立家庭、生儿育女的兴趣。

"真是怀念过去……"

则光说着拉住了我的手。

"当时好像天天吵架来着，可如今连吵架都让我怀念……"

两人独处的时候，胖乎乎的则光便挪动着庞大的身躯靠近我。

"该怎么说呢……我好像说不清楚。喏，就像这样，有时心里会突然一紧。下着雨，无所事事的日子里，在我自己整理屋子，发现了以前的日记或者交往过的女人的书信的时候；月色皎洁的夜晚，独自一人饮酒的时候；看到了去年用过的扇子的时候；发现草子①中夹着干枯的唐葵，已经变成了扁扁的压花的时候，葵祭②时发生的事情便浮现在脑海里……当我进宫再次见到你的时候，我的胸口就像刚才所说的那些时候一样，突然一紧……这种感觉似曾相识，可我只会用'怀念'来形容。我比较简单，无法像你描述得那

---

①日式风格装订的书籍。
②贺茂祭。

么精彩、细致入微。年轻时的每一天，我觉得你似乎总能非常生动地表达出来。我，应该还是喜欢你的，或者说依赖着你……虽然你总当我是一个傻瓜，不论以前，还是现在……"

"我哪有把你当成什么傻瓜……"

我轻轻地说完，想把被则光紧紧抓住的手抽回来。

"可是，那些过去的事情，我已经都忘记了……我不喜欢回头看，只想往前看。'怀念'，我已经不知道是什么滋味了……"

这是谎言。我非常理解则光所说的"胸口突然一紧"的感觉。那是一种我想用"对过往的依恋"来形容的感觉。

玩过家家的游戏。书信、枯萎的唐葵，的确都如同则光所说的那般。不过，我是个女人，每每看到衣服的碎布——青紫色或淡紫色的小布条夹在书本里，便常常会想起：当年，身着这件衣服的时候……

或许，可以和则光分享这种情感——想到这里，我便心软了。

我未能分享父亲留下的遗产。不过，在父亲生前，他曾经送给我一处位于三条的小宅子，让我和则光一起居住。则光别处还有房子，所以当时我们俩并未在父亲赠送的房子里共同生活过。我一个女人长期住在那儿，一片荒凉。则光悄悄地前来拜访。宅子的围墙等等，都已破败不堪，池塘淤泥沉积，水草萋萋，庭院里长满了艾蒿，是一处荒凉得别有情致的老屋。

我喜欢这恰到好处的破旧，或者富有情趣的荒凉。则光只说了一句：

"这儿可真是荒草茫茫呐！蚊子够多的吧？夏天里。"

而且，和从前一样，则光跟我欢好的时候，他总是慌里慌张、手忙脚乱，欲望强烈却毫无情趣可言。等他总算从我身上离开的时候，屋里顿时便响起了如雷一般的鼾声。

有一天夜里，他突然"啊！"地一声跳了起来，惨叫着："快拿灯火来！"

我被他吓了一跳，不知道究竟是怎么回事。

只听他声音发抖地说：

"刚才好像有什么东西趴在我的脚上，不是蛇吧？"

"这房子里什么时候见过蛇了！"

"快把人都叫醒！把我的手下叫醒！不把它逮住，今晚还怎么在这儿睡觉！"

"把人都叫醒的话，动静也太大了，不嫌丢人么。"

我举着灯在黑乎乎的房间里照了一圈。纸拉门那边传来声响，我仔细一看，一只大大的千足虫正不慌不忙地爬着往外逃。

"啊！那、那虫子刚才爬过我的脚！啊！好恶心……"

则光吓得直哆嗦。我也觉得很恶心，但还是说：

"那虫子不会咬人的，它和蜈蚣不一样，不要紧的。"

"不觉得好恶心么？它刚才就这样趴在我这儿！"

则光边说边指着他毛茸茸的小腿，这可比蜈蚣或千足虫更让我作呕。

"千足虫才是被你吓了一跳吧！"

说着，阵阵睡意袭来，我便盖好被子躺了下来。

"喂！我恶心得睡不着……"

"三更半夜，吵吵什么！真是胆小鬼一个。没事的，快睡吧。"

"你可真行啊……"

"我一个女人住在这儿，哪有那么多闲工夫在乎什么蜈蚣、千足虫之类的。外面的婆娑世界那才叫可怕。你白长这么大个子，胆子却还没有针尖儿大。"

"说起话来噼里啪啦的，这一点跟从前一模一样。"

"你不也处处都没变么！"

"总之，这房子让人感觉不舒服。下次能在哪儿见面呢……求你了，换个别的地方吧！"

"求你了"——则光说得轻巧，剩下能用的也只有宫里的房间了。可是，我心里也明白，那里耳目众多，令人不快，况且则光根本不懂得该如何巧妙地不露痕迹、悄无声息地前来。

他身躯庞大，笨手笨脚地不时碰撞到些什么，总是发出各种声响。他打鼾。他头上的乌帽子绊到了帘子。狗朝他吠叫。他所做的一切，都透着一股傻气。

不过，这些对我来说，因为是久违的则光，所以显得有趣。假如我讨厌则光，自然不会再跟他扯上瓜葛。"往事令人依恋"，这种思绪让两个人再续前缘，依偎一时。虽然同床共枕，但稍有不合，便立刻拌嘴斗舌。我钻出被窝，索性起来了。我们如同坐在活火山上过家家一般，危机四伏。

孩子的事、则光妻子的事……

"那些不都已经过去了么？我放不下的不是那些，而是你啊！"

则光一边说着，一边想拉我入怀。

我非常倔强，狠狠地推开了他的手。

"那好，那你就这么待着吧！"

则光打着呼噜一个人睡着了。不论过去或现在，孩子的事总是成为我们之间的导火索。

父亲过世了，则光的另一个妻子也过世了。这让我和则光重新走到了一起。我错过了跟他分开的时机。

则光拜托我照顾他那失去母亲的孩子。当时我对自己的人生尚未拥有充分的认识，未能拒绝他。

我觉得无所谓就答应了则光，结果他立刻就把孩子领了过来。三岁左右，比较可爱的一个男孩，胖乎乎的。我之前想着如果是个面目可憎的孩子，那可真让人心烦。好在这孩子的脸长得跟则光很像，憨态可掬、惹人怜爱，也不怕生。我松了一口气，觉得他很是可爱。

"来！过来这边！"

我对孩子感到好奇。想到每天可以有如此珍贵、可爱的小生命当玩伴，便平添几分开心，一下子变得有趣起来。这个孩子当时不知道母亲已经离世，摇晃着母亲，嘴里不停喊着："母亲，快起来吧！"一想起这个情景，便让人心生怜爱。倘若则光的妻子还活着，或许我就不觉得孩子可爱了。如今他的母亲已经不在人世了，我可以毫无顾忌地疼爱他。因为可以把他变成我的孩子，所以觉得可爱。

我把他抱着放在自己的膝盖上，他有点害羞地坐了下来。小脸儿带着一股甘葛的香气，让人很想亲上一口，十分逗人喜爱。孩子原来是这般肌肤水灵、美丽清秀的么？

"叫什么名字？哎？"

我这么一问，孩子赶在则光之前脆生生地回答："小鹰。"

孩子的声音十分有力，虽然稍有一点口齿不清，但非常洪亮。让人听起来就知道是个健康的孩子。

"出生之后，没有得过一次病，不需要人操心。饭量好得连我都要甘拜下风。"

则光得意地说。突然，我发现他手上抱着一个比小鹰更小一点的小孩。小鹰一见着那孩子，便连忙从我的膝上下来，朝对方跑了过去。则光把那孩子放了下去，拍着他的屁股说：

"走！去更宽敞的地方玩吧！"

"啊？那孩子也是你的么？"

"对不住，两个孩子就差一岁。"

"居然有两个么？"

我目瞪口呆。

"你从未说过是两个……"

"没说过么？哎呀，好像是没有说过……"

"什么好像！我一直以为只有一个！从未听说是两个！"

"不都一样么……说不定我说过了，你自己没听见而已。我说的话，你从来都只听进去一半……"

"不可能！我要是听你说过，一定不会忘记的。你的的确确只说过一个孩子的事。另一个孩子故意藏起来不说，真是卑鄙！你太狡猾了！"

"我卑鄙？"

"故意藏着不说！这太过分了！你这个骗子！"

"我没有藏着不说……"

就在这时，只见一个乳母抱着一个婴儿过来了，那婴儿正放声嗷嗷大哭。

"居然是三个么！天哪！你……"

"都是差一岁。"

则光一副已经豁出去的样子。

"一个还是三个，照顾起来不都一样么。你刚好也可以解解闷儿。以后，你也可以有个依靠。他们可都是男孩！"

"居然是三个……你们什么时候……我饶不了你！"

并非一个或者三个这样的数字问题让我难以接受，而是这一次则光居然跟我耍起了心眼。虽然我一直不觉得他是一个有心计的人，可他如此耍小聪明，我只能认为他一点不把我放在眼里。

"三个就三个，我也能接受。可你装作不知道，想打马虎眼蒙混过关，我最讨厌的就是你这种小算盘！"

我激动得声音都沙哑了。

"好了，不要那么生气嘛。我也不是成心的。当初不想让你受太大打击，所以……第二个孩子出生的时候，我心里一直想着要告诉你，结果不久她肚子又大起来了……一想到如果告诉你我跟她生了三个孩子，你会气成什么样，我就怕得不敢吭声了。我心里一直很怕你……"

"我什么时候无理取闹过！我看不惯的是不清不楚、颠倒黑白、滑头滑脑！跟我相处这么久了，居然连我是个什么样的人都不懂，你这个蠢货！"

"我说，正因为你这样轻易不饶人，所以我才每每把到了嘴边的话又咽下去了。你怎么就那么好强呢？也不把男人放在眼里。究竟是谁把你教成这样的？不，应该说是前世的因缘，也许你上辈子是男人。"

"那你上辈子就是女人！偷偷摸摸地做坏事！"

"我什么坏事也没做！只是稍稍错过了告诉你的时机罢了。"

这时，乳母抱着刚才那个婴儿回来了。孩子哇哇地哭闹不停，乳母抱着他在帘子那儿来回走动，不停地哄着他。孩子渐渐地不再哭了。

乳母看上去十分迟钝，是个笨手笨脚的女人，但她却长了一副结实的身板，甚至可以说带着几分粗野。胸部非常丰满，似乎马上会溢出丰沛的乳汁似的。

"这小公子长得可真俊！将来肯定是个美男子——啊哈哈哈哈！"

乳母毫无顾忌地大声笑着把孩子递给我。她那露出来的染黑的牙齿[1]已经有些褪色了。

孩子喝完奶便不再哭闹，一脸满足地笑着。他眼角还挂着泪花，皮肤白皙，肉墩墩的，看上去十分清秀。

"老二叫小隼，这个叫吉祥。"

则光凑近我身边说。

他正偷偷地瞅着我手里抱着的孩子。那种神态和刚才他抱着第二个走得摇摇晃晃的孩子时的样子，都透着一股熟练，让人一下子就看出他时常陪伴着孩子，跟孩子们非常熟悉。这让我胸口突然一紧。那种感受非常复杂，似乎我偷窥到了自己所不知道的这个男人的另一面。

手里的婴儿比想象中要更重一些，带着暖意。

---

[1] 古代日本的一种风俗，贵族女性以染黑齿为美。

沉甸甸的，暖暖的，像是小动物一般的触感。乳香的味道可真是让人怀念啊……头发又黑又浓密。一双水汪汪的黑眼睛炯炯有神，让人觉得他虽然年纪尚小但已经有自己的意志。

"他……现在已经几个月了？生下来以后……"

我低声问道。

我没有生过孩子，虽然见过孩子，但是从来没有机会抱过。可以说对孩子一无所知。

"已经六个月了。接下去，正是变得越来越可爱的时候……他自己已经会坐了，所以带起来轻松多了。再过一阵子，马上就会爬了。我虽然生了五个孩子，但这个孩子长得特别快。"

乳母回答我，言语中带着一种我十分陌生的地方的口音。

"这孩子名叫吉祥，是么？"

我偷偷看了一眼孩子，则光说：

"孩子他娘生下他不久就过世了。因为这事，孩子本来叫小鸭，后来为了讨个吉利，就改叫吉祥了。"

事情渐渐水落石出了。

我已经无暇和则光争吵。因为从那一天开始，家里就陷入了一片兵荒马乱之中。

三岁半的小鹰和最小的吉祥都还好应付。小鹰已经能够听懂大人的话，能够接受说明和教导，也掌握了一些表达。而且最重要的是，他喜欢和朋友一起玩耍，整日跟乳母的孩子、则光下属的孩子们玩在一起，别无他念。或许是白天吃得好、玩得好，所以晚上便睡得非常香。我为他的睡眠之深感到吃惊。小鹰一旦入睡，不论发生什么事情也吵不醒他。

不可思议的是，熟睡中的小鹰，让我有一种"别人的孩子"的感觉。小鹰是则光和那女人生的孩子，跟我并无血缘关系。我目不转睛地盯着他，心里想着：他和我没有任何关系。

"小鹰——"

即使这么喊他，他也仍然一动不动地睡得很香。他睡得那么香，这让我看到了一个残酷的事实：他不属于我，是另一个生命。假如他是我生下的孩子，那么即使睡眠也阻隔不了我们之间的纽带。假如我能把他当成我的骨肉、我的骨血，那么即使是睡眠，也会成为连接母子之间美好亲情的一个纽带。

然而，对我而言，睡眠中的小鹰，完全是一种"别人的孩子"的感觉。

可是，当小鹰睁开眼睛，我便觉得趣意盎然。他那爽朗而充满活力的笑声、旺盛的食欲、活泼的动作、响亮的声音，让我着迷。他的乳母因为生病回乡下了，吉祥的乳母同时还要顾着两岁的小隼，忙不过来，所以我不得不照看小鹰。

小鹰有时比想象中还要愚钝（这一点似乎跟他父亲相似），早早就叫我"母亲"了。吃早饭的时候，稀里呼噜地喝着粥，一口气能喝上好几碗。我问他：

"好吃么？"

"嗯！"

小鹰笑眯眯地点头回答，那神情跟则光一模一样。

一听到朋友的呼唤，他放下筷子就往外跑。他身上那种男孩的蓬勃朝气、如暴风雨一般充沛强大的生命力，让我格外惊奇。

吉祥刚刚开始咿呀学语，身子裹在大一号的衣服里，扑腾着手脚，一不高兴就大声喊叫。让他穿薄一点的衣服，身上不再那么笨重，他便兴奋地手舞足蹈。给他一个玩具握在手里，他便不断挥舞着玩个不停。我喜欢轻轻地蹭着吉祥的小脸蛋，感受那柔嫩的肌肤。这与他是则光的孩子无关，也与谁是他的母亲无关，纯粹是因为喜欢这个婴儿而已。一种类似战栗的强烈感觉，从我抱着孩子的手臂到他的身体，又从他的身体到我的手臂，一穿而过。或许可以称之为自古以来女性本能的一种脉动。这肉嘟嘟的孩子，尚未拥有自我（不，它正一天天地从混沌中觉醒过来），身上带着一股暖意、香气，是那么天真无邪。这让我深受感动，唤醒了我内心深处的母性本能。有时，当我抱着吉祥，心里感受到一种由衷的喜悦，甚至觉得女人的手臂天生并非用来拥抱男人，而是用来拥抱孩子的。

那双大大的黑眼睛里，映着我的身影。

于是，自然而然地，一声"叭……"便从我的唇边滑了出来。

吉祥咿咿呀呀地非常高兴。看到他那么欣喜，我不顾形象地再次"叭……"了一声。孩子的欢乐让我心里充满了无限的愉悦，最终彻底变成了这种愉悦的俘虏。

"哎呀，没想到你居然这么喜欢孩子！"

我乳母的女儿浅茅对这一切感到非常吃惊。

"海松子姐姐这么喜欢孩子，说不定将来生不了自己的孩子。"

"为什么？"

"人们都说喜欢孩子的人自己生不了孩子。"

浅茅比我更早结婚，已经有一个跟小鹰年纪相近的女儿。结婚之后，她已经待在家中好几年了，看到我抚养孩子十分为难，便再次过来服侍我。

最大跟最小的孩子都容易应付，现在最棘手的便是中间那个两岁的孩子。他在屋里屋外跑个不停，一刻都安静不了。在屋里，抓到什么扔什么，乱碰乱撞，把墨水泼得四处都是。不管什么事，他都是一句"不要！"生气时便大声嚷嚷。他说着刚刚学会的只言片语跟大人搭话，焦躁、吵闹地转来转去，没头没脑地翻箱倒柜……我被折腾得精疲力尽。

我不喜欢房间被小隼弄得乱七八糟，便要求下人将房间里的东西全部收好。则光却反对我的做法。

"孩子都是这么淘气着长大的。男孩要更调皮一些。没办法。"

"墨水都被他泼光了！他碰倒了衣架，结果一件好好的衣服就这么糟蹋了！"

"再忍个两三年就好了。"

则光也好，浅茅也罢，已经养过孩子的人，身上都有一种淡定。

说不清楚究竟是哪一点，总之他们有一种善于承受打击的坚韧，不论孩子们怎么胡闹，他们都不会大惊小怪。

另一方面，他们不像我似的，对孩子的一举一动感到新鲜好奇。他们看到我对吉祥着了迷，能陪着他玩好几个钟头，都带着一种优越感笑话我。正如他们不会为孩子的淘气而大惊小怪一般（乳母们当然也是如此），他们已经习惯了孩子们的可爱以及那些了不起的天真无邪的一言一行，他们不会像我一样每每为之激动不已。

可是，我似乎永远也无法对孩子们的可爱习以为常。吉祥的咿呀学语、小隼撕纸时的专注，这些都让我惊喜、雀跃。正如乳母说的那样，两三个月过后，吉祥就学会爬了。

而且，哪怕孩子们略有小恙，我也心疼得似乎天塌了一般。

如果这种时候,乳母又不巧回家去了,我便整日坐立不安。

"没事的,又没有发烧,就是一点小伤风吧。得了伤风的时候,有些孩子还会起红疹子呢。"

浅茅说道。她并没有像我一样慌神。

我对孩子们的可爱之处非常敏感。与此同时,我也是一个对孩子们的可恶之处过于神经质、不够成熟的大人。当小鹰、小隼插嘴大人们的谈话时,我真的感到非常生气。这种时候,孩子们往往看似聪明,却一点都不可爱。总之,关于孩子,我在喜欢与厌恶两个极端之间不断摇摆。

"不要每件事都那么较真嘛!你自己会很累的。"

当我跟孩子顶嘴的时候,则光这么提醒我道。不是孩子跟我顶嘴,而是我跟孩子顶嘴。

孩子们来家里之后,日子过得更加飞快了。则光如今似乎已经完全安定下来,对现在的生活十分满足。他有时邀请朋友们——有时甚至是致信兄长——到家里玩。玩过双六①或者围棋之后,就开始宴客。则光把我和孩子们安置在身边之后,便放下心来,似乎彻底放松了。

说起则光的这些朋友,都是些粗野之辈,不讲礼节,目中无人。所说的话题,无非同辈之妻的风流韵事、对于上司的牢骚抱怨、别人的失败故事、双六赌博、不靠谱的生财之道(说得天花乱坠,从来不见他们实现过)、关于宫里的传闻……他们甚至直接抬脚放在火盆边上,将狩衣垂下的部分卷成一团坐下,肆意高声闲谈。

酒一上来,他们便大呼小叫,有的用手指剔牙,有些长胡子的

---

① 中国古代博戏之一,大约于隋唐之际传入日本。

男人用胡子去蘸酒糟，真是目不忍睹。

他们把酒杯递给不会喝酒的男人，强迫对方喝下。或者开始唱歌，像个孩子似的摇头晃脑地唱着：

男山上啊枫叶红，
如今啊浮名在外。
今夜啊同谁共寝，
常陆介①啊来共寝。

他们醉醺醺地一直闹到深夜。因为房子的大门无法关住，所以家里的亲随仆从们被吵得无法入睡，都大声抱怨。他们不在则光或者客人们那边说，他们是说给我听的。

"三更半夜的，这么闹腾！我说，把门关上吧！真是受不了了，太烦人了！"

只有则光和那些客人乐在其中。终于，夜深了，那些烂醉如泥的客人们毫无顾忌地吆喝着牛车回去了，则光也一脸愉快地回到了寝室。我哄着哭个不停的吉祥，则光却连瞧都不瞧一眼，扑通一声躺下，立刻打着呼噜睡着了。天蒙蒙亮的时候，我刚要睡着，则光醒了。他还残留着几分醉意，兴致高涨：

"喂！"

则光把我叫醒后便揽我入怀。

那时，则光总是心情愉快。

---

①介为令制国的次官，长官为国守。常陆介，即常陆国的次官。常陆国相当于现在的茨城县东北部。

除了仕途晋升比较慢之外，似乎别无烦恼。

我恍若置身暴风雨之中，日子稀里糊涂地过去了。吉祥两岁了，然后又三岁了。小鹰已经开蒙了。小隼也必须让他开始习字了。于是，我变得更加焦虑了。

我的父亲是个了不起的歌人。我的父亲的父亲，就更加了不起了。他叫清原深养父，是一个歌人，还是个有名的琴手。他写的和歌甚至都被《古今和歌集》①收录了。他的琴艺，纪贯之听了之后感动不已，还曾经就此吟咏了一首和歌：

高山流水潺潺意，
如伴琴音款款至②。

不知从何时开始，我希望能将自己家的家风传承给孩子们。尽管他们并非自己所生，却希望他们能够记住清原家的荣耀。不知不觉中，我有点强人所难地希望年纪尚小的孩子们能够跟我一样为父亲元辅感到自豪。

我内心深处对于父亲身上那种"风雅"的景仰，丝毫未变。

偶尔，孩子们会跟着乳母、还有她那和气的丈夫一起去乡下玩耍。每到这种时候，家里便安静得似乎被遗忘了一般。

像是别人家的房子一样，针落有声。

于是，我便轻松地找回了我自己。即使看到孩子们的各种东西——竹马、陀螺、衣服、字迹稚嫩的习字本，我也不为所动。不

---

①日本最早的一部敕撰和歌集，由纪贯之等人奉醍醐天皇之命着手编撰，完书于延喜五年（905）。二十卷，共收录一千多首和歌。

②此和歌为《后撰和歌集》所收录。

像有些母亲，即便是和孩子小别一个晚上，也会思念焦虑。我为这久违的、难以置信的静寂感到虚脱、无精打采。

我慢慢腾腾地洗头、化妆。

然后，点上上好的熏香，一个人静静地躺着。

外面传来了牛车驶过的声音。

倘若那辆牛车在门前停下，侍从悄悄地前来求见，那该多么让人悸动……心里猜测着车里的男人是这一位呢，还是那一位，那该是多么地忐忑。

身上穿着的衣服已经熏过香了，所以每当转身的时候，阵阵香气便撩拨着我的心绪。

已经许久不曾这样心绪起伏了……并非不喜欢孩子们，而是当他们在身边的时候，我便失去了自己。孩子们不在的时候，我才找回了自己。

我爬了起来，抓住一支笔，感觉心潮澎湃，难以抑制。我随手在一边的纸上写下了绵绵思绪：

"那些令人悸动的。

有如小麻雀。有如走过婴儿正在嬉戏的地方。

有如发现唐镜[①]有些黯淡的时候……"

写到这儿，我想起了自己有一次曾经跟则光说过：

"这个唐镜有些黯淡了。照镜子的时候，我的心常常紧张得怦怦直跳。"

[①] 当时日本从中国进口的镜子。

"怎么回事？让磨镜子的好好打磨一下，不就可以了么。这点钱又没有贵到让你心跳紧张的地步。"

他都说些什么呢?!

我实在不明白这个男人，他的心智似乎只跟小鹰或小隼不相上下。

我并非为了磨镜子的事而悸动。当我注视着微微有点模糊、黯淡的镜子时，映入眼帘的是镜中那个比平常看起来更美的自己。它并非那种完美、清晰、明亮的镜子，它将我的不足和缺点用隐隐约约的模糊隐藏起来，映照出的是朦朦胧胧中另一个美丽的我。

所以，当唐镜变得黯淡的时候，我便常常感到兴奋。那些令人悸动的——

"身份高贵的男子或是俊美的世家子弟，停下车来，让侍从前去传话。熏点着上好的香料，独自一人躺着。等待情人的夜晚。雨声、风声轻扰格子窗①的种种动静，让我感到心惊。"

我乘兴继续写道：

"春天最美是黎明。天色微明，山际渐渐发白，泛紫的云儿细细地飘绕着。

"夏天最美是夜晚。有月的时候，更胜一筹。倘若无月也并不逊色——暗夜中，萤火虫交相飞舞，别有风情。夏夜中的雨也颇有

---

①格子窗是古代日本寝殿造建筑中的门窗结构。一般分为上下两个部分,下半部分固定住,上半部分可以从外面拉起打开。有时也可以上下部分全部取掉。

情趣。

"秋天最美是黄昏。夕阳辉映下，鸟儿三三两两地飞过山际附近，让人觉得别有韵致。看着那成行的大雁越来越小，也十分有趣。日落之后，阵阵风声、虫鸣让人陶醉。

"冬天最美是清晨。雪花飘落时的美好，简直无法形容。霜色皑皑，也十分动人。有时，即使不见霜雪，但依然寒意凛冽。此时，生一盆火，抱着炭火过去，也是饶有趣味的。"

我把那些随意写就的纸张收在手边的匣子里。
我做梦也没有想到，有一天这些文字会在世间流传——
更不用说，因为这些文字，有一天自己会成为仕女。

二

我不记得母亲长什么模样了。
在我懂事之前，母亲已经过世了。据说她曾经出仕小野宫家，被称为"少纳言君"。小野宫家与九条殿一脉的道隆大人、道长大人等不同，他们是清慎公实赖①大臣那一脉。
父亲在出入小野宫家的时候，认识了母亲。
母亲当年的友人之女弁君②，如今侍奉着道隆大人家的夫人。她人脉甚广，与土御门道长大人家夫人的仕女也有交情，时常带着

①藤原实赖(900—970)，官至从一位，曾任摄政、关白、太政大臣。
②其父亲曾经担任弁官，故而得此称呼。弁官分为大弁(从四位上、从四位下)、中弁(正五位上)、少弁(正五位下)，属于殿上人，多由出色的公卿出任。

我出入各家门庭。因为我没有牛车，出行不太方便，她便常常让我与她同车前去。

"弁君年长我许多。她不太了解我母亲的事情，却对我父亲十分熟悉。

"她曾经带着几分玩笑说：

"你父亲是一位很有魅力的人……他过世的时候已经八十多岁了，在肥后那边还宠着一个如夫人，这事儿我也听说了……我觉得应该确有其事。他可是一个相当可爱的老爷子。"

当时，弁君虽然已经三十七八岁了，但是跟二十三四岁的我说起话来，就跟同辈一样无拘无束。

甚至可以说，比起父亲或兄长等家里人，弁君为我提供了更多关于父母的信息。她好像曾经从她母亲那儿听说过我父母的相识过程。据说年过五十的父亲热情地追求双十年华的母亲，并最终赢得佳人归。她把这些都告诉我了，许多事情，我都是第一次听说。不过，一切究竟是真是假，已经无从求证了。

在听弁君讲述的过程中，我突然发现了一件不可思议的事情。

弁君熟知我父亲六七十岁时的事情。不仅如此，她为我描绘的父亲画像，有着与我印象中的父亲不同的、极具亲和力的一面。

不知该说是情理之中，还是意料之外，弁君所描绘的并非我的父亲，而是一个名为清原元辅的男人，是她心目中那个"可爱的老爷子"。

"我说……不知道你是否了解，世上有一种男人，虽然是个老头子，却能让女人心生仰慕，让人感受到男人的可爱——男人的魅力，其实就是可爱。这种男人会让我们心里想着：'算了，没办法，为了这个人，吃点苦就吃点苦吧。'这与年龄无关——如果是年轻男人，或许更容易让我们产生这样的念头。可是，上了年纪，依然能让我们有那种想法的男人实在太少了。随着年龄增长，男人们都变得冠冕堂皇、一本正经，一心想着飞黄腾达、趋炎附势。没有什么男人会让人想要为他做出牺牲。男人们往往盘算着如何利用女人。他们日夜想着如何才能在俗世中显赫荣耀，不管身份高贵或低贱，只要是男人都这样——瞧瞧东三条大臣跟他兄长之间怎么争权夺利就明白了……否则就只能独善其身，看破红尘了。可佛门也并非清净之地，僧阶越高，地位权利之争也越激烈。

不过，还有极少数的男人，即使上了年纪依然不失赤子之心，悠然自在。率直暖心，虽然有那么点喜欢冷嘲热讽，但也并非出于恶意，而是对这人世或者人们……人们的生存之道感兴趣、有关怀。但这样的人，他往往嘴上并不说这些，而是深深埋在心里。他言语滑稽诙谐，所以大家都只觉得他是个有趣的人。实际上，他的心里存着一汪深邃、甜美的清泉——那样的一种男人。

他即使变成了老头子，也依然不变，心里的那汪清泉满溢而出，可爱至极，让人十分欣赏。

他对女人非常温柔体贴，从来不会当女人是傻瓜——这就是你的父亲。"

"是么？您是那么觉得么？看来，您很了解我父亲啊。"

她的话让我十分吃惊。不，应该是她说起父亲时的那种热忱，让我十分吃惊。弁君笑着说：

"你母亲跟父亲结婚时，两人年龄差了一辈。我只不过是从当时你母亲的角度去推测了一下而已。

"不过，我跟你说这些，你应该不会觉得不高兴吧？对男人来说，不管年纪多大，依然有女人认为他十分可爱，应该是一件很光荣的事情。容貌、才华随着年龄变大，都会黯然褪色……但'可爱'不会流失、变少——因为环境、境遇而褪色、变质的'可爱'，不是真正的可爱。

"你的父亲始终如一。不论顺境、逆境，他从来不受境遇的影响。他总是那么从容，处事灵活，有一种让人想要依靠的、温暖的包容力——这样的男人，可不多见啊。"

"是的。我也那么觉得——我喜欢父亲，在他的疼爱中长大，能够遇到像您这样称赞、理解他的人，真是十分有幸。"

这的确是我的心里话。此外，我虽然并未说出来，但在心里偷偷猜测：也许弁君和父亲之间曾经有过一段不为人知的感情？

我之所以会这么想，是因为弁君非常在意父亲的高龄，并且极力主张男人的魅力与年龄无关。而且，我觉得似乎至今为止，弁君从未跟人说过她关于我父亲——清原元辅的这些想法。

弁君说话直爽，十分聪明。她打扮得比实际年龄年轻，但非常得体。见多识广，凡事有她自己的独到见解。她长着一双大眼睛，面貌雍容，写得一手好字，吟咏的和歌应景合宜，在仕女们中间颇有声望，主家也十分看重她。

她的母亲已经过世，她跟上了年纪的父亲一起生活。她的父亲曾经担任过右中弁，后来因病引退。"弁君"的名字便是由此而来。

听说弁君年轻的时候结过婚，后来分开了，未曾生过孩子。不在主家侍奉的时候，她便回父亲家里。我们常常在她家里悠闲地聊天。

弁君喜欢阅读物语、历史等方面的书，作为女人，她汉学造诣颇深。我喜欢跟她交往，也是因为可以跟她交流这些方面的话题。

我对汉学的了解来自于父亲的言传身教，而弁君则是受到了道隆大人家的夫人、有名的高内侍①的影响。

关于高内侍，我只知道一些世间关于她的传闻。她是学养深厚的高阶成忠②大人的女儿，曾经出仕宫中，官至内侍。年轻时的道隆大人与她交往，后来她便成为了道隆大人的夫人。她比男人还要更有学问，甚至会写汉诗。弁君告诉我：

"这位夫人的女儿们，一个个都才情出众……年纪最大的定子小姐才气焕发，将来入宫的话，肯定会在后宫里一枝独秀的。"

据说，定子小姐不但容貌出众，而且性格开朗、聪明伶俐，富有文学才华。

我想象着这位朝中显贵深闺之中的小姐，内心雀跃。将来，她入宫侍奉天皇，一定风光无限。像这般物语世界中才会发生的事情，有一天终于出现在了自己的眼前。

"二小姐、三小姐、四小姐也都是美人。而且，公子们也都个个出色。我想，这位大臣家里将来必定会光耀门楣吧——他的弟弟粟田殿道兼大纳言家里没有合适的女儿，中纳言道长大人家的小姐还是个婴儿，才刚刚学会爬，离长大成人可以入宫还有好长一段时间。接下去，应该就是道隆大人这一门显赫的时代了。"

听弁君说着这些事，我连时间都忘记了。最后，往往会说到她不时参加过的那些在显贵家里举行的优雅且富有情趣的聚会、宴会。

①高阶贵子（生年不详—996），藤原定子与藤原伊周之母。圆融天皇在位时，她出仕宫中的内侍司。其父亲是平安朝著名学者高阶成忠。根据《大镜》的记载，由于家学渊源，她不仅擅长和歌，而且擅长汉诗文。

②高阶成忠（923—998），官至从二位，式部大辅，世称"高二位"。

弁君告诉我那些宴会上流行的和歌、机智诙谐的唱酬，我听着听着，不知从何时开始，觉得自己似乎跟那个世界十分契合。并不是说我想成为那个世界中的一员，仅仅是与弁君有相同的兴趣、爱好，这已经让我感到十分满足。

弁君记得许多我父亲的和歌。她喜欢的有：

山樱为谁待明日？
且在今日尽情开①。

这首和歌是当年小野宫太政大臣在月轮寺赏花时，父亲献给他的。

"定子小姐也时常背诵你父亲的和歌作品。她还说你是元辅的女儿，一定也很擅长和歌呢。"

"定子小姐，她真的提到我了吗？"

"是真的！"

弁君看着我的脸，笑呵呵地回答。

"定子小姐非常喜欢文学，晓得许多物语、古歌。你们家歌人辈出，她很是欣赏、佩服。关于你的曾祖父清原深养父的那首和歌'夏夜宵短已破晓，何处浮云宿明月'②，定子小姐曾经评价说'这首歌很有意思。歌者一定十分机智、聪明，洞察世情，乐在其中'，她有自己的品味。"

弁君似乎颇以定子小姐为傲。

---

①和歌中带有劝说樱花为当日到访的小野宫太政大臣一行尽情绽放的意思。
②清原深养父的这首和歌收录在《古今和歌集》中，并入选《百人一首》。

"你的父亲有一首和歌,就是那首'代人吟咏一首和歌,赠予负心女子'——'海誓山盟泪满袖,浪花何曾越松山'[①]定子小姐特意将它收在了身边的和歌集子里。请擅长书法的人抄写好之后,放在手边欣赏。哪天,让小姐也看看你的和歌?"

"那怎么行……不知为什么,我写不出好的和歌。"

我觉得十分羞愧。不管是和歌还是其他,我既没有自己的看法,也没有什么套路。我有的只是一些不经意间写下的杂文般的文字。

那些来自中国的书籍,写的都是外国的事情。而物语之类,写的多是一些荒唐无稽的故事。

二三十年前,东三条大臣家的一位夫人将她与丈夫之间的纠葛详细地写在了手记中,后来这本手记被称为《蜻蛉日记》[②],流传甚广。

我读过这本手记。它所描述的世界是那么狭小,带着一种让人窒息般的深刻,我对此并不是十分理解。可是,它在世俗女子们的眼里,地位非常崇高。我乳母的女儿浅茅她们都说:

"反反复复读过好几遍了。原来,身份那么高贵的一个夫人,也是满腹苦水啊。"

为丈夫夜不归宿痛恨不已,为丈夫的一言一行时喜时忧,加上那些优美的和歌,的确是一本典型的出自女性之手的物语。读完之

[①]松山位于今天宫城县多贺海滨,是古代有名的歌枕。日本古代男女海誓山盟之时,常常会以"除非海浪越过松山"来表达自己绝不变心。此处是借此来谴责负心之人。此外,清原元辅的这首和歌收录于《后撰和歌集》中,并入选《百人一首》。

[②]平安朝贵族女性日记文学的代表作之一。作者为藤原道纲母(生卒年不详),共三卷。作者主要讲述了自天历八年(954)至天延二年(974),她与藤原兼家结婚后二十一年间的生活。

后，沉淀在心底的是那种无处宣泄的忧郁与阴暗，我觉得可以称之为"怨念"。在我看来，作者直面这些"怨念"，并未就此建构另一种真实，而是如实、逼真地将其诉诸文字。

这跟家里的孩子们即小鹰或小隼的无心之语让人觉得有趣一样。

最关键的是，我天生不喜欢这种低迷阴郁。怨念和嫉妒，如果不升华成一种美，我便难以接受。

孩子的乳母们最近喜欢讨论一本叫做《落洼物语》的流行小说。我对这本书也不怎么欣赏。作者不知是男是女，似乎不怎么有名，是一本让人觉得下流低级的小说。书中认为前去拜访情人的贵公子被雨淋成落汤鸡是种美谈，或是让人物一屁股坐在了牛粪上，或是让反派好色老头子在木地板上拉屎，这种描写真是不堪入目。

而且，书中极为详细地记录了食物、道具、布匹的质地、金银财宝等等，可以想象作者对于物质的无限渴望与贪婪。

文章也十分粗浅，缺乏深度。我总觉得这是一本教养层次偏低的人群喜欢阅读的书，尽管这么说可能对争相借阅的乳母们有点失礼。同样以欺负庶出女儿为主题，《住吉物语》①的风格还算古朴，也比较稳重。尽管不乏像《待月女子物语》、《交野少将物语》那样生动有趣的物语，可对于当今见过一些世面的女人而言，它们还是有些不尽如人意的地方。

"——所以，我写下的都是一些'自己想读，可是哪儿都找不

---

①作者不详。现存《住吉物语》为镰仓时期后人改写之作，共两卷。女主人公为中纳言庶女，为躲避嫡母的迫害，寄身于住吉地方的尼庵之中，后与关白的儿子中将结为连理。

到，所以只好自己动笔'的文字。"

我跟弁君这么解释道。

"既不是和歌也不是物语，那究竟是什么样的内容呢？"

弁君微笑着问我。这种时候，我往往会突然变得怯懦。和弁君一起谈天说地，给我带来了非常多的快乐，也是一种心灵的安慰，但我缺乏弁君那样丰富的人生阅历，也没有在人群中生存的本事与能力。

缺乏共同语言的丈夫则光，以及外面的女人为他生下的孩子们。

这些是我于浮世之中的羁绊。而我自己没有任何值得一提的地方，既无美貌，也无才华……唯有一点，就是我的父亲是个歌人，家里最为荣耀的便是世世代代都出歌人。

"真的就是想到什么就写什么……"

我这么一说，弁君立即表示她非常想要一见真容：

"想必是些非常风雅的文字。"

我忍不住笑了。虽然有一些地方比较风雅，但也写了不少别人的坏话。不过，如果是弁君，她或许会跟我一起共享这种说坏话的乐趣。没什么才情的杂文也许能够提供一两个话题。这么一想，我似乎从弁君的友谊中感受到了一种鼓舞，心情也变得愉快起来了。我答应她过几天就让人给她送过来。

不知不觉，在弁君家里逗留了许久，夜已经很深了。此时，弁君家里的下人们便会不时出来晃悠。接着，院子深处便会传来弁君老父亲不快的声音：

"大门锁好了么？夜深了！"

"客人还没回去呢。"

下人的声音听起来有些不耐烦。

"还没回去么？世道这么不太平，大门却关不了。最近盗贼比较多，要小心防范！"

老人的声音又传了过来。真是让人扫兴。

下人们一会儿一会儿出来，应该是出来打探消息，暗示我应该早点回去。有时实在太晚了，这边的牛车也无法借用，便让家里派人过来接我。

不知道弁君是否已经对她父亲的脾气见怪不怪了，总是一副什么都没听见的样子。

这种情况，我也经常遇到。丈夫或父亲都一样，男人往往傲慢无礼，让人郁闷。

"刚好在回家路上，别人送我一些香，就顺便带一点给你。"

进宫出仕的女性朋友回家途中，顺便来到我家，为我带来装在漂亮匣子里的熏香。有时聊得非常投机，不知不觉天已经黑了。孩子们有乳母照看着，家里的事情浅茅会代为安排，可则光却非常不高兴。于是，朋友赶忙告辞回家。

郁闷之余，我常常会浮想联翩。

我有一个宽敞、整洁、明亮的家。亲戚们自不待言，不管是朋友还是什么人，都可以轻松随意地前来拜访。不仅如此，那些出仕宫中的人可以把这里当成是自己的家，也可以是好几个人共同的家。人来人往，有回来的人，有出门的人，不论谁在此都能得到惬意放松的女人之家。

每一个人在各自出仕的主家那儿都能独当一面，但在这里，彼此都跟姐妹一般和睦相处，互相支持。

夜晚，大家聚在一个屋子里谈天说地。聊些关于自己侍奉的主人们的闲话，或者把那些显贵们的日常生活当成话题也很有意思。别人吟咏的和歌、关键时刻的回复技巧等等，说也说不完。这时，有人送来一封给某一位的书信，所有人都一起轮流着看，想着该怎么用和歌回复。

当然，也许这时候，各自的男性友人或恋人会前来拜访。或者将他们迎入装饰精美的房间里，或者让他们跟大家一起演奏丝竹管弦。如果突然下雨，他们无法回家的话，就大大方方地挽留他们，好好招待。

在这里，听不到父母们故意大声嚷嚷的"关门了！"也看不到那些缺乏教养的下人们一副"快回去吧！"的脸色。不管夜里还是黎明，大门都敞开着。窗户也都一直支着，让月光照进来。

客人告辞的时候，可以从房间里目送他离开，依依不舍。

黎明时分，一轮残月挂在天边，多么富有诗意。客人吹着笛子回去了。入神地听着笛声，难以入眠，便和女人们一起闲聊着。

那样的生活对女人而言是必要的。我的空想在这个世上是否非常难以实现呢？

对了，我把这些也写入自己的草子里吧。

夜里，当孩子们入睡之后，我翻看着自己写下的文字，觉得很有意思。

弁君也许会笑话我。

可是，至今为止，除了自己写下的这些，我从未见过这样的内容。

"事与愿违、令人扫兴的。白天吠叫的狗。一直留到春天的鱼梁①。婴儿夭折了的产房。死了牛的牛倌。学者家里接连生了女儿②。前去忌避方位③，主人家居然不予招待。乡下寄来的信件，居然不附带礼物。除目时，未能得到官位的家庭。没有乳汁的乳母。"

"令人憎恶的。正值有急事之时，前来拜访且喜欢长谈之人。砚池里掉进了头发，磨墨的时候发出难听的声音。泛泛之辈，嬉皮笑脸地夸夸其谈。有的男人烤火的时候，在火盆或围炉边上不断地翻着手、抻开手背上的皱纹。其间，甚至还把脚搁到火盆边上，一边说话一边搓脚。这种行为不雅、没规没矩的男人，坐下时常常用扇子啪嗒啪嗒地掸灰尘，或者把狩衣前端一卷就坐在了身下④。想要听清什么的时候，婴儿却哭个不停。喜欢插话、出风头的人。这样的人，不论男女老少，都令人憎恶。孩子们偶尔来玩，觉得十分可爱，便送给他们一些东西。结果，熟稔之后，总来叨扰，令人讨厌。男人夸奖着自己以前的情人，真让人受不了。大声打喷嚏的人。毕竟，只有家里的男主人才可以毫无顾忌地大声打喷嚏。"

没规没矩的男人，说的是则光的那些狐朋狗友。肆无忌惮地大声打喷嚏的，则是那些迟钝的乳母们。

如果严肃认真地去面对的话，孩子们是很可憎的。

---

①秋冬时节,筑堰拦水捕鱼的一种设施。一般用木桩、柴枝或编网等制作成篱笆或栅栏,放置在河口、出海口等地方。

②当时,大学寮文章博士等学者为世袭制,但只能由儿子继承。

③平安时代根据阴阳道的说法,出门或归宅的时候,需要占卜方位吉凶。如果所在地点有方位神,则必须一时避讳,先移至其他地方度过一夜,第二天再前往目的地,以避开忌讳的方位。

④狩衣为贵族日常所着衣服。按照当时的礼仪,坐着的时候,狩衣腰带以下垂覆部分,应该垂放身体前方。

"人前逞娇的。平凡无奇的孩子，得到了父母的娇惯宠爱。邻居家四五岁左右的孩子，十分调皮，四处闹得乱糟糟，让人头疼。平常别人会呵斥他或者制止他，所以无法随心所欲。看到母亲来了，便趁势撒娇，拉着母亲一个劲儿地嚷嚷着：'让我瞧瞧嘛！'要他想看的东西。他的母亲正在跟一边的大人们聊得起劲，没在意他说了些什么，结果那孩子居然自己就把东西拽出来看了，真是讨厌。那母亲只是嘴上说着'哎呀，不可以！'却并未把孩子手里的东西拿走或者藏起来，或者笑着说：'不能那么做哦！''不能弄坏哦！'之类，真叫人生气！我又不方便说些太伤感情的话，只能就那么看着，心里窝了一肚子火。"

我知道孩子有多可爱，尽管如此，我依然不会姑息他们的可憎之处。我每时每刻都惦记着小鹰、小隼、吉祥，但也常常觉得他们不可理喻，简直是另一种生物。

"可爱的。画在香瓜上的童颜。朝着小麻雀'啾啾啾'地叫几声，它便会蹦跳着过来。两岁左右的小娃娃爬着爬着，发现有一个小灰尘，便用小手指捏起来给大人看。小女孩剪着齐肩娃娃头，刘海遮住了眼睛也不拂开，歪着头看东西的样子，真是可爱极了。抱在怀里一小会儿，就酣然入睡的小婴儿也十分惹人怜爱。玩偶游戏用的道具。从莲池里轻轻掬起小小的莲叶欣赏。葵叶也是如此。不管是什么，小小的东西，都让人爱不释手。八九岁、十岁左右的男孩，清脆地朗读着汉诗文，非常动听。"

在我的内心世界里，小小的东西一直是高贵而纯洁的。

"高雅的。胖乎乎、长得非常可爱的幼儿正在吃草莓。初夏时节，少女在淡紫色的底衣外面，套着白色纱织的汗衫①。"

在我眼里，成人、世俗众生都是那么粗俗、可笑。而且他们的愚蠢往往成为最佳的笑料。

"不相称的。头发不好的人，穿着白绫衣裳。字迹丑陋，却写在了红色的纸张上。雪花落在了简陋的屋子上。一把年纪却嗲声嗲气地说话。满脸胡须的老人吃着椎子的果实。"

我常常关注日常生活中的琐碎细节。那些微不足道的身边小物、事情以及现象，总是让我产生浓厚的兴趣。

"看起来污秽不堪的。老鼠窝。早晨起床后，迟迟不洗脸不洗手的人。白痰。流着鼻涕四处跑的孩子。装着油的容器。羽毛没有长齐的小麻雀。大热天里，长时间不洗澡。穿旧的衣服都脏污不堪，其中浅黄色的最糟糕。

"肮脏邋遢的。刺绣的背面。猫咪耳朵的里面。肮脏的地方，十分昏暗。长相丑陋的普通人，家里有许多个小孩子。男人听闻并非自己所爱的女人生病之时的心情。

"以大为佳的。法师。水果。房屋。砚台。墨。男人的眼睛。

---

①汗衫是平安朝中期以后，在宫中侍奉的童女穿着的正装。

灯笼果。棣棠的花朵。马和牛等等。

"以短为佳的。着急缝衣服时用的线。烛台。身份低下的使女的头发，最好是短而整齐。未婚少女的话语。

"看上去让人难过、辛酸的。盛夏里炎热的午后，羸弱的牛拉着一辆肮脏的车，摇摇晃晃地往前走。没有下雨的日子里，也铺着草席雨篷的牛车。年老的乞丐。身份卑贱、衣衫褴褛的女人背着孩子。下雨天，骑着匹小马开道，浑身湿透的人。

"罕见的。容貌、性情俱佳，无可挑剔的人。抄写物语、歌集时，不让原书沾上墨汁。即使小心翼翼地书写，也终究难免会将它弄脏。曾经山盟海誓的人，能做到始终不渝。让人捶绢，结果完成得非常漂亮。"

其间，有一些内容可能是我个人的感受，我也将它们写了下来。

"初秋时节……风刮得很大，雨也下得很大的日子里，天气转凉，人们手里已经不再拿着扇子了。此时，把残留着一点汗香的薄衣盖在身上午睡，那种虚幻中带着一些伤感、优雅的情趣——"

这种时候，我会在心里说：
我
在这儿
活着
虚幻中
那令人怀念的

汗香

我

在这儿

躺着

你

究竟

在哪儿呢?

这里的"你"所指的并非丈夫,既像是已经过世的父亲,又像是更加伟岸的、宇宙中那些强大的、如同佛一般的存在。此外,我觉得"你"还像是无言的某些憧憬、献身对象等。

只是,也许终此一生,都无法与"你"相逢……

"明月当空的夜晚,坐着牛车过河。伴着牛儿的脚步,水珠像碎裂的水晶一般散落,别有情致。"

从前,我曾经将这个感受告诉则光。当时,则光听了之后,连忙从车窗往外看,着迷地眺望着那不断溅起的水珠,点着头说:

"嗯,很像水晶。"

可惜,他似乎完全不明白为何我会觉得这一幕十分有情致。如今,不管则光还是我,都不再为此介怀了。这也是我们俩的夫妇之道。在我眼里,这样的则光也已经变得顺眼了。我心里明白,则光也在尽量地迁就我。

我喜欢大自然。许多风雅人士喜欢欣赏花、草、虫、树,而比起这些，我更喜欢野外的大自然。则光知道我非常喜欢初夏时分的山野，便带我前去游玩。湖泽的一侧漂着浮萍，牛车驶过时，溅起了层层水花。

则光骑着马，时而车前，时而车后。

最大的孩子与则光同骑，中间的孩子被家将抱在怀里同骑。只有五六岁的吉祥和我以及浅茅、乳母一起坐在牛车里。

长着柔嫩新芽的树枝，从道路两边垂下，当牛车经过的时候，枝条甚至伸进车里。正想着要折下一枝来，车却已经往前移了。

"哎，不觉得有点艾草的香味么？"

我有些激动。

路边的艾草被卷进了车辙，随着车轮滚动，发出了近似于香的气味。

艾草的香气让我有一种梦幻般的感觉。我想把这种趣意也记录下来。

不知不觉中，已经写了厚厚一本了。

因为开头部分写了"春天最美是黎明时分"，所以我将这个草子装订好后写上《春曙草子》，差人送到了弁君那边。

虽然不知道弁君是否会看这本书，但我想万一丢失了可不好，所以又抄了一本留在手上。

"最近，你好像忙得很啊！这么一个劲儿地写信，究竟怎么回事啊？是不是在跟什么人来往？"

则光说道。

"我不是在写信，不过也有点像书信。不对，准确说，应该是练笔。"

"不是在给男人写情书吧?"

"说不定是情书哦……噗嗤!"

或许我是在给未知的"你"写情书。

像水晶一般散落的澄盈水珠、艾草的香气,这些一下子让我"陷入疯狂"。

我想说:"听听我的心声,跟我这个狂人一起欣赏这个世界吧!"

我似乎缺乏一种建构完整的物语世界的能力。生活中,不时发现的闪亮点滴,我把它们全部收集在一起,悉数装入我的锦囊中。也许这些点滴终有一天会互相碰撞出火花,发出宝玉一般的光华。可是,这些杂乱的素材,也许永远也无法变身为宝玉。

因为实在是玉石俱在……

不过,不论如何,这些都是我的人生慰藉。现实世界中,尽是那些令人烦心的执着与欲望,如同狂风骤雨一般侵袭而过……

致信兄长依然四处惹事,则光一直在为他善后。虽然则光不曾跟我提过,他内心的想法无从得知。但是,似乎他对致信兄长有一种莫名的亲近感。致信是京城里恶名远扬的无赖,不知何故,他有时跟支持花山院的那一伙人混在了一起。则光一向同情花山院,他似乎因为这个对致信怀有好感。

花山院自从退位之后,有一段时间曾经专心于佛道修行。如今似乎已经把念佛抛诸脑后,过得十分肆意自在。他一向是个好色人士,私生活问题不断,世人对此很是不以为然。据说他遗传了父皇冷泉院的癫狂疾病,是一位有些异常的疯狂君王。他宠爱乳母的女儿中务。这倒也罢了,可他居然临幸中务跟其他男人所生的女儿,结果母女俩同时怀上了他的孩子,成了一桩丑闻。

花山院的身边聚集着一伙面相不善的恶僧、恶徒。虽然他已是出家人身份，却通过暴力手段在京城里横行霸道。致信似乎也是其中之一。

贺茂祭的时候，花山院的随从冲撞了公卿们的车辆，这真是天理不容的暴行。第二天，花山院非但不见收敛，甚至还更为嚣张地示威胡闹。他手下一个甚为得意的一个恶僧，经常戴着高帽，人称"高帽赖势"，是个有名的无赖。当天，这些无赖们跟在花山院的牛车后面，气势汹汹地结队走过京城的各条大道。

其中，花山院的牛车尤为引人注目。一串模样怪异的数珠故意夸张地露在了车外。这串数珠用橘子串成，最大的"数珠"是一个大大的柑子，下面带着一长串的巨大"数珠"，摇摇晃晃地露了出来。

非常具有挑衅意味，十分扎眼。

有人前来报信说，为了惩戒前一天发生的暴行，检非违使①即将展开追捕。只见花山院一行顿时惊慌失措，随行的恶僧、恶徒们也四散逃走。花山院身边只剩下同车的几个人，偷偷摸摸地逃了回去。世人都说花山院如此行为，真是有失身份，不堪入目。

据说，之后检非违使对花山院加以监视，而且狠狠地敲了他一笔竹杠。

总之，花山院给"太上天皇"这个尊贵的名号抹了不少黑。

可是，朝廷对他却无可奈何。

则光说：

"现在的天皇得以即位，都是多亏了花山院出家让位。"

---

①日本古代的一种官职，近似于中国封建社会的御史大夫、廷尉。权力最盛的时候，负责平安京地区的治安维护、缉拿审判，以及解决贵族、平民的民事问题等。

"花山院在位不足两年。他本来是一个率直、纯真的人。他太过于纯真，没能得到世人的理解——人们都认为他是一个癫狂的君主。在我看来，这些都是因为他在年少、敏感的岁月里，心灵受到了严重伤害。"

一说到花山院的事，则光便滔滔不绝。

"如果说花山院不正常的话，那么如今这些显贵，一个不漏也全都是狂人。癫狂的应该是他们——欺骗了花山院的那些家伙，还有东三条大臣。只能说他们一个个都疯了！"

弁君也曾经说过，东三条大臣兼家公一手缔造了如今九条家的荣华富贵。他性格强势、严苛，仕途发展一度超越了堀川殿兼通公。兄弟二人之间激烈的权力之争，持续了数年时间。不过，最终还是作为兄长的兼通公得到了关白之位，凌驾于弟弟之上。而兄弟之间的不和也彻底变成了难以抹去的憎恶。

不久，堀川殿得了重病，命在旦夕。这时，门外从东边传来了开道的声音。兼通公手下的人前来通报说："东三条大将[①]朝这边过来了。"

兼通听闻之后，内心欣喜地想："虽然常年不和，但毕竟是骨肉兄弟啊。应该是听说我病危，就过来探望了。"

他吩咐下人将身边杂物收拾好，将房间收拾干净，准备迎接兼家进门。不料，又接到禀报说："东三条大将从大门经过后，一路奔宫里去了。"

兼通公顿时怒火中烧，在手下面前自觉颜面尽失："他今天要是来了，我就把关白之位让给他……就因为他是这种人，所以才导

[①] 当时藤原兼家兼任右近卫府大将。

致了兄弟常年不和。"

兼通公抬起头，声嘶力竭地说道：

"扶我起来！备车！把开道的人叫来！"

边上的人都觉得他是不是中邪了，或者是临终之际说胡话了。结果，他戴好冠帽，穿好朝服，出发前往宫里。应该是一念嗔心给了他力量。

在儿子的搀扶下，兼通公经过泷口警卫处①，来到了清凉殿北边的昆明池屏风边上。一看，发现在白天的议政处，天皇跟兼家公正面对面坐着。

东三条殿听说兄长堀川殿已经过世，所以赶忙前来跟天皇奏请接任关白之事。东三条殿便是那部《蜻蛉日记》的作者的丈夫。这本手记里，作者充满怨艾地写着："夫君带着一班人乘车从家门外经过。家里的下人们以为他要前来拜访，连忙打开大门跪下候着。结果他却过门不入，去了别的女人家里。"看来他原本就是一个不在意他人想法、处事粗放的人物。东三条殿一心只想着自己的官位升迁，据说这样无视他人准备迎接自己的心意，过而不入的事情不是一次两次了。

当东三条殿与天皇看到堀川殿突然出现在眼前，都大吃一惊。堀川殿非常不快地跟天皇上奏道：

"我最后一次前来参加除目安排。"

他罢免了东三条殿的官位，并且将关白之位让给了小野宫家的赖忠大臣，回家之后便过世了。真是偏执、轻易不肯善罢甘休啊。

当时在位的是年仅十六岁的圆融天皇。

---

①宫里负责警卫工作的武士们所在之处。

东三条殿将女儿诠子①以女御的身份送入圆融天皇宫中，已经生下了第一皇子。结果因为自己此次未能顺利当上关白，心中不快，便把诠子以及皇子都留在自己家中，不让他们返回宫中。天皇虽然很想见到女御与皇子，可东三条殿把气都撒在了天皇身上。他自己未能顺利任官，女御也无法返回宫中。

东三条殿还有一件心怀不满的事情。太政大臣②赖忠公也将女儿遵子③以女御身份送入宫中，她已经被立为中宫。遵子尚未生子，居然越过已经生有皇子的诠子女御，实现了立后，这令东三条殿非常恼怒。

女御人数众多，能够立后的只有一个。一旦成为中宫，各种待遇便截然不同，是一件光耀门楣的大喜之事。

赖忠一门可能也因此有了傲慢之心吧，此后发生了赖忠家的大公子公任卿④的失言事件。当时，公任卿的姐姐遵子在立后之后，初次进宫，一行人经过西洞院大道往北而去。浩浩荡荡地经过东三条殿府邸门前时，府里的东三条殿与诠子女御都十分遗憾地强忍着难过。就在这时，皇后的弟弟、时年十七岁的年轻殿上人、公任卿得意洋洋地一边往府里瞧，一边大声地揶揄道：

"不知这里的东三条殿女御何时立后啊？"

兼家公一族都非常恼怒，但考虑到自己这边已育有皇子，未来可期，便以此为安慰，生生忍下了这口气。

---

①藤原诠子（962—1002），藤原兼家次女。圆融天皇女御，一条天皇生母。东三条女院。

②日本律令制度下的最高官位，位居太政官四大长官（太政大臣、左大臣、右大臣、内大臣）之首，与左大臣、右大臣并称"三公"。

③藤原遵子（957—1017），藤原赖忠次女，982年被册立为圆融天皇中宫。

④赖忠长子藤原公任（966—1041），官至正二位，权大纳言。世称四条大纳言。平安朝著名歌人，除和歌之外，亦十分擅长汉诗与管弦。

种种原因，兼家公与圆融天皇之间关系未必融洽。不过，赖忠身为太政大臣，年轻的天皇也无法随意拒绝他的要求吧。

遵子中宫一直没有生育，世人们在背地里都非常失礼地称她为"不孕皇后"。

东三条殿闭门不朝，道隆、道兼、道长三位公子也不出席公事活动。天皇不时给女御写信，却常常不见回音。不知不觉，皇子已经三岁，正是最可爱的年纪。只有着袴仪式①在宫中举行，天皇与长大许多的皇子久别重逢，十分喜悦。

天皇也跟女御说了不少贴心话。可是，女御依然记恨着遵子立为中宫一事，心里并未原谅天皇，她不顾天皇的挽留，带着小皇子一起返回娘家。

此后，东三条殿托辞自己得了感冒之类，连天皇召见也不搭理。

天皇想要逊位，立小皇子为下一任东宫太子。一听到这个消息，东三条殿心情顿时大好，立刻变了一副面孔，高高兴兴地上朝来了。

终于，圆融天皇退位了，东宫即位。这位东宫即冷泉天皇的皇子，当时十七岁，即位后成为花山天皇。诠子女御的小皇子，年方五岁便荣登太子之位。

新即位的花山天皇喜好女色，女御一个接着一个入宫。其中，他尤其宠爱一条大纳言②家的小姐③、即弘徽殿④女御，近乎疯狂。女御怀孕八个月的时候过世了，天皇悲伤得无以复加，据说哭得一

---

① 孩子满三岁、五岁、七岁时举行着袴仪式。
② 藤原为光（942—992）。平安时代中期公卿，官至太政大臣，藤原师辅第九子。
③ 藤原为光次女、藤原忯子（969—985）。
④ 天皇御所内的后宫七殿五舍之一。多为皇后、中宫或者地位较高的女御之住所。

塌糊涂，声音都哑了。

花山天皇在位时，东三条殿依然在关白赖忠公之下，没有什么出场的机会。花山天皇倚重舅父义怀中纳言①以及宠臣惟成弁官②，东三条殿可谓全无发言权。他一心祈祷着东宫能够早日登基。

世人都说，花山院出家是东三条殿精心策划的。怂恿悲痛中的花山天皇出家，给他灌输道心的，便是东三条殿的次子道兼公子。他和天皇一起发誓抛却红尘，于宽和二年六月二十二日夜里，悄悄地离开了宫里。

那一夜，明月皎皎。天皇说：

"月色如此分明……这么悄悄出宫……"

他有些犹豫不决，真是让人同情。道兼公子有些慌了，催促道：

"已经无法回头了。皇位的象征——神玺、宝剑都已经转给东宫了。"

"稍等一会儿。"

天皇想着至少要带上片刻不离身边的已故女御的书信，道兼公子却假装掉泪，说道

"怎么还如此留恋红尘？趁着现在没人阻拦，赶紧出家吧。"

前往花山寺的路上，不时有武士悄悄现身护卫。到了鸭川岸边，就开始公然陪同了。他们在花山天皇一行到达花山寺，并且目睹天皇剃发之后，便立刻护在道兼公子身边，拔出一尺左右的大刀，将天皇与道兼公子隔开。

道兼公子装腔作势地对已经剃发的花山院说：

---

①藤原义怀(957—1008)，花山天皇母亲藤原怀子之兄。
②藤原惟成(953—989)，花山天皇乳母之子。

"我暂且告辞，前去见父亲最后一面，跟他禀报我的出家之意。我一定会回到这里，成为您的佛门弟子。"

一群武士守护在他身边，防止寺里的僧人们强行让他出家。就这样，他一副"不宜久留"的样子，抛下花山院便离开了。看着道兼远去的背影，不知花山院心里是什么滋味。

据说花山院曾经哭着说："我被他骗了！"

皇宫里，因为天皇的突然失踪而乱成了一团。义怀中纳言与惟成弁官追到了花山寺，看到花山院已经落发为僧的样子，顿时号啕大哭。更让人唏嘘不已的是，两人当场决定遁入空门，与花山院共命运。

于是，七岁的东宫即位，成为一条天皇。他的母亲诠子女御也迅速立后，成为皇太后。诠子以皇太后的身份进宫时，公任卿正在奉公，皇太后身边的一个仕女，坐在牛车上挥着扇子招呼公任卿过来，说道：

"您那位人称不孕皇后的妹妹，如今身在何处呀？"

这是在报当年的"一箭之仇"。

离当时已经过去了四年时间。

如此，在一条天皇在位期间，东三条一门迎来了春天。兼家公成为关白，权倾天下。为了这一天的到来，他们经历了艰苦卓绝的"血战"。

道隆、道兼、道长……也许终有一天，这几个兄弟也将步上父亲兼家公兄弟的后尘，互相争权夺利。

物是人非，花山院如今颓然不堪。或许佛道修行也无法让他的内心平静。放声高歌、在京城的大路上恣意驱车、与检非违使对抗……

"我能明白花山院的心情。"

不论花山院做了什么事，则光总是坚定不移地站在他那一边。他曾经陪同花山院一起出游书写山①。

他不曾说过花山院的一句不是。

花山院如果对某件事情入迷，便往往会陷入疯狂之中。出家之后，也是拼命投入佛道修行之中。他甚至曾经前往熊野朝拜。途中在千里滨②染恙，枕着海边的石头休息时，看到一边渔夫烧制海盐时升起的袅袅轻烟，他悲哀地吟咏了一首伤感的和歌：

羁旅夜半化轻烟③，
却道渔夫烧海盐。

则光说花山院的种种疯狂是因为他着了魔。则光始终坚持花山院是一个心里一尘不染、纯净如水的人。他的悲伤、烦恼以及求道之心，一旦投入，便一心到底。

"他非常纯粹，不会说谎或者欺骗别人。要说疯狂的话，应该是彻底欺骗了花山院的东三条殿、道兼公子那些人。"

则光很少对什么事情发表自己的独特见解，但是事关花山院的时候，他经常言所欲言。这让我想起了"为之献身"。对则光而言，他"为之献身"的"你"即花山院么？

数日之后，弁君来了一封信。

"前几天的那本《春曙草子》，定子小姐颇感兴趣，她说希望能

---

① 书写山，位于今天日本兵库县姬路市，山上有天台宗圆教寺。
② 位于现在日本的和歌山县。
③ 平安时代，在夜里升起的烟多指火葬所致的烟。此外，花山天皇所咏和歌中的"旅"与"荼毗"谐音，形成双关。

看到后续部分……"

三

"你觉得定子小姐最感兴趣的地方是哪一处呢？一整本，她都读得津津有味。尤其是：

"'那些令人悸动的'一节中——发现唐镜有些暗淡的时候——读到这一段，定子小姐欣喜地说'多么美好的感受'。

"此外，不是还有一节写道：'初秋时节，风刮得很大，雨也下得很大的日子里，天气转凉，人们手里已经不再拿着扇子了。此时，把残留着一点汗香的薄衣盖在身上午睡，那种虚幻中带着一些伤感、优雅的情趣'么？定子小姐尤其喜欢这一段，她赞赏道：'我从未读过笔触如此敏锐、纤细的文章。和歌里也不见这样的例子。'

"至于我自己，则更喜欢题为'什么什么的'的章节。那些更为具体的关于身边琐事的描述，真是栩栩如生。在'令人憎恶的'一节中，你提到了'夸奖自己往日情人的男人'，说得真是一点没错。在'肮脏邋遢的'一节中，举了'男人听闻并非自己所爱的女人生病之时的心情'为例，你一直蛰居家中，为何会如此了解男人的心理呢？

"《春曙草子》如今在府里可是抢手货。说起来真是荣幸，道隆大人与夫人也已经垂阅，他们都赞不绝口：

'果然不愧是歌人元辅的女儿啊！'

"伊周公子、隆家公子等年轻公子们，好像从仕女们那儿抢走了书，偷偷地在看……

"不过，最为热心的读者还是定子小姐，她让字迹秀丽的人誊写之后，用漂亮的唐纸装帧好，收藏在身边。定子小姐说还想阅读后续部分，这真是让我与有荣焉。"

弁君的来信，让我欣喜非常。

有生以来，我写的第一本薄书——既非物语日记也非和歌题词，一无可取。这些随意写下的消遣文字，第一次得到了客观的评价。

尤其让我欣慰的是，定子小姐读懂了关于唐镜、初秋的情趣。从这一刻开始，这位比我小十多岁、美丽年轻的尊贵小姐成为我心目中至高无上的偶像。

我一直认为，除了已故的父亲，世上再无人能够与我心意相通。这不同于对亲密、温暖、日常的情爱之期待，是另一种我极度渴望的内心需求。乳母的女儿浅茅、丈夫则光、孩子们，我并不是不喜欢他们，现在甚至可以说是"爱着"他们的。这样的人生包裹于柔软、缺乏真实感、湿润的幸福之中，沉浸在无止境的安逸之中。如今的我，正惬意地蜷身于这样带着一些内疚、不安，却又貌似冠冕堂皇的安稳之中。正如世人所说，习惯成自然、久而不闻其臭……

我无法满怀期待地问他们：

"读过了么？觉得有趣么？"

说实话，我曾经将《春曙草子》送给在权中纳言家里侍奉的一个熟人。这位跟我父亲那边有亲戚关系的女性名叫兵部君[①]，在权

[①] 兵部为日本古代律令制下的八省之一，主管国防、军政。该妇人家中父兄或者夫君，可能有人在兵部任职。

中纳言（道长）的夫人（鹰司殿伦子）身边侍奉着。

我曾经在兵部君的带领下，拜访过土御门府邸。在那儿，我悄悄望见了权中纳言凛凛威严的风姿。

在道隆大人的夫人身边侍奉着的弁君说，虽然是同胞兄弟，但作为长兄的道隆大人与最小的弟弟道长大人，不论气质或家风都截然不同。

双方府上都一样充满了活力，一片欣欣向荣。但道长大人似乎该紧的时候就紧，行事稳健，而道隆大人则十分豪放，甚至可以说是无拘无束。

当然，如今不论从年纪或身份来说，道隆大人都占了上风，正是志得意满之时，所以如此张扬地炫耀自己的权势地位如日中天也是情理之中。这些终究是两人各自的性格使然吧。

东三条大臣兼家公性格刚愎，即使在进宫觐见的时候，也是将直衣的纽带解开，放松随意地坐车前往。这或许可以说是一种旁若无人的气势吧，六十年间，兼家公击败了所有政敌，让他们穷途末路，终于将天下收为囊中之物。在世人眼里，如此自负简直就是视皇宫为己家了。据说，七月宫里举行相扑节会①的时候，他在天皇与东宫面前只着一身袭衣，嚷嚷着："热死了！热死了！"——虽说他是天皇和东宫的外祖父，这实在也太……这位大人府上并无夫人同住，就他自己一个男人独居，所以他就把东三条府邸的西厢房仿照宫里清凉殿的风格加以修建。世人都议论纷纷，认为这也太狂妄无礼了。

①奈良、平安时代，于皇宫中举行的庆典活动之一，与"射礼"、"骑射"等并称"三度节"。

这种傲岸不逊，加入对艺术、学问、流行新事物的热爱，似乎就是内大臣道隆大人府上的风格了。

也许正因为如此，所以像我这样泛泛之辈所写的《春曙草子》也能有幸得到关注（如果弁君所言非虚）。

另一方面，我将《春曙草子》托付给权中纳言道长大人府上的兵部君之后，过了数月依然无声无息。最后，有点变得皱皱巴巴的书终于还回来了，附着一封内容平淡的信："是一本有趣的书，谢谢你借我阅读这么长时间。"这位兵部君比我年长许多，说起来，她可能既无时间也无兴趣来阅读这样一本古怪的书，但是作为我来说，不由得因此而思考两家的不同家风。

东三条大臣兼家公正是那位写了《蜻蛉日记》的作者的丈夫，一向在恋爱方面十分强势、自私。

在这一点上，他的长子道隆公与他如出一辙，拥有众多恋人。其中，有一位女性，是才学出众、国守出身的高阶成忠之女，被道隆公选为夫人。作为国守的女儿，能够嫁给藤原氏未来的掌权人，可以说是麻雀变凤凰，攀了高枝了。这位贵子夫人与道隆公之间生育了七个孩子，其中三个是公子，四个是小姐。

不得不说她是一位十分幸运的女性。

而且，这位夫人是世人看轻的职业女性，她出仕宫中，抛头露面。圆融天皇在位的时候，她曾经在宫里担任女官，人们参考她父亲的名字，称呼她为高内侍。道隆公看中了高内侍，并展开了追求。虽然他身边有数位跟高内侍差不多的女性，但最终选定她为正室夫人。道隆公应该是相当钟情于她吧。

"那是因为她是个了不起的人物啊……那位夫人，可不一般！"

弁君引以为荣地说道。

"她非常有魅力,知文艺懂情趣。而且,她继承了自己父亲深厚的汉学修养,所写的汉文文章,一些半桶水的男人可是望尘莫及。世人都说女人要是写什么汉字,一定没什么好事情,认为女人学会读写平假名,能背诵《古今和歌集》,这种程度的教养就足够了。那是因为他们都不知道世上有这么一位夫人。"

弁君本人已是一个很有教养、为人开明的女性,我对她心怀敬意。结果,这样的弁君告诉我:

"夫人是一位极具吸引力的女性,才思敏捷、开朗有趣——难怪道隆大人不把其他女人放在心上啊。"

虽然生了七个孩子,已是中年,但夫人如今依然精力充沛朝气十足,是道隆大人府上的核心人物。

"她性格开朗,而且对谁都那么亲切,时常说一些趣事逗大家开心……市井所说的那些女人的美德啦、谦恭啦、隐忍慎言啦——这些,她都不以为然。"

"是么……"

对我来说真是难以想象,那样一位身份高贵的权门夫人居然如此富有个性。

"她十分直率,但并非恶意。在她身边待久了,自然就会明白这一点——住在深宅大院里,各种流言蜚语便会四处流传——尤其男人们的恶意中伤有时比女人还要过分——但有一点毋庸置疑,定子小姐的开朗与阳光是来自她的母亲,虽然她的父亲也是一个快乐的人——言语幽默,身边总是笑声不断。"

总之,不论性格还是兴趣,那两位可真是天生一对啊。"

然后，弁君笑着说：

"而且，夫人还会喝一点酒。"

"真的么……"

"毕竟跟着道隆大人那么多年了。"

弁君说完，我也忍不住跟着她一起笑了。

道隆大人喜欢饮酒，是出了名的海量。某年在贺茂祭上发生的醉酒事件，如今依然在街头巷尾流传。贺茂祭次日，斋院①即将踏上归途，道隆大人也想一睹斋院一行的风采，便邀上酒友小一条大将、闲院大将等人同车前往紫野。道隆大人十分喜欢一款画着乌鸦的酒瓶，常常在里面装上满满的酒开怀畅饮。当天，他也是用那个酒瓶。揣着自己喜欢的酒瓶，身边有一众意气相投的好友，这酒的味道不可能不香醇。终于，一行人都喝过了头，彻底醉倒在了车里。

结果，道隆大人吩咐手下把牛车前后门的帘子都全部高高卷起，嚷嚷着：

"热死了！好好通通风！"

只要是贵族，即便是男性也必须把牛车的帘子放下，不能让身份低下的人随意看到。可是，他们何止是卷起帘子，里面的三位把乌帽子也甩在了一边，整个发髻都露在了外面……这荒唐的一幕，真是让人瞠目结舌。

据说这几位，每每聚到一起，便不醉不休。

---

①平安时代至镰仓时代左右,侍奉于贺茂斋院的斋王,历代皆由内亲王或女王担任。每年四月酉日的贺茂祭,斋王在进行完祓禊之后,从紫野斋院御所出发,前往贺茂上下两社正式任职。途中,斋院乘坐华丽的牛车前往,同行人员也都衣着华丽,成为当时人们观赏的一大盛事。

他们认为醉到神志不清、步履蹒跚、衣衫不整，必须有人搀扶着才能上牛车，这才是境界。

道隆大人醉得快，也醒得早。传说参拜贺茂神社①当天，道隆大人也是醉倒在车里。这个参拜活动在贺茂祭之前举行，十分重要。公卿大臣们也都前来参加，是一个非常盛大的仪式。道隆公需在下贺茂神社殿前用素陶酒杯饮酒。作为仪式，必须连饮三杯。

可是，神官们对道隆大人酒豪的盛名早已有所耳闻，便投其所好，在素陶大酒杯里倒上了七八杯的酒，大人一口气全喝下了。接着，在前往上贺茂神社的途中，他便在车里睡得不省人事了。

待在牛车边上的道长大人心里十分纳闷："这究竟怎么回事？"原来，入夜之后，火把的亮光透过牛车的帘子，照亮了车子里面，可是道隆大人却不见踪影。不久，到了神社殿前，道隆大人仍然烂醉如泥，不见下车。道长大人击打着扇子出声呼唤他，可他依然沉睡不醒。

于是，道长大人凑近他身边，用力地拉他的袴裤下摆，他才终于睁开了眼睛。这种事已经是家常便饭，道隆大人用梳子整理了一下鬓发，不慌不忙地下了车。

这一刻，道隆大人神志清醒，姿容端正，完全看不出是一个刚刚还烂醉如泥的人。

对于那些认为"享受美酒是男人的一大乐趣"的人而言，道隆大人的好酒逸事也是一种美谈吧。

而那些不喜欢行事狂放的人，对道隆大人便没什么好感。此外，据说他从年轻时开始，便是一个多情公子，四处留情，跟许多

---

①在贺茂祭前一天,摄政与关白前往贺茂神社参拜。

女性生下了数不清的孩子，这也让他饱受非议。对夫人①是他的父亲兼家大人的情人之一，艳名在外。道隆大人后来跟父亲的这个情人也有瓜葛，还跟她生有女儿。

这位大人出格的艳事、好酒的性格、与身份低下的仕女的自由婚姻……诸如此类，在思想守旧的人眼里，都是一些令人嫌恶、蹙眉的事情。

兼家大人的二公子，即道隆大臣的大弟道兼大人，品行端正，总是看不惯兄长的做法，时常找茬批评他。

世人都说，这位道兼大人面容黝黑，毛发浓密，长相丑陋，而且性情阴险，为人固执。

"听说宫里的女人们对他都没什么好印象——都说他说话不留情面，喜欢刁难人。"

弁君这么告诉我。

话里提到的"宫里的女人们"，比起年少的一条天皇身边的那些仕女，更多是指诠子皇太后那边的意见。

如今能够随心所欲地将天下操纵于手中的，是东三条大臣兼家大人与他的女儿，即当今天皇的母亲诠子皇太后。

已经退位的花山院、冷泉院，甚至圆融院，都无法参与其中，他们在政治方面毫无权力。

如此，天下和后宫两个世界，主宰前者的是兼家大人，后者的实权人物则是诠子皇太后。

---

①原文为"対の上"，意为居住在"対屋"中的夫人。平安时代寝殿造建筑中，于正殿（寝殿）的东西两边以及北边所建房屋，称为"対屋"，即厢房。东西两边多为子女居住，北边多为正夫人居住。

关于这方面的事情，兵部君比较熟悉。

要说诠子皇太后与道长大人之间的关系，兵部君了解许多弁君所不知道的事情。

诠子皇太后是道长大人的姐姐。

实际上，道长大人还有一位比他年长许多的姐姐超子。她是冷泉院的女御，还是如今的东宫（日后的三条天皇）、为尊亲王、敦道亲王，三位皇子的母亲。据说，兼家公非常疼爱这三个外孙，常常把他们抱在怀里。他们的母亲超子女御在十二三年前突然死去。因此，外祖父兼家格外疼爱这三个幼年丧母的小皇子，也是人之常情吧。

对了，想起来了，因为事情发生在父亲带着我从周防国回到京城之后，所以我曾经较为详细地听说过具体的经过。

那是天元五年（982）正月二十七日庚申之夜。

庚申之夜，按习俗不可以入睡。传说如果在庚申之夜睡着了，住在人体内的三尸虫便会升上天去，将那个人所做的坏事悉数禀报给天帝。因此，当天夜里，必须想方设法赶走睡意，通宵不眠。

超子女御是先行退位的冷泉院的女御，妹妹诠子女御则是当时的天皇、圆融院的女御。两姐妹各自成为了两个兄弟天皇的女御。

在两位女御各自居所的客厅里，年轻的仕女们正热热闹闹地嬉戏玩耍着。女御们的同胞兄弟道隆、道兼、道长等贵公子们，在两边来来去去，或吟咏和歌，或跟仕女们凑在一起下棋、玩双陆。不知不觉中，夜深了。

超子女御非常开心地说：

"多亏了这些年轻公子，庚申之夜的瞌睡虫们都跑了！"

终于，传来了公鸡打鸣的声音。超子女御靠在扶手上打起了瞌睡。

大家都说：

"既然睡着了，就不要吵醒她了。天已经快要亮了。"

可是，女御的一个兄弟想要让她听一听自己所咏的和歌，便过去唤她：

"快醒醒……现在这个时候，就要睡了么？"

女御一直没有回答，于是他便凑近她说：

"失礼了。"

然后，他拉扯了一下女御的衣角，只见女御的身体突然失去了平衡，一下子倒了下去。

"哎呀！这是怎么了……"

周围顿时一片混乱。女御的身体已经冰冷。众人震惊之余，取来大殿油灯近前一看，女御早已面色全无。如同噩梦一般，所有人都失魂落魄。上上下下一片哗然。

兼家公接到消息之后，大惊失色，迅速赶到了宫里。他抱着女儿超子女御的遗体，呼天抢地失声痛哭。长女超子成为冷泉院的女御，生下了三个小皇子，她对于父亲兼家而言如同掌上明珠一般。

"不会是元方[1]的鬼魂在作祟吧……"

宫里充斥着此类可怕的传闻。

元方即已故大纳言藤原元方，他的女儿为村上天皇[2]生下了第一皇子，所以他一直期待自己能够成为未来的东宫外祖父。可是，

---

[1] 藤原元方（888—953），官至正三位大纳言。
[2] 日本第62代天皇（926—967），醍醐天皇第十四皇子，在位（946—967）。

美梦却未能成真。右大臣师辅的女儿安子女御①，紧接其后生下了第二皇子。这个尚在襁褓中的小皇子，迅速被立为太子。在右大臣面前，不管元方如何心有不甘，他也不是对手。

结果，元方大纳言郁郁成疾，含恨而终。

据说，如今依然化身为鬼魅，时常在宫中作祟。

不，说起作祟的鬼魅或恶灵，可不只是元方一个。

未能即位的皇子们、薄命寡幸的妃子们、遭受排挤饱尝屈辱的大臣们，这些人的绵绵恨意化为鬼魅，至今依然潜藏于宫中的各个阴暗角落里。

兼家公让另一个女儿诠子女御和她所生的小皇子速速离开宫廷，并且不顾圆融天皇思亲心切，很长一段时间不让他们进宫。据说不仅仅是因为对天皇未立诠子女御为中宫一事怀有怨意，另一方面也是因为害怕元方的恶灵作祟。

少女时代的我，想象着九重深宫中，人们如何低声议论着这些传闻。那种充满神秘感的耳语，让我十分向往。当时，许多前来拜访父亲的人，给我带来了期待中的种种传闻。

父亲不是一个普通的官吏，他同时还是歌人，所以他身边有着各色知己好友。这些人利用歌人的身份，自由出入后宫女人的世界，以他们独特的解读，为我们带来了那些传闻。

我对宫廷满怀憧憬，带着梦寐以求的心情听他们讲述那些传闻。即使是那些怨灵、鬼魅，跟华丽的后宫连在一起后，也平添了几分诡异的魅力。

同时，这些怨灵、鬼魅与男人们对权力的极度渴望如出一辙。

---

①藤原安子(927—964)，藤原师辅长女。

圆融天皇即位时，也曾经发生过安和之变①。冷泉院与圆融院两兄弟之间，还有一位出色的亲王。

冷泉院患有疯癫，所以他的二弟集众人声望于一身。可是，这位皇子选了源高明②的女儿为妃，在藤原氏一族眼里，如果他成为天皇，权力将被源氏掌控。

于是，源高明被加以谋反之罪名，遭到流放。当时我才三四岁，记得不太清楚，不过经常听到周围的人议论此事。检非违使包围了源氏大臣的府邸，高声宣读着圣旨：

"因犯谋逆之罪，贬为太宰权帅③，处以流放之刑。"

大臣即刻被剥夺了官位，押上了鱼梁车④，甚至未能与家人告别，便被逐出了京城。夫人与子女们哭喊着在后面追。府里的人个个悲痛欲绝，长叹不已。周围旁观的人无不为之掬一抔同情之泪。此次事件在那本按理不涉及男性、官方场合、政治方面等内容的《蜻蛉日记》中也有记载。当时那种惨烈凄凉，让人感慨昨是今非命运无常，连《蜻蛉日记》的作者也难以视若无睹吧。

这位作者是兼家公的夫人之一。

而且，东三条大臣兼家公正是此次"安和之变"背后的黑手。

---

①安和之变发生于969年。
②源高明(914—983)，平安朝中期公卿，醍醐天皇第十皇子，官至正二位左大臣。
③九州太宰府长官太宰帅的权官，为定员之外任命的官职。太宰府承担九州的防务以及外交等政务。一般由亲王叙任名誉上的帅职，大贰为实质上的长官。自菅原道真以来，太宰府权帅一直是朝廷大臣流放、左迁的职位。
④牛车的一种，车厢用竹子或者桧树的薄板制成。大臣、纳言等公卿在非公务或远行时乘坐。

有人说，兼家公与他的兄弟们即伊尹、兼通等人同谋，陷害了源氏左大臣。可是，也有人说是小野宫大臣，还有人说是右大臣伊尹。我的父兄们都说还是东三条大臣那边比较可疑。

如果那是真事，兼家公则参与了贬谪源氏左大臣事件以及欺骗花山院退位出家事件，是两大事件的幕后黑手。

他的双手虽然没有直接沾上血污，但可以说被那些不幸的人们的怨念、泪水与诅咒浸染得乌黑。

源氏左大臣高明公出身高贵，是醍醐天皇的皇子，后下降臣籍赐姓源氏。身为左大臣，仪表堂堂，却蒙冤落魄，坐在鄙陋的牛车上，被粗暴的士兵们一路驱赶。人们看到这凄凉的一幕，想起了从前菅原道真大臣被流放时的场景，同情之泪潸然落下。

源氏左大臣的公子们一路追在牛车后面跑，但遭到士兵们的驱赶，不得靠近。其中，最为年少的俊贤公子，平日里与父亲十分亲近，时年十一二岁，不断哭喊着追在牛车后面。即使是铁石心肠的士兵们，也忍不住网开一面。源氏大臣被贬谪为太宰权帅，日后虽然得到赦免返回京城，但最终落发出家。

不久，大臣的府邸发生了一场莫名的火灾，付之一炬。他是政治斗争的可怜的牺牲者。

这位源氏左大臣的正夫人，是兼家公的妹妹。说起来，兼家公是高明公的妻兄，但兼家公似乎对这些并不在意。

经过安和之变，圆融天皇即位，并最终迎来了花山天皇的登基。诠子女御所生的皇子立为东宫之后，花山天皇的退位就提上日程了。如此，诠子所生的皇子终于在七岁登上了皇位。

兼家公以及他的公子们总算等到了这一天。

兼家公是新天皇的外祖父，而道隆、道兼、道长们则是新天皇的舅舅。如今，他们都大权在握，一门荣耀。

也许，有一天，在道隆、道兼、道长三兄弟之间，一场你死我活的政治斗争也将拉开帷幕。

不，这场斗争已经开始了。

"不管怎么说，如今在宫里最受欢迎的，应该是道长公子了。皇太后非常喜欢他，都说'道长就跟我自己的孩子一样'。"

兵部君不无得意地说。

兵部君年约三十。从很久以前开始，她就一直在土御门府里源氏左大臣雅信公①的大小姐、伦子身边侍奉。

她既未成家，也无子嗣，一直在外出仕。所以她把自己侍奉的主家视为唯一绝对的存在。

她以自己侍奉的主家为傲。她不怎么中伤或贬低主家，倒是因为过于维护主家，似乎总是喜欢说别家的坏话。

不过，她本质上是一个好人。我如果拜托她，她会让我跟她同车，带我一起前去那座有名的豪宅——土御门邸。

土御门邸原是土御门中纳言藤原朝忠公的宅邸，又称上东门邸、京极殿，是一处赫赫有名的宅邸。

源氏左大臣雅信公成为朝忠公的千金、穆子小姐的夫婿，居住于此。

雅信公与正夫人穆子膝下有数位小姐，两夫妇多年来悉心抚育，期待有一天能够与天皇或东宫联姻。可是，天皇八岁、东宫十二岁时，伦子小姐已经二十四岁，不适合送入宫中。伦子小姐的仰

---

①源雅信（920—993），宇多天皇之孙。官至左大臣。

慕者众多，其中尤为殷勤的是时年二十二岁的道长公。彼时，道长公尚未升为权中纳言，只是一个不起眼的左京大夫①。伦子小姐的父亲雅信公说：

"就那么个愣头青！"

根本不把他放在眼里。

可是，伦子小姐的母亲却对他颇为中意：

"不，那位公子有过人之处。"

"庆典活动的时候经常见到那位公子，看起来非常与众不同，将来定能出人头地。"

"话虽如此，如果是东三条大臣的长子，至少是次子也还好。他可是最小的儿子啊！出人头地，什么年月才能轮得到他？"

"没那回事！我觉得他是个有福之人。那位公子跟我们家伦子，再般配不过了——错不了，这事就交给我吧。"

这么说着，正夫人很快就把事情安排妥当了。

在雅信大人眼里，这是一桩不相称的姻缘，很是有些闷闷不乐。在他看来，他实在弄不明白，这个官位低下，年纪比道隆公、道兼公都小，甚至比伦子小姐还要小两岁的年轻公子，究竟有什么可取之处？

此后，求婚成功的道长公子，常常意气风发地前来拜访土御门邸。他与新娘伦子小姐相敬如宾。土御门邸对待这位女婿，也是十分周到、郑重非常，丝毫不敢怠慢。

听说此事之后，道长公子的父亲兼家大人说：

---

① 从四位上。律令制下，负责京城的司法、行政、治安等工作的行政机关称为京职，负责京城东侧的为左京职，西侧的为右京职。长官为大夫。

"他们居然如此厚待那么个官位低下的愣头青，真是可笑！这不太妥当啊！"

托了这桩婚事的福，道长公子一下子时来运转。成为左大臣家的乘龙快婿，并且得到岳家的厚待，这位公子顿时身价倍增，今非昔比，成为世人瞩目的对象。

想当初，在成婚之前，道长公子只不过是诸多年轻公子中的一个，如今贵为左大臣府的东床，自是春风得意。而且，对象是原本有意培养成未来皇后的名门淑媛，这门婚事可谓非同一般。

那些侍奉道长公子的人都引以为傲：

"我们殿下可是天下第一的东床快婿！"

道长公子在二十二岁的时候成了婚。在此之前，虽然也有不少人前来牵红线，但他却都不在意。他的父亲兼家大人还为此担心：

"你究竟怎么想的？早点成家安定下来吧！"

如今看来，道长公子应该是早就期待着一门这样的婚事了。

年纪轻轻，还是一家里最小的儿子，道长公子应该是充分考虑了自己的微不足道、处于劣势等不利条件，然后将自己的结婚对象设定为具有社会地位、举足轻重的名门千金，家族必须具有相当的财力、血统高贵、受到世人景仰——想必他应该对各项条件都进行了深思熟虑。

"主要是看中了道长公子的人品。"

虽然单纯的兵部君们相信这样的说法，但显而易见，道长公子自结婚以来，如今已是身价百倍。

道隆公自由恋爱、自由结婚，道兼公子也平平常常地结了婚，两人在婚姻方面都没有什么引人注目的地方。

可以说，在成婚这件事上，尤其是引起世人关注这一点，道长公子超过了上面的两位兄长。

第二年，彰子小姐出生，夫妇之间的关系也更加和睦。这个时候，道长公子和另外一位小姐也结婚了。

这位小姐是前几年在政治斗争中落败的源高明大人的女儿，在诠子皇太后居住的东三条邸中长大成人。

皇太后让这位明子小姐待在身边，非常疼爱她。明子小姐也有诸多求婚者，但皇太后哪一个都看不上。直到她中意的道长前来求婚，这才高兴地应允了。

当时，大纳言道隆公子也不断前来跟明子小姐求婚，可皇太后不肯答应。

"怎么能把明子交给那样一个酒色之徒？相比之下，道长为人本分，将来肯定会让明子过上幸福的生活。他可是个踏踏实实的人。"

皇太后曾经那么说过。

于是，道长公子便拥有了两位夫人。虽然年轻，但可能因为彼此性格都比较成熟，所以并未发生什么纠葛不和，双方都平静、安稳、和睦地享受着婚姻生活。

"道隆大人风流不羁，道兼大人待人冷淡难以接近，如此看来，只有道长大人是那种人人都想亲近、抱有好感的。他对自己人无微不至，不拘小节，十分周到。而且，信佛之心非常虔诚。"

兵部君夸奖道。

总而言之，从道长公子的姐姐诠子皇太后、伦子小姐的母亲对他都青眼有加来看，道长公子似乎属于深得中老年女性欢心的"好小伙子"类型。

他一定非常健谈、温柔。因为相比之下，中年女性更喜欢温情的言语。

而且，中年妇女喜欢的年轻人，不能是性格阴郁的。当然，也不能是性格狷介的。

我曾经悄悄地看过一眼，道长公子富有朝气，英姿飒爽。他性格开朗，身上洋溢着一种悠然自在的自信，气度非凡，引人注目。当时，兼家大臣已经是摄政，道长公子也平步青云，成为权中纳言，身上便自然有了这种自信与气度。

道长公子身上那种与生俱来的热情，似乎与我已故的父亲有一点相似。但垂暮老人与前程似锦的年轻贵公子，自然不可同日而语。

因为前途有望，所以府里上上下下充满活力，热情洋溢。

兵部君也身在其中。

或许，对她而言，道长公与夫人所在的世界便是她的唯一宇宙。虽然听兵部君说这些是一件乐事，但从早到晚，她所说的一切都离不开土御门邸，便不免有些单调。

当然，这也许与兵部君自己的性格有关。世上一般的仕女，都像兵部君那样，沉醉于主家的世界之中，认为主家是世界的轴心所在，世上的一切都是以主家或者主人夫妇为中心。而弁君则有自己的喜好与思考，能以客观的立场喜欢自己所侍奉的主家或主人。像弁君那样有主见的仕女并不多。

不管怎样，弁君与兵部君都是我非常重要的友人。她们给我带来了上流社会的种种传闻……而我，十分喜欢这些上流社会的传闻。

每当我把这些听来的传闻告诉则光时，他总是兴味索然地打断我说：

"这种事，我早就知道了……"

"你知道的话，为什么不告诉我呢？我喜欢听这些。"

"我对这些没什么兴趣。不对，应该说听人家说的时候，觉得挺有意思的，可我马上就忘记了。如果要告诉你，我又得想半天。这太麻烦了。"

"你们不是经常几个朋友聚在一起，说上司的坏话、发牢骚么？"

"跟朋友在一起，自然便会说起那些嘛。不过，比起哪家府上的小姐招了摄政的儿子为婿之类的上流社会传闻，我们说的那些可是现实得多——话虽如此，你可真是对上流社会的生活憧憬不已啊。上流阶层之类，未必就会生活得幸福。那些人有钱又有闲，四处都有情人。每一方都要安顿好，也是不容易啊。"

或许的确如此——那位写了《蜻蛉日记》的兼家夫人，苦于丈夫对她不闻不问，都变得有些神经兮兮的了。

人们羡慕的权门之妻，实际上却是如此境遇——兼家夫人写道。不过，也有人像道隆夫人那样，在出仕宫廷期间得到青睐并结了婚，如今已是大臣夫人身份。

道隆公虽然生性风流，但在他心目中这位夫人是独一无二的，从来不敢对她说不。在诸多女性中，自己是最受宠爱、敬重的那一个，这不就是女人的幸福么？

夫人的大女儿定子小姐，如果入宫成为天皇的后妃，那么仕女出身、曾经被称为高内侍的夫人，便是女御的母亲，将来如果生下皇子，还可能成为东宫的外祖母……

听弁君说，等到天皇元服之时，定子小姐便入宫，这是早就定好了的。她还说，为了定子小姐入宫，服装、家具等一应准备得无比精美。

我的书，那本《春曙草子》，定子小姐会将它放在随身物品中，一起带入宫中么？

我的书，它将会进入禁里么？那个只能在言语交谈中加以想象的后宫世界……

那儿虽然也是人生活的地方，但却并非凡尘俗世。那是一个充满了豪奢梦想、惊世骗局、蛊惑的幻影世界，一切皆是恶，一切又皆是善，混沌不堪，如同似醒非醒的噩梦一般的世界。

高贵血统与阴谋诡计互相混合。

纯真爱情与假意欢笑彼此交融，调制成甘美的春药。

人们时而成魔，时而为佛，戴着面具，彷徨其中。

男男女女，拖曳着艳丽多彩的衣裾，你来我往。那衣服上镶嵌着爱的金箔与恨的螺钿。

"只要一次就好，希望能让我看一眼那个世界。"

我说道。

"你怎么会有那种想法呢？——虽说贵为女御、皇后，可是她们也并不像看上去那般幸福——反目、嫉妒，想想都觉得可怕。我觉得呢，自己没有出生在贵胄之家，真是万幸。你也一样。我没有在外面拈花惹草，你多舒心。在我看来，你可是比女御、皇后都要幸福呐！"

则光总是把这些话挂在嘴边。

"并不是幸福就好。"

"呵!那,要怎样才好呢?你究竟想要什么?"

则光喝着酒说。

"这个家没被今年秋天的大风刮倒,多好。孩子们和你们都平平安安的,我身体健康,工作如常。当值结束之后,我就回到家里,这一切多好!你还要奢求什么呢?!"

则光喝着酒,这是个问题。

酒如果喝得痛快了,这个男人便心情畅快,变得风趣起来。可是,如果哪根筋不对劲了,便开始絮叨。究竟什么时候不对劲,我也不知道。

他往往在意想不到的时候,突然翻脸,变得十分不快。

可能连则光自己都不明白这是为什么,他似乎非常恣意地一下子就生气了。或许他对这种情绪切换乐在其中。

"我并不是想要什么——"

我心里也觉得现在谈及这个话题,有点不合时宜。

就在两三天前,弁君带来了一个非同寻常的消息。

"你不想出仕宫中么?"

她问我。

"侍奉定子小姐,一起前往宫中。"

这听起来简直像是做梦一般。据说道隆公府上,作为大小姐婚事的筹备事项之一,正在招募仕女。

她说对方需要许多才色兼备的仕女,而我则是人选之一。

我立刻回复她:

"现在马上就去的话,恐怕不行。"

可是,只要则光……只要则光同意的话,也许半个月、半年、一年之后可以……

"喂!你究竟还想要什么?!"

则光的心情似乎一下子开始变得不悦起来了。

四

正历元年(990),新天皇一条天皇举行了元服仪式。贺茂祭还游①那天,舞者中有一个是藏人左卫门蔚源兼澄②。慰劳赐酒的时候,摄政大人兼家公说:

"兼澄,来一首庆祝的和歌!"

兼澄权且应承下来,刚刚吟了一个开头:"宵间……"公卿与殿上人便来了兴致,催他赶紧继续:"有意思!宵间如何,快点!"

"宵间为君祈……"兼澄苦吟着,停在了那里。

兼家公也探出身去:

"嗯,宵间为君祈……么,有意思,继续!太慢了,快点继续!"

"遵命"

兼澄低下头,朗朗咏道:

"……长夜不觉晓"

"好!兼澄!"

---

① 贺茂临时祭或春日祭结束之后,勅使、舞者、乐师等人返回宫中表演神乐,并获得赐宴、赏禄等。

② 源兼澄(生卒年不详),平安中期歌人。

殿上人与公卿们齐声喝彩，兼家公也十分满意：

"有意思！来，这个赏赐与你！"

说完，马上脱下身上的袙衣①赏赐给了兼澄。人人都朗诵着这首和歌，兼澄当天十分光彩。

宵间为君祈，夜长永不晓。

微臣夜里跟贺茂大神虔诚祈祷，保佑天皇陛下千秋万代、万寿无疆，如同这漫漫长夜一般，天皇的治世与寿命都将长久不衰、前程似锦。"长夜"一词，既说明夜晚充裕的时间，同时也与天皇的"长治"形成双关。

这首和歌洋溢着兼澄临机应变、即席预祝新天皇治世与寿命长长久久的才气。我想象着端坐在十一岁的少年天皇身边的定子小姐的身姿。

不久，定子小姐被立为女御。她入宫一事，可谓万众瞩目。

她的祖父兼家公是摄政，父亲道隆公身为内大臣，说起来，定子小姐是摄关家的千金，是天下第一等的、毫无疑问身份最为高贵的小姐。

而且，她的母亲曾经出仕宫中，熟知宫中事宜、格调、应酬等等，非常擅长在宫廷中的社交，提前将其中的门道悉数传授与女儿。据说新女御的言行举止已然初具风范，开朗大方。定子小姐携带着大量尽善尽美、富有情趣、奢华无比的家具、摆设以及随身的

---

①平安朝男性贵族在外装与内衣之间所穿的中衣。于宫中出仕的少女也有将它作为桂衣的替代使用。

藏品、艺术品进入宫廷，成为后宫中的佳人。

听弁君说，我写的《春曙草子》跟许多书籍一起，是定子女御嫁妆的一部分。我告诉弁君：

"这就足够了，只是听到这个消息，我就已经非常高兴了。"

弁君说：

"小姐说了，她非常期待能够看到后文。趁着还记得的时候，赶紧写吧……说起来，最近，各种新的物语开始在世上流行了。"

对我而言，弁君如今依然是我重要的情报来源，总是给我带来各种生动的世间传闻。

"新的物语是什么样的？"

"夫人喜欢文学，所以那些聪明又擅长文笔的仕女们就比赛谁写得更好。像什么《寻尸皇子》啦、《梅壶少将》等等。"

"原来如此。这些物语都是什么风格？"

我有些激动。

"我还从未读过，您手里有么？"

"虽然手上没有，但是可以借来让人抄写之后给你送过来。和歌没什么新意，不过有的故事情节挺有趣的，大家都赞不绝口。"

"是什么样的人写的呢？"

"是一些年轻的女人们。有才气的年轻仕女变多了，夫人也很开心。"

此后，大概过了两个月，弁君给我送来了四五本草子。虽然都是简短的物语，其中也不乏有趣的作品。不知不觉读得十分入迷，忍不住想要知道后续的故事，便急忙派人去弁君那儿央求着借续篇。可是读完之后，发现讲述的终究是些镜花水月之事，依然是那个架空的、似曾相识的、司空见惯的、一目了然的、熟悉的世界。一如从前读过的那些故事，精心打扮之后等着情人来访的女人，月夜里悄悄前往恋人住处的男人，这些细节依然投女性所好，为她们量身定做，十分自然地迎合着读者们的趣味。

我虽然喜欢这种"自然"，但却觉得有些美中不足。

更为现实的……实事求是的感动，新鲜真切的惊诧——这些，我在诸多草子里都未曾见到。

读完此类草子之后，我忍不住要出口批评。可是，我也不能冲着特意借书给我的弁君说，只好将自己的想法写在了《春曙草子》之中。

"物语，以《住吉物语》、《宇津保物语》①之类为佳。《移殿物语》、《待月女子物语》、《交野少将物语》、《梅壶少将物语》、《让国物语》、《埋木物语》、《道心精进物语》、《松枝物语》。"

同时，我也列出了觉得无趣的小说书名，写下了书中何处让人觉得无趣等等。

写着写着，不知何时，我突然发现自己是为了定子小姐——不，如今已经是一条天皇的新女御、定子殿下而写。

如果是定子殿下，她应该能明白我的心情吧？我笔下那些秋日里残留着淡淡夏日汗香的、习习凉风中的衣服究竟是何感觉，她曾

---

① 平安中期作品，作者不详，又名《空穗物语》。共二十卷。一说为故事主人公仲忠年幼时曾经跟随母亲一起居住在树洞中，而日文中"宇津保"与"空洞"同音，故以此名。

经了然于心。这么多年以来,我疯狂地将其称之为"你"、倾诉不停的,不就是定子女御么?例如,即使我只是说:

"岛。岛以浮岛为佳。八十岛①。戏岛②。水岛③。松浦岛④。"

如果是定子女御,她也许会说上一句"的确如此",明白其中的情趣。

"浦。浦以麻生浦⑤为佳。盐釜浦⑥。志贺浦⑦。名高浦⑧。勿惩浦⑨。"

我不断地往下列举,想到哪些地名就说出来,定子小姐则一边屈指数着,一边说"对,这个也是"。

我一说:

"寺院。"

定子小姐便跟着问道:

"寺院如何?"

"寺院有如壶坂寺、笠置寺……法轮寺、高野寺。"

我一个一个接着往下说,定子小姐也乐在其中。

我继续写道:

---

① 位于秋田县。
② 位于熊本县宇土市。
③ 位于熊本县八代市。
④ 位于宫城县松岛。
⑤ 或位于三重县。
⑥ 位于宫城县盐釜市。
⑦ 位于滋贺县大津市。
⑧ 位于和歌山县海南市。
⑨ 不详,原文有音无字,取其意。一说为和歌创作中形成的地名,即"歌枕"地名。

"原野,嵯峨野①自不待言。稻日野②、交野③。狛野④、粟津野⑤。飞火野⑥、示野⑦、早计野⑧,名字别有趣味。阿倍野⑨。宫城野⑩。"

也许,定子小姐突然兴起,接着列举道:
"春日野⑪、紫野⑫。"
我随兴所至地写着,手中的笔停不下来。

"背诵经书,以拂晓为佳。朗读经书——以夕暮为佳。"

如果是定子小姐,她应该能理解这种情致吧?

"音乐——夜晚,在对面不相识的夜色中欣赏为佳。游戏以蹴鞠为妙,虽然样子不好看。射小弓、猜韵⑬、围棋。——至于女人

---

①位于京都市右京区。
②亦名"印南野",位于兵库县加古郡。
③位于大阪府交野市。
④位于大阪府枚方市北方。
⑤位于滋贺县大津市。
⑥位于奈良市春日野之南。
⑦具体地址不详。
⑧具体地址不详。
⑨位于大阪市阿倍野区。
⑩位于宫城县仙台市东部。
⑪位于奈良市。
⑫位于京都市北区。
⑬将汉诗押韵字遮住,根据语义猜测押韵字的游戏。

们的游戏，则以猜偏旁最为有趣。舞，以骏河舞、求子舞为佳。汉文书籍，《白氏文集》当属翘楚。《昭明文选》。文章博士所写的申文。佛经，《法华经》自不待言。《千手经》、《普贤十愿》、《随求经》……"

想着或许有一天定子小姐会垂阅，我继续书写着《续春曙草子》。

大纳言道兼公看到定子女御风光入宫，十分荣耀，为自己膝下无女而懊恼遗憾，同时也羡慕不已。听弁君说，他在粟田修建了华丽的宅邸，召集了无数的仕女，做好了万全的准备。哪怕小姐立刻就出生，一切也能应付自如。可是，最关键的小姐却迟迟生不出来。

与此相比，内大臣道隆公除了定子小姐之外，还有二小姐、三小姐等多位小姐，一个个正在成长，让人期待。从这一点看，道隆公也是一个极有运气的人。

接着，就是道长公的彰子小姐了。刚刚两岁，等她长大还要很长一段时间。

那一年的五月，兼家公患病。他住在建造得美轮美奂的二条京极宅邸中，可这处宅邸原本就发生过诸多怪异之事，人们都说是魑魅跳梁之所。以道隆公为首的几个儿子，担心之余，都劝他搬离，可兼家公根本不听。眼看病情愈来愈严重，有人甚至私下议论"不会大限已至了吧？"于是，最终将二条邸改设为寺院，取名法兴寺。

"那座怪异的宅邸，即使改为寺院也还是一样。如果不从那里搬离，只怕不能痊愈啊。"

有人十分担心地说。可兼家公生来就听不进旁人的意见，他根本不当一回事地说：

"这儿在京城的东边角落上，可以就近望见东山。我喜欢这种住在山里的感觉。"

月夜里，为了欣赏远景，兼家公让人把窗子全部拉起。结果，那些肉眼看不见的幽灵鬼怪便"啪嗒啪嗒"地一下子把窗子又都给放下了。

兼家公身边的随从们无不惊慌失色，可东三条殿兼家公却泰然自若，拔出枕边的大刀，大声喝道：

"无礼之辈！老夫为了赏月把窗子拉起，你们竟敢擅自放下！混账！不管是什么人，赶紧给我拉起！如若不然，可饶不了你们！"

话音刚落，只见窗子迅速"啪嗒啪嗒"地依次又都拉起了。"兼家大人威风凛凛，连阴鬼幽灵都惧怕三分"，对于这一传闻，有些人十分佩服，说不愧是摄政大臣，有些人则担心"不不不，还是应该尽早搬离那所晦气、不太平的宅邸"。一时间，人们议论纷纷。

兼家公将天下大权牢牢掌控在一己手中，身为天皇与东宫的外祖父、藤原氏一门长者，可以说是天下霸主、大总管一般的人物，贪婪冷酷，阴险多谋。另一方面，他热情真挚，豪放宽容，被人说是天真任性之人。有人爱他，有人恨他。他一边承受着最深的诅咒与怨恨的泪水，一边发出无耻冷漠的哄笑，一路顽强地生存下来。

他将挡路者们逐一摧毁，手段极其卑鄙阴狠。而今，他们或许变身为肉眼见不到的阴魂野鬼，隐藏在兼家公临终的宅邸中，四处跳梁，等候兼家公最后一刻的到来。

当时，坊间有一种说法：那些幽灵中，有一个是三公主的怨灵，她曾经被称为兼家公的正夫人。

早年，兼家公只是前往诸多夫人的住所拜访，不曾在他自己的宅邸中与正夫人同住。被视为正夫人的时姬过世了，写《蜻蛉日记》的夫人已经断绝来往了，其他夫人也都不再联系了，他就独自居住在自己的宅邸中。在宅邸中服侍他的仕女"典侍[①]"成了他的情人。这一位就像准正夫人那般，掌管着府里上上下下一切事宜，世人都称她为"准正夫人"。

典侍势头相当强劲，许多人都前来跟她拉关系套近乎。官员们将自己的名牌递送给她，除目的时候，接近巴结她，为猎官而奔走。

兼家公原本也不打算孤身到老。自从和过去的那些夫人们断绝来往之后，他曾经对村上天皇的皇女三公主有意，跟她来往过。可是，不过短短数月，兼家公便突然失去了兴趣，立刻抛弃了三公主。

三公主觉得十分羞辱，郁郁寡欢中离开了人世。此事说不清谁是谁非，男女之间的结合，有些地方无法用善意或者道德约束，所以无法谴责兼家公。不过，这位兼家大人，总让人觉得他是一个对人好恶分明的人。

据说兼家公身边还有数位女性，但他只对典侍情有独钟。看来他跟这位仕女出身的典侍性情十分相投。

说来，他似乎也并不是那种薄情寡义、一心只懂得算计的人。早逝的长女、超子女御过世的时候，他旁若无人地号啕大哭，尽心呵护女儿留下的三个幼小的皇子。三个皇子即冷泉天皇的二皇子、

[①]律令制下，掌管后宫事务的内侍司的次官。内侍司设尚侍二人，典侍四人，掌侍四人，女嬬一百人。

三皇子、四皇子。二皇子等人相当于花山院的异母弟弟，二皇子便是现在的东宫。

如今在位的一条天皇将来如果退位了，二皇子便是下一代天皇。兼家大人尤其疼爱这三位早早就失去了母亲的皇子，常常把他们抱在怀里，十分亲近。庆典活动的队伍中，兼家大人正威风凛凛地策马前行。正在这时，待在旁边观赏席位上的年幼的皇子们突然拉开了帘子，大声喊道："外祖父！"只见郑重其事的队伍顿时乱了套。当时兼家大臣回头一望，呵呵大笑。他那开心的笑容，至今依然是人们的饭后谈资。遇上大风、大雨、地震、雷鸣等异常状况时，兼家公首先奔赴的便是东宫府邸。据说，他告诉道隆公他们：

"你们好好守护着宫里的天皇。东宫由我来照顾。"

兼家公把他那条有名的"云形"腰带进献给了东宫。他在皮带的搭扣（皮带前端的金属配件）内侧，亲自用刀尖刻下了"呈献东宫"。

兼家公一方面非常心狠手辣，但与此同时，他也是一个满怀温暖爱意的人。不过，那些爱，相当恣意、利己、低级，尚未过滤净化为对所有人的爱。或许可以说仍然是一种混沌不堪、充满了不纯之物的情感。

他的好恶分明，也许与此有关。在长子道隆公的诸位公子里，兼家大人最喜欢的是庶出的道赖公子，甚至超过了正室所生的长子伊周公子。

兼家公的病情一直不见好转。

以道隆大人为首的儿子们、皇太后诠子殿下等人都十分担心，接连前来探望。

冷泉院的三皇子弹正宫、四皇子帅宫去年举行了元服仪式，他们也频频前来探望，十分忧心。

兼家公辞去了太政大臣、摄政等职务，让位给了内大臣、道隆大人。然后，便匆忙出家了。他希望能以此功德减轻病情。尽管尝试了各种努力，但祈祷祈愿均不见效，他最终在七月二日离开了人世。

享年六十二岁。世人都为他遗憾：

"有人都活到了七八十岁，看来只有寿命是莫可奈何啊。真是可惜啊，接下去正是他们家欣欣向荣的时候啊。"

可是，则光却说：

"什么话！那么一个坏事做尽的家伙，怎么可能活到七八十岁？能活到六十二岁，已经算他运气好了！"

这位运势极强的人独断专行地掌控天下时，人们都慑服于他的权威，天下得以平安无事。入道大人（兼家公出家之后离世，现在人们都这么称呼他）过世之后，政权的交接是否能够顺利进行，所有人都捏着一把汗。

听说入道大人将关白之位让给道隆大人，私底下也是有着各种纠葛。一直以来，入道大人重用藤原有国[①]与平惟仲[②]两人，堪称左臂右膀。病情渐重，确定究竟应该将关白之位让给谁时，入道大人便跟两个心腹征询意见。藤原有国说：

"大人应该将位子让给道兼公子。当初，诱哄花山院出家并劝其退位，这些都是道兼公子的功劳。正因为花山院退位了，当今天

[①]藤原有国(943—1011)，官至从二位、参议。
[②]平惟仲(944—1005)，官至从二位，中纳言。

皇才得以即位，大人及一门上下才得以拥有今日的荣华。如此想来，道兼公子可以说是大人一门上下的第一功臣。还请大人将关白之位让与道兼公子。"

平惟仲则反对道：

"可是，道兼公子是道隆公子的弟弟。弟弟超过哥哥，如此安排恐怕不太合适。关白之位还是让给道隆公子比较妥当。"

于是，道隆大人从父亲入道大人那边继承了关白之位，世称中关白。据说，自那以后道隆大人一直对藤原有国心怀芥蒂。他自己掌权之后，便立刻剥夺了藤原有国的官位。不仅是藤原有国本人，他的儿子也被革了职。

入道大人的葬礼、供养等仪式都举行得非常盛大庄重。东三条邸的走廊、回廊上都临时搭建了服丧用的小屋，以皇太后为首的子女们都在此肃穆地服丧。特别是入道大人疼爱有加的东宫、弹正宫、帅宫，还有庶出的孙子道赖公子等人，都由衷地为之伤心落泪。

《蜻蛉日记》的夫人所生的孩子道纲公子与最小的道长公子，这两位公子尤其用心，听说他们依照规矩非常庄重地进行了追善供养。

道隆大人是长子，入道大人过世之后，便是一族之长，本应尽到自己的义务，带领一门上下圆满地举行法事。可是，比起这些，这位大人却一心为了让定子女御成为中宫而四处奔走。

"至少等入道大人的法事举办停当之后，再张罗这些也不迟……"，世人以及家族中的人都为此觉得不快。

按照则光的说法，这种不快中包含着以下因素：道隆大臣的背后，站着高二位①那些人。这里说的正是道隆大人的正夫人，即那

---

① 道隆的妻子高阶贵子的父亲高阶成忠。

位才气焕发、曾经出仕宫中的贵子夫人的娘家人。

贵子夫人的父亲高阶成忠如今官阶获赠二位，世人都称他为高二位。六十八岁依然健在，同时也是指导一条天皇学问的老师。用则光的话说，是个"难对付的老头子"。

"道隆大臣被那老头子一家围着，也是没什么好事。名声不好听啊。"

"人们为什么会那么不看好呢？"

"嫉妒呗！通过裙带关系，父母兄弟眼看着一个个都飞黄腾达，在男人的世界里，这可是眼中钉肉中刺啊。如果出身好或是名门世家，世人多少还可以接受。不过，这样的人往往出身都不好。"

则光拥有的是最为普通的常识，可以说他的话反映了世上男人们的心声。

正因为如此，我苦于自己如此想要——反驳这些"常识"：

"如果他很有才华，能造福于世，不也挺好的么？"

"不是说有才华就行了。靠这个，世界是转不起来的。所谓的才子，就是那些沉迷于才华无法自拔的家伙们。而且，说到高二位老头子，一把年纪了依然头脑灵活，看上去阴险狡诈居心不良，总是一副让人觉得在动什么歪脑筋的样子，全无一点学问人的气质。他让天下人明白了学问和品格是两回事。就这一点而言，老头子也算是给社会做了贡献的。"

则光无心快语。因为他不是那种深思熟虑的性格，所以想到什么便说什么。有时，这样的评论反而能够一下子切中要害。

可是，则光针对高阶一家的恶评，我听起来十分难受。我对定子小姐以及她的母亲贵子夫人都抱有好感。她们一家遭到贬损，我心中不悦。

已经入宫的定子小姐，听说现在在宫中集万千宠爱于一身。与少年天皇相处融洽，皇宫里一片明朗、华美、开放的景象，应该是秉承了定子小姐及其身边仕女们的一贯风格。这些都是弁君告诉我的传闻。

当然，比起后宫的格调之类，则光更感兴趣的是"高二位老头子"的一举一动。

"那个老头子，为了从中关白家尽可能地捞取好处，正拼命地夯实基础呐。策划着让定子女御升为中宫，也是其中一步棋。如果一切顺利，定子中宫生下皇子，那他可要山呼万岁了。将来必定是准备让二小姐与东宫联姻，家里女儿多，不愁没有筹码啊。老头子一门上下肯定暗中四处活动吧——道隆大臣如果明智的话，最好还是不要跟老头子走得太近啊。话说到这儿，那正夫人爱出风头也不是好事。"

则光与我不同，他对贵子夫人没有什么好感。

"懂一点学问的女人最让人头疼。会听读那么一星半点的简单汉字，便沉不住气，说话不知分寸。大家之所以老老实实地听着，是顾及道隆大臣的面子，结果正夫人倒觉得那是出于对自己的尊敬。总之，女人终归不过是狐假虎威罢了。真是可笑！"

女人只会借男人的势力耍威风？——如果是年轻时的我，一定会立刻出言反驳他，可如今的我极力克制，沉默不语。在权力的诱惑下，或妒火中烧，或中伤别人，或暗中较劲的男人们，究竟哪儿比女人强呢？如果让我说的话，喜欢钻研学问、能够参与男人的讨论，这种性格磊落的女性所在之处，必定伴随着一种独特的气氛。

尊重、欣赏那些个性出众的女性的优点、趣味——这样的世界一定存在于某处。

"能理解我的男人。"

"能理解我的世界。"

在这个世间，这些肯定存在。

不知从何时开始，我有了那样的想法——它跟我内心的期待是紧紧联系在一起的：这世上一定有某个男子，他能够读懂我悄悄书写的那本草子，一定有某个世界，欣赏、认可女性的才干与能力。

而则光尤其在关于女性方面，可以说一点都没有脱离自古以来的陈旧想法。

弁君劝我尝试的进宫出仕一事，我在说与不说之间摇摆。

"不行！绝对不同意！究竟有什么不满足，女人家说什么去外面做事？"

则光嚷嚷道。

"女人在各色陌生男人面前抛头露面，说些粗俗的话题，互相搭讪，真不知道那些不成体统的女人，她们的父亲、丈夫是怎么想的！怎么连你也有这样的想法？男人们在背后是怎么说那些所谓出仕的女人们，你大概不知道吧！你可真是不知天高地厚啊！——你或许是受到那些看似热闹、有趣的传闻的诱惑，所以有了那些飘飘然的想法，可你知不知道，在女人堆里做事有多难，在男人们的花言巧语与恐吓面前守住自己有多难！"

则光如此气势汹汹，一番话让我顿时呆住了，根本顾不上反驳。

我以为则光即使反对，多少也会带着一点好奇心问：

"这消息是从哪里来的？为什么指名要你？"

侥幸的话，他也许会跟我说：

"既然是对方诚心邀请，那不失礼节地去拜访拜访即可。"

可是他根本二话不说就封住了我的口：

"正经女人，都老老实实待在家里。到外头在男人面前抛头露面，那都有失体面！"

则光坚持己见，寸步不让。至于我与弁君或我与定子小姐之间分享（至少我自己相信）的共鸣、深厚的感情，他根本不想理会。

他似乎觉得那些根本不存在。比起那些，对则光而言：

"小鹰喜欢读书。等他元服成人之后，就把他送到大学寮去吧。小隼虽然鲁莽，但生性善良，应该会讨人喜欢的。小鹰虽然懂点学问，但人情世故方面不够成熟。两个孩子要是合成一个人的话，那就刚好了。"

这些关于孩子的事情，是他最为关心的。孩子们已经各自都到了展现自我的年纪，他们渐渐离开女人们身边，加入了男人们的队伍。小鹰已经十二岁了。小鹰和小隼虽然年纪尚小，但已经分明显露出了一些男性的本色，不再对女人的话言听计从了。他们已不再是时时黏在我身边的小男孩了。他们更喜欢跟则光聊天，不再听从乳母和我的吩咐了。

如今，我疼爱的只有最小的吉祥。这孩子身体有些虚弱，生性温和，心思纤细，是一个让人觉得似乎有些地方跟则光相似的少年。

"那小家伙，将来让他当和尚好了。"

则光曾经这么说过。可是，吉祥能承受得了僧侣的修行么？我不想让他成为人们眼里无足轻重的僧侣。

比起总是说些狂妄的理由来跟大人较劲的小鹰、鲁莽的小隼，我觉得吉祥要可爱得多。

"吉祥是个孝顺孩子。海松子小姐没有自己的孩子，好好抚养吉祥，将来老了，就让他来照顾你吧。"

浅茅说道。此外，年纪比我大很多的姐姐，就是岁数差不多相当于父母的那个姐姐，她已经有了孙子，也跟我说：

"不管怎么说，最靠得住的还是女儿……既然你没生女儿，那也就没办法了。将来就依靠那个叫吉祥的孩子，老了让他照顾你吧。从六个月开始就辛苦养育他，他应该不至于抛弃你这个母亲的。"

这些忠告和想法都让我十分厌烦。

那些围着家庭团团转的女性的镜花水月般的幸福，在她们眼里至高无上。从清晨到日暮，数十年待在家中微微阴暗的深处，为家庭的事情操心忙碌，千篇一律的对话、一成不变的四季——男人们在外面与人交往，女人却在不知不觉中年华老去、容颜不再。孩子结婚了，孙子出生了，这种女人们单调得让人恐惧的生活，自古以来终而复始。我把自己的这些看法写在了草子里"为人所不知的是年老的母亲"一节中。

可恶，真可恶！我疼爱吉祥，可不是为了将来老后，让他来照顾我，而是因为他跟我脾气相投。

仔细想来，我不能笑话东三条大臣兼家公，我自己也是对人好恶分明的性格。

熏香的时候，吉祥凑到我身边说：

"母亲,这味道好香……我想起了去年……"

这一刻,我觉得吉祥是如此可爱。

"去年,发生过什么事情么?"

"不是的,并不是发生过什么事情……去年,我做了些什么呢——去年这个时候,也是像现在这样觉得有点冷的时候,我闻到了母亲身上的香气。我只是想起了,以前发生过同样的事情。"

吉祥身体虚弱,常常躺着,总是一直睁着眼睛一动不动。有时,我担心他是不是怎么着了,跟他搭话的时候,他告诉我:

"那边……那个角落里,有个斑痕,就在木板上。它看起来像一个人的脸。我刚刚一直跟那个人在说话呢。"

不知道吉祥像谁,很擅长画画。他一个人,不管什么时候,都在画画。

花草、虫子、院子里的树木……甚至连人在射箭、骑马的样子,他虽然年纪尚小,都能画得惟妙惟肖。他常常咳嗽。手里握着笔,咳嗽来了,等稍微没那么咳了,他便继续画。如此天真无邪的吉祥,让我觉得可爱至极。我喜欢柔弱的、虚幻的、惹人心疼的、楚楚可怜的一切。这种喜爱,与其说是出自"母爱",不如说是我的兴趣爱好使然。

关于这些,我的姐姐或者浅茅应该并不知晓。她们一心觉得女人一生的安定便是幸福,所以似乎也就没有什么兴趣爱好之类的了。

秋天,女御定子小姐被册立为中宫。中宫大夫[①]一职由道长大

[①] 律令制下,隶属中务省,掌管后妃相关事务部门称为"中宫职"。中宫大夫即负责"中宫职"的长官,从四位下。

人担任。关于此事，当时也是各种议论。道长大人时任右卫门督①，受命兼任中宫大夫。

据说，道长大人为此深感不快。中宫大夫即负责中宫相关事务的长官，不仅如此，还必须对中宫竭尽忠诚。也就是说，必须为中宫及其家族，效犬马之劳。

道长大人如今即将迎头赶上道隆大人，可谓风头正劲，可以说是前途无量的下任掌权者。

虽然年龄上，粟田殿道兼大人是紧随道隆大人的弟弟，但他没有什么声望。在这一点上，道长大人也是自信满满。

可是，他居然被任命为中宫大夫，这也真是令人匪夷所思的人事安排。

听说，道长大人对此嗤之以鼻：

"大哥究竟怎么想的？！"

他并未前去上任。

对此，则光的评价是："真有骨气！"

说起道兼大人不受欢迎，他在为兼家公守丧期间，有许多失礼不周的行为。道兼大人甚至未曾在服丧小屋里诵过经。

"说到底，父亲的做法无法让人心服。当初，我哄着花山院出了家，才有如今的天下。如此看来，关白之位应该让我继承才对。结果，居然让给了道隆！真是咽不下这口气。这种父亲的法事，我还参加个什么劲儿！"

他托辞天气炎热，把帘子高高卷起，招呼了一众朋友，在里面嬉笑玩耍。

---

①右卫门府长官，正五位上。

兼家公过世之后，如此各种纷纷扰扰。新年之后，圆融院也过世了。

花开时节，举国服丧。

圆融院女御东三条皇太后诠子殿下罹病之后出家，称为女院。世事多变，昨是今非。

听说弁君身体微恙回家休养，我准备前往探望。临行前，我看到吉祥一脸落寞，依依不舍的样子，便问他：

"你想一起去么？"

吉祥满心欢喜地跟着来了。我顺便捎上了最近写好的第二册的《春曙草子》。

吉祥十分乖巧，带他上别人家去，一定也不用担心他会给自己丢人。弁君并非生病，而是牙疼。

有一个从九州过来的唐土医生，擅长治疗牙疼，帮弁君把坏牙拔掉了，她看起来恢复得很好。

她非常喜欢《春曙草子》，迅速读完之后，她跟我约定会把它带给定子中宫。这段时间，中宫似乎依然记得我，她跟人问道：

"元辅的女儿——她不喜欢出仕宫中么？"

我十分吃惊：

"中宫殿下……问得可真是随意啊。"

关白大人家的千金小姐，仅此就已经让人觉得高不可攀，更何况如今她已经入宫成为受人景仰的中宫，可她居然毫不介意地惦记着我这样一个微不足道的女子。这真是让我难以置信。

"我说，这种地方，正是中关白一家风格不同于别处之所在啊。"

弁君开心地说道，言语中带着一些自豪。

"关白大人也是如此，正夫人更是十分随和，从来不摆架子。所以定子小姐也一样。"

接着，弁君举了东宫女御与定子小姐作比较。

东宫年纪比主上更大一些，十五六岁的样子。他听说小一条大将、济时的女儿十分美貌，便希望能够迎她入宫。

济时大将觉得主上年纪尚小，而且身边已经有了定子中宫，便放弃了让女儿服侍主上的念头，选择了东宫。

这位小姐年方十九，美名在外。当年，花山院在位时，也曾想迎她入宫。济时大将听说花山院行事怪异，担心之余，便托辞躲避开了。

他期待着女儿有一天能入主后宫，所以悉心抚养教育，倘若不能侍奉主上，那么东宫无疑是最好的选择。

东宫身边已经有一位丽景殿女御，是兼家公庶出的女儿。如今兼家公已不在人世，所以也无须特别顾忌。

于是，济时大将赶紧做了相应的准备，将小姐送入东宫。所准备的物品，也都是各种各样有来历的贵重东西。他府里依然保存着当年他妹妹入选村上天皇女御时所用的物品，家里依然保存着。

如此，东宫女御跟自己的姑妈当年一样，住处也依然是宣耀殿，十分风光。

可是，这位女御深邃严谨、行事拘泥，有一种令人难以接近的威严。宫里的人们都悄悄地说："可得小心伺候着。"大小事情都讲究规矩、马虎不得，上下一片紧张气氛。

"那是一般上流人士的习惯做法吧。可是，关白大人府上完全不一样，应该说是独一无二的，自由自在，充满了活力！"

弁君这么跟我说。她还告诉我：

"定子中宫入宫时，场面也是十分盛大、隆重。不过，定子小姐带入宫中的，并非什么金银珠宝，而是明朗快意、生动活泼、随和亲近、贴心关怀……定子小姐把这样的氛围带到了宫里——我曾经陪伴夫人一起去过宫里，切切实实地感受到了这一点。"

弁君话里提到的"夫人"便是道隆公的正夫人，也就是定子小姐的母亲贵子夫人。

"是啊，这些才是难得的珍宝……那些认为讲究规矩、郑重其事才是格调、威严的人，应该万万没有想到吧。"

我说道。

我和弁君已经是老朋友了。不知不觉中，她也变老了。可是，她的年龄中带着一种洒脱、韵味，在我眼里，始终不变，让人怀念——而我自己，则全无那种"韵味"，只是十分无趣地老去。

我已经二十七岁了。在女人的世界里，即将告别最美的年华，开始迈向中年。

人生中令人炫目、最为闪亮的部分，那些能够证明一个人曾经活过的绚烂瞬间，我终究要就此错过么？

"你如果愿意的话，我可以跟夫人说一声。夫人读过你的书，是你的热心读者。定子小姐也一定会非常开心的。"

弁君再次跟我这么说。

吉祥静静地展开从弁君那儿借来的绘卷，正仔细端详着。弁君一边看着吉祥，一边压低了声音：

"哎……我这么说也许有点那个，你真的准备一辈子就当个家庭妇女了么？……天天都有想要出仕宫中的女人，带着推荐书或者托人引荐出现在府里……许多有丈夫的女人，也在出仕。跟则光好好说说，你也可以那么做。"

"像我……像我这样的年龄也可以么？出仕的应该都是些年轻漂亮的女人吧？"

"什么话！你还不知道自己有多美吧？不是有个说法么，才华让女人变得更美。"

弁君的父亲一两年前过世了，宅院里一片荒凉。也正因为如此，这里成为让我得以放松的一个地方。父亲赠予我的那处宅子，如今也是无人居住的荒芜之处。这里也同样透着一种女人独居的风情。在弁君家里，我似乎终于得以置身于一个拥有共同语言的世界里，心情十分舒展。

在这里，我跟平常相比，话明显变多了。吉祥悄悄地看了我一眼。

回家路上，坐在牛车里，吉祥依偎着我。

"累了么，吉祥？"

我抱了抱吉祥小小的身体。跟年纪相比，他有些发育不良。多希望他不要长大，永远都是个孩子该多好……儿子们转眼间变成少年，渐渐有了男人的样子。对于这样的他们，我不再眷恋。

吉祥乖巧地问我：

"母亲要去哪里做事么？"

"为什么这么问？"

"刚才那位伯母不是一直在劝母亲么？"

"如果母亲离开家，吉祥怎么办呢？会不会觉得孤单？家里还有浅茅和乳母，应该没事吧……"

"父亲呢？他已经同意了么？"

吉祥无心说的一句话，我却突然怒火中烧。连吉祥也认为则光的意见最为重要！所有的人都认为则光，甚至只要是男人的意见，就能决定一切，从不置疑。

则光算什么？男人又算什么？

为什么人们都默认这样的规矩，一切以男人的想法为重呢？

"不管你父亲意见如何，母亲决定了想做的事情，还是会去做的。"

我故意这么说道。

"母亲只听从自己内心的声音，没有人能阻止得了。"

吉祥飞快地瞅了瞅我的脸色，说：

"在父亲面前，母亲也能这么说么？"

吉祥或许只是单纯地把他的疑问说了出来，我却再次感到怒意涌上心头，粗暴地呵斥吉祥：

"住嘴！"

○五

贺茂川泛滥成灾。

听说连日以来的大雨导致贺茂川两岸浊流滔滔，一片汪洋。

一间小房子从上游被洪水冲了下来，两个孩子紧紧抱住木制屋顶，竭力大声呼救。水流湍急，波浪汹涌，人根本无法靠近，瞬间便被冲走了。

甚至有巨石、连根拔起的大树等被洪水冲下来。房子都浸泡在了水里，历经数日，仍不见洪水退去。好不容易终于退去之后，整个京城里都弥漫着淤积的恶臭。

主上的父皇圆融院去年离世了，所以今年的正月举国服丧。而天候似乎与此呼应似的，十分阴郁。

洪水退去之后，则光仍未归家。

已经十多天了。

则光去他的新妻子那边了。

那个女人是他同一家族的人的女儿。与其说是则光追求对方，不如说是很久以前家族中早已定好的姻缘。

"是以前说好的。"

则光告诉我。

对方是他同父异母弟弟的女儿。

"是个什么样的人？"

"还是个孩子……我就跟她父亲似的。她母亲生下她就不管了，基本不怎么待在家里。听说在宫里做事，干得似乎还挺好的，可是完全把丈夫、女儿抛诸脑后。男人也整日跑到别的妻子那边去，女儿就那么孤零零地长大了。——以前就说了，等她长大后，让我收她做妻子。说是同一家族的人，比较知根知底。"

我听说之后，情绪并没有什么起伏，不像当年知道则光已故的妻子之存在时那般激动。

也许可以说，我俩之间曾经的那种紧张关系已经不再。

比起那些，留在我耳边的是那女人的母亲"在宫中出仕"那句话。这个消息更让我紧张。

"是在宫里的哪一位身边侍奉呢?"

"哪一位,就是主上啊。好像就在主上身边侍奉着。"

"原来,你还有这样的亲戚么……"

"我还没跟她见过面。我可不想跟这种人打交道。虽然她母亲是这么一个花哨的仕女,那女人自己却是一个老实人,不想离开家里。也不爱去看热闹什么的。她觉得待在家里最好,也不喜欢读书写字。她是个怪人——就喜欢织染、缝衣什么的。低调地活着,好像也没什么朋友,是一个本分的女人啊。"

"那她活着有什么盼头呢?"

我并非出言嘲讽,而是真的觉得世上居然还有这样的女人,十分感慨。

"她有我啊!"

则光一本正经地回答。这个男人似乎丝毫不觉得,他虽然一脸认真,可说出的话听起来却有些可笑。

"可能还有未出生的孩子。"

"啊?要生孩子了么?"

"就在明年——她每天叨叨着要是个女孩就好了。烦恼事多着呢!如果生了女孩,又是一笔开销。"

则光跟我说这些,并非想要试探我。他完全不把我当外人,所以把心里的想法不加掩饰地悉数倒出,毫无顾忌。他似乎觉得我跟他完全是一条心。

则光的新妻子年纪尚小,家里也没有合适的男性保护者,则光跟她成婚后,夜晚常常待在那边,说是"只有女人家住在那里,放心不下"。

听说那个新妻子的院子里开着棣棠、瞿麦,秋天有胡枝子、芒草等,十分雅致。可是,因为平常没有男人在家,不时有一些扛着锄头、铁锹的男人们,提着长柜子,从墙壁的破洞里慢慢悠悠地钻进来:

"不好意思,不好意思,分给我们一点点吧!"

说着,就把胡枝子、芒草挖走了。

即使则光的妻子、小侍女们开口阻拦:

"哎,我们好不容易才可以欣赏欣赏花儿……不要拔走!请不要把它们拔走!"

那些人也充耳不闻:

"什么?就分一点点、一点点……多谢!"

然后,拔了个一干二净。

听则光说着这些事情,很不可思议,连我也觉得生气起来。

"这些家伙太不像话了!欺负女人家。都是些什么人啊!"

我为了"则光的妻子"而义愤填膺。

"偷花不算罪,那是说一朵两朵也就罢了。这么过分,简直跟抢劫一个样了!则光,你去跟他们说说理,他们究竟都是些什么人?"

"那些家伙今年春天又来了,还是我在那边的时候。"

"啊?则光,打架了么?"

我起劲儿地问道。

"打啦!我正在睡午觉,那女人(则光这么称呼他的新妻子。也许,在新妻子面前,他就把我说成大姊之类的)慌里慌张地跑了过来,哭着说:'来了!来了!那些人又来拔花来了!他们正要挖走那些开得很美的棣棠。能不能过去让他们赶紧住手！'我出去一看，我的随从们跟那些男人正在争吵。同时，另外一些人正忙着把花拔走。"

"太可恶了！"

"我抓起大刀，光着脚跳到了花木那边，大声喝道：'你们想干什么?！'那些家伙第一次看到男主人，一下子都愣住了，但嘴上还是盛气凌人地说：'嚷嚷什么呐！知道我们家主人是谁么？'我拔刀回道：'管他是谁，在这里，我是主人！你们未征得主人同意，擅自挖走花木，可真是胆大包天！来吧，看我怎么收拾你们，接招！'只见那些人顿时扔了铁锹四下逃散，嘴里还嚷嚷着'给我记住了'。真是笑话，这笔账我们能忘掉才怪！下次再来的话，非得揪下他们一两根胳膊、腿儿才行。"

则光还真有可能这么干。

听他说着，我也十分愤怒：

"真是痛快！没错，就是要狠狠地教训他们一顿！太无礼了，不知道究竟是谁家的下人。肯定是哪个一夜暴富的国守家里的，急着拼凑一个花园，就这么乱来，真是全无一点教养、素质！"

仔细想来，我这是为了"则光的妻子"而发怒。则光妻子家里的花儿被人拔走或被盗，本来都与我无关，可我却满腔义愤填膺。

不仅如此，对于这位与则光同族的女孩，我并未感到活生生的嫉妒。跟以前相比，我的视野开阔了不少。如今，我能看见一些自己从前所看不见的了。

则光修好了那个女人家里断裂的墙壁，重新整饬了大门。整个房子看起来渐渐像个有男主人的家了。他投入了极大的热情，对此我可以理解。新的房子、新的需要呵护的人，这些让则光看起来判若两人、精神焕发。

大雨连天，他便住在那个女人家里，洪水来了，他便赶忙前去探望。有时，他还会带上吉祥一起去。

"她是个什么样的人呢？"

我问吉祥，吉祥十分顺当地画了一张那女人的画像：

"她长得好看，却不怎么说话。分给我点心吃的时候，一直笑着。"

画里的女人，不知为何，左右两边的眼睛大小不一。

"为什么眼睛大小画得不一样啊？"

"因为本来就不一样。"

吉祥放下笔，大声地咳了起来。

乳母轻轻地拍着吉祥的背部，终于止住之后，给他喝了汤药。一来二去，我也忘记了画像的事情。夜里，则光回到家里后，我问他：

"瞧，这是谁？"

"哦？吉祥画的么？挺像的。"

则光笑着说。

"我说，那个人，她眼睛怎么回事？"

我这么一问，则光一边喝酒一边不以为意地回答：

"嗯，因为眼睑上有个伤疤，所以左边眼睛只能睁开半只。听说小时候乳母抱着她，不小心从手里掉了下去，结果受了伤。不过，眼珠什么事儿都没有。"

这消息让我顿时怔住了，一时说不出话来。

如果是这样，难怪她更乐意待在家里，不愿与人交往。也终于明白了，为什么同族的人要商量着将她托付给族里脾气好、年长许多的男人。

也许对于这样的女人而言，能够成为同族里"知根知底"的男人的妻子，便是最大的幸福。世人都说"女人的美貌即美德"。之前过世的一条大臣为光公也是奉行这一原则，膝下数位千金，他尤其喜爱容貌最为出众的、第二出众的两个小姐，悉心抚养教育。而容貌最为出众的那位小姐，便是导致花山院出家的已故女御。难怪当初花山院为她伤心欲绝。

容貌第二出众的小姐，为光公对她无比疼爱：

"女人只要貌美即可。长相不美的女人，不能算是女人。"

据说为光公对其他女儿都不怎么在意，所以世人都说可能其他的小姐都资质平平。如果以世人认为"女人必须貌美"的标准来看，左右两边眼睛大小不一的女人便"不能算是女人"。

可是，则光并非为了维护那个女人的尊严，而不告诉我这件事，他只是对女性肉体方面的缺陷不怎么在意。则光的这个倾向，也是我最近才终于发现的事情之一。

则光有些与众不同。

有些地方，他跟世上大多数男人不一样。

则光的着眼点似乎与世上的男人们不一样。如果他跟世上的男人们一样，那么得知如今风光无二的中宫定子催促我进宫出仕的时候，或许会大惊失色：

"不胜惶恐！速速应承下来！"

而且，新妻子的母亲在宫中随侍于主上身边，或许还会盘算着如何让这个关系锦上添花。

可是，则光依然不同意我前往宫中。而且，他似乎认定了我不会对他的年轻妻子心生妒意。某种意义上，他简直就是一个野蛮人。

揣测、思考、体谅女人的心思，他全无这方面的技巧，而且似乎永远都不会有所长进。

在这一点上，他与实方大人等人相比，真是天差地别。

则光是山上刚刚砍下的原木，是未经雕琢、粗糙的原石。

他对我从来怎么想就怎么做，不让我入宫出仕，自己却满不在乎地去了别的女人家里。而且，那个女人左右眼睛大小不一，眼睑上留着伤疤，可则光对此毫不在意，依然爱她如故。

每当我动手将一些和歌或物语写在书里的时候，他便不可思议地看着我，仿佛我是另一个世界的人似的。

他是这样一个男人：

"不要跟我说什么和歌！听听头都会疼！"

关于那个跟他同族的女人不喜欢出门看热闹一事，他只是单纯地感到吃惊，而并非故意讽刺我热衷于参观各种活动。

则光一直以为女人都喜欢到外面四处走走、爱看热闹。只要我央求他，他虽然发着牢骚，也还是尽量在公务之余带我乘车前去。看到我兴奋不已，他总是一边无可奈何地嘟囔着"真不知道究竟哪里有意思"，一边非常尽心地陪伴着我。也许跟这样的我一对比，他在那个不爱外出、终日待在家里的同族女人身上找到了一种新鲜的感觉。

可是，我不一样。没有什么事能比观看庆典活动更让我雀跃的了。

今年初夏时节，观看主上的那次行幸，让我印象尤其深刻。年方十三的主上前去探访居住在土御门邸中的母亲东三条女院。当时，我们在行幸队伍经过的大路旁边列队观看。

跟在主上御辇后面的是华丽的公卿大人们的队伍。其中，尤其让道边车上的女人们心潮起伏的便是摄政道隆大人的长公子——权中纳言伊周公子。他继承了父亲的俊美长相，是一位年方十九的贵胄子弟。与重光大纳言家的千金成婚后，去年刚刚生下了一个可爱的孩子松君。伊周公子的父亲道隆大人、重光大人家的夫人都将松君视若掌上明珠。

世人都说伊周公子"不论容貌、才干，都是年轻子弟中出类拔萃的"，这话果然不假。他身材瘦削，看起来非常年轻，白皙的脸庞流露出一种高贵的气质，温润如玉。

此外，还有其他许多年轻子弟从此经过。当天的队伍里有许多长相俊美的子弟、身份高贵的年轻人。

可是，没有一个人拥有骑在马上的伊周公子的那种气质。伊周公子全身散发着一种柔和、舒展的明朗。这种明朗与粗放的懒散不同，是身有教养气自华一般的、不可思议的舒朗以及自如的举止。

伊周公子的嘴角挂着女性般的温柔，可是眉眼却透出一股凛然之气，有着当朝第一贵公子的傲岸。这一点在伊周公子的弟弟、十四岁的左近少将①隆家公子身上更为突出。这位小公子眉宇间闪烁着一种不逊，年少气锐略可窥见一斑。话虽如此，但也让人觉得十分清新。

伊周公子不经意地往停在路旁看热闹的牛车那边看了看，便如

---

①近卫府为令外官，分为左近卫府、右近卫府。左近少将为左近卫府中地位次于长官大将、次官中将的官职。

同一阵无形的风儿吹过似的，引起一阵骚动。我自己也坐在牛车的帘子后面，根本不可能被权中纳言看见，但是当他视线掠过的时候，还是会心口突然一紧，想着自己是否会被他看见，甚至不由自主地用扇子遮住了脸。

不论是哪一辆车上的女子，肯定都为权中纳言的这一瞥而感到心跳加速。

此外，要说比较引人注目的，还是道长大人以及实方中将。权大纳言如今已经二十七岁了。他看上去比实际年龄要更加老成，派头十足，可以说充满了壮年男子稳重的男性美。

比他年长两三岁的实方中将看起来更加年轻。实方中将被誉为当代一流的歌人，身上有一种引人注目的气质。他是个端正的美男子，一身武官夸张的装扮走过去了，女人们也是看得出神。

实方大人看见了我的车，他脸上浮起了一丝笑意，跟我对望一眼之后走过去了。

他的动作如此明显，甚至连同车的浅茅似乎都看得一清二楚（虽然她是一个反应相当迟钝的女人），她十分兴奋地说：

"哇，他刚才跟我们示意了。"

如果是跟弁君在一起，也许可以跟她聊更多关于实方大人的"疯狂"想法——可是和浅茅，我觉得没有共同语言，非常遗憾。

我和实方大人是在弁君家里遇上的。

宫中执勤回来的男人们，时常到正在休假的弁君家里拜访。

自从弁君的父亲过世之后，态度蛮横的人不在了，男人们进出更加方便。而且，弁君虽然没有主动说起，但她似乎跟许多男人都有来往。弁君深受摄政大臣道隆公、正夫人贵子夫人信任，一些人也许是跟前来与她交涉政治相关的事情，但最重要的应该还是被弁君那种中年女性安详沉静的魅力所吸引。不知为何，比起男性的魅力，我似乎更容易受到"出色的女性"的魅力之吸引。弁君聪明洒脱、活泼开朗、善于批评、爱好文艺，咏歌轻松自如，字迹雅致秀丽，虽然身姿容颜已过花样年华，但却洋溢着一种魅力。因此，也许是出于一种偏爱，我觉得自己能够理解那些男人们为何受到她的吸引而围绕在她身边。

那天，实方大人偶然到此，得知我也恰巧来访之后，便兴致勃勃地说：

"上次是什么时候的事了……之前在小白川法华八讲的席上，你吟咏的那首秀歌，至今难以忘怀啊！"

他笑着，看起来十分怀念的样子。

"真是非常惭愧，让您见笑了。当时太年轻了。"

我躲在几帐后面回答，声音中不由得带着一些欣喜。实方大人屈指数道：

"那是花山天皇退位的那一年，也就是宽和二年吧？前后算起来大概是七年前的事情了。"

"那时候，您还是兵卫佐。那是我第一次见到您，当时心里想着原来这位就是闻名遐迩的歌人、实方大人。"

实方大人如此大方、稳重，我不禁将他视为知己，话也比平常更多了。他年近三十，身上没有年轻人那种过度的张扬，也没有中年人那种郁结的傲慢，给人一种平易近人的感觉。

我有些兴奋。面对弁君的时候，也有同样的感觉。遇到"知心人"，我便感到热血沸腾。

我激动得有些发狂。

这件事,那件事,人生,佛法,男人,女人,孩子,爱情,死亡,美丽的月夜,吉祥心中怀念的去年的熏香的味道,一时间我想把所有这一切都跟对方交流,如同挖井挖对了地方,井水喷薄而出那般,无数言语涌了上来。

"我曾经跟您的父亲、元辅大人有过简单的交流,听他说过一些与和歌相关的事情……"

实方大人如此说道。

他的和歌在世间广为流传,深受世人尤其是女人们的喜爱。

伊吹①艾草绵,
思君口难言。
问君可知否,
情笃心欲焚②。

类似这样的和歌,我也非常喜欢,有些人甚至称其为近年的绝世之作。人们喜欢实方,尊重他的歌才,他可以说是信望卓著,所以小一条大纳言、济时大人一门上下都倚重他一人,引以为荣。

去年,济时大人家被迎入东宫的小姐、美貌闻名于世的娍子女御,也是将实方视为荣耀。实方是济时大人的外甥,因为他父亲早逝,所以被舅父济时收为养子。

---

①伊吹山,位于美浓国(今岐阜县)与近江国(滋贺县)交界处。古代日语中,"伊吹"与"言"谐音双关。

②此歌收录于《后撰和歌集》,并入选《百人一首》。

济时大人虽然膝下有多位千金，但儿子方面却没有那么幸运。据说长子通任公子生性安闲，有些过于温和。还有一位次子长命，即后来的相任公子，受到花山天皇出家一事的打击，之后也弃世隐遁而去。

这个儿子为人稳重，济时大人至今仍然为之遗憾不已，时常慨叹："女儿被选为女御入宫的时候，如果不是通任，而是相任伴随左右的话，那该有多好！"

济时大人的妹妹是深得村上天皇宠爱的女御，可惜生下的皇子八宫是一个痴呆，根本无法指望。济时大人与娍子女御能够依靠的，便只有这位养子实方大人。

实方说起的"小白川法华八讲"，是时任右大将的济时大人在小白川的山庄里举行的一次法会。彼时花山天皇仍然在位，天皇的舅父义怀中纳言那让人眼前一亮的英朗身姿，至今留在我的记忆里。义怀中纳言当时年方而立，天下大权一手在握。此次法华八讲席间，他时而也跟女车这边搭话，将女人们的回话与为光大纳言、道隆中将、实方大人等一起分享，谈笑风生。

当日，我想中途离席，正勉强从拥挤的车辆中退出时，义怀大纳言知道是我之后，便打趣我"退亦佳亦"，我也同样引用《法华经》中的典故，当场回了他一句"您不也是五千人中的一个么？"此事后来一时传为佳话，我的灵机应对赢得了世人的喝彩。二十日之后，花山天皇突然剃发退位，曾经那般威风八面的义怀中纳言，毅然追随天皇出家，弃世而去。

都说荣华皆似花间露，但那个炎热夏日里于小白川举行的法华八讲，却深深地印在了我的记忆里。

关于那一天的种种，如此这般，加上弁君，我和实方大人聊得非常投入，甚至忘记了时间。

"对了，虽然我尚未拜读，听说你正在写一本什么书？"

实方微笑着问我。

"您是听弁君说的么？"

我回头望了望弁君。虽然一直期待着能有许多人读我的书，可一旦有人提到这件事，却又感到十分不安，羞愧与后悔、胆怯交织在一起，一下子变得畏缩了。

"我听弁君说过，宫里也有人提起。'觉得羞耻的——男人的内心想法。容易醒来的守夜僧人。正在暗处偷东西的人，浑然不知自己已经被偷偷藏在屋里的盗贼看得一清二楚。盗贼的心情一定很奇怪吧'，这些地方十分有趣。"

那是第二册续写的《春曙草子》里的内容。我写的随想集不知何时，已经离开了我的身边，开始独自旅行了。

"对了，最近，大江雅致的女儿①作为歌人受到瞩目。她赠给播磨国②性空上人的和歌非常受欢迎，你已经听说了么？"

弁君说道。

我也知道这件事。

吾生从暗入于暗，山边明月照我行③。

这首和歌，越品味越觉得让人心神扰动。而且，音韵流畅，不

---

① 和泉式部(978—卒年不详)，三十六歌仙之一。《和泉式部日记》作者。
② 播磨国，今天日本的兵库县南部。
③ 此歌收录于《拾遗和歌集》。

见牵强之处。典出《法华经》化成喻品中的"从暗入于暗，永不闻佛名"，这一点一目了然。但这首和歌已然超越了原典，作为一首独立的和歌，有它独特的韵味。而且，它总让人觉得是一首脱离了作者的名歌，或者说是神来之笔，妙手偶得之，余韵绵长。

读上一遍，这首和歌便让人觉得像是挨了一闷棍似的，心生悚惧。

可是，这并不意味着向作者致敬。对于那些名人，假如对方是男人则另当别论，倘若是女人，我就觉得不可饶恕。与其说是嫉妒，更像是一种觉得对方碍眼的情绪。

觉得那个人的才能碍眼。

说起来，我跟弁君交往多年，关系一直保持良好。原因也许在于：她虽然是文艺爱好者，但却从来不曾想要写些什么，以扬文名。

"那人还非常年轻，十五还是十六……好像跟她母亲一起侍奉冷泉院的皇后，名叫'式部'。"

"她成婚了么？"

"听说还是独身……"

"对了。"

实方说："好像有一个年纪差不多的姑娘，最近，我读过她写的和歌。好像是诗人兼学者、式部大丞为时[①]的女儿。

久别偶相逢，容颜未曾辨。
如月隐云中，匆匆无影踪。

这首和歌自然纯朴、充满美感。听说这个姑娘也喜欢什么物语

[①] 藤原为时(949？—1029？)，平安朝中期著名的儒学者、歌人、诗人，紫式部之父，官至正五位下，左少弁。

之类的,正在动笔创作。可是她更喜欢待在家里,所以具体情况不是非常了解。她的兄长惟规是个出色的歌人,他告诉了我这些情况——看来,这是一个女流文学蓬勃发展的时代啊。如今主上的后宫里,地位显赫的定子中宫,也是一个才气四溢的女性啊……"

为时作为官员仕途发展不算成功,但十分擅长诗文。他的女儿,可能有一些文学才华。或许,她写的一些物语或和歌已经在世上流传。十五或十六——也许世上还藏着其他许多尚未成婚、前程可待的女儿们。

表面上,我笑眯眯地跟实方中将应答着,内心却很是焦躁。一方面想听世上其他才女们的消息,听到之后又坐立不安。

实方大人夸奖她们的时候,我几乎嫉妒得胸口发疼。

我跟实方大人曾经有过唯一一次避人耳目的一夜情缘。

有一天,我去拜访弁君,结果她外出不在家,留言说:

"我很快就回来,请稍等一会儿。"

当天夜里,则光值班,没有回家。吉祥被带到另一个女人家里去后尚未回来,可能会在那边住两三天。我感到有些空虚,索性就在弁君家里待了许久。

那是一个夏日的夜晚。门口传来了牛车的声响。正想着是不是弁君回来了,结果却是实方大人来了。

"她不在家的话,我们一起等她回来吧。"

听他这么说,我暗自品味着自己的意乱情迷,贪婪地堕入了快乐之中。当这位有名的歌人、俊美的贵公子在我耳边低语:"避人耳目的情趣,夏日里品尝是最有意思的",我无法制止他或是推开他。物语世界瞬间变为了现实,错愕之余,我根本无从思考。

"弁君要是回来了怎么办……"

我的声音沙哑。

"不会回来了。即使回来，她也会悄悄地再次消失的……"

实方大人低声笑着，把我的衣服从肩部脱了下来。这一刻，内心里的另一个我，正观察着他熟稔地应对女人的做派。对于一时起兴的女人，他一定时常以此种方式展开追求。而他所追求的女性，应该从未有人拒绝过他。他并非出于爱才如此对我的。一个女人既无美貌也不年轻，只不过能提笔写一些让人感兴趣的文字，他可能对此产生了几分好奇心吧。

我一边如此省察着，一边冒出了一个念头：

"利用他一下。"

假装自己被"情趣"所俘虏，或者说被实方大人本人所俘虏，实际上却是沉醉于自己的梦里，置身于幻觉之中。

话虽如此，实方大人还是让我经历了一整夜精彩的好梦。他在我耳边不断地说些温柔的话语，细心地怜惜着我。

"夏夜如此短暂，空留余恨……也许冬日的夜晚才适合我们。我们约好了，从这一刻开始期待冬日的夜晚吧……"

他说道。

当天夜里，没有月亮，一片漆黑。天气炎热，厢房的门一直敞开着。沾满露水的庭前花木，乌鸦啼叫着飞过，一切都让人觉得耳目一新，是一种惊人的愉悦。的确，实方大人对我而言，正是一种愉悦。连卧姿也如此优美的男人，真是赏心悦目。我充分享受到了乐趣。我仰慕实方大人，但那并不是爱。

一整夜，我尽情欢愉，不知为何有一种解气的感觉。这一夜的秘密，对我而言，似乎是一种消遣或排解，常年以来的郁闷都烟消云散了。我丝毫不觉得对则光有所亏欠。实方大人虽然逢场作戏，但也演技完美——我想，在宫廷的世界里，应该四处都镶嵌着这样的绚丽夜晚吧。感觉就像那残余的星星突然落进了我的怀里一般，我把那一夜的记忆珍藏起来，埋在心底，不时轻轻摇晃，品味着它发出的余香。

我一边回想，一边观看着行幸队伍。当主上的御辇经过时，我们撤掉架着车辕的登车台，整辆车往前行礼。之后，便赶紧拉起车辕，一看到队伍全部走完，即刻努力要从挤得满满登登的众多车辆中突破出去。可是，所有的车都争先恐后地想要尽快离开，互不相让。这种时候，权门家的女车往往肆无忌惮地喊着"让开！让开……"，十分盛气凌人。牛倌、仆从们傲慢无礼地驱赶着旁边的车辆，以便尽快通行。有两三辆女车虽然看似低调，但是车前车后却露出了颜色鲜艳的衣裳，一副炫耀的风情。

"这应该是哪家府上的夫人吧。或者是小姐？还是身份高贵的上等仕女？"

浅茅的注意力被吸引了过去，很单纯地看得入迷。而我则不然，一种桀骜、挑衅的情绪涌上心头。以为冲着我喊"让开！让开！"我就会踉踉跄跄地退开么？

近侍于天皇身边的中宫定子殿下手里留着我写的《春曙草子》。我跟那些突然发迹的国守之妻、在几帐后面过着死水一般日子的凡庸迂愚的女人们不一样！

这么想着心里很是生气，我坐在车里，一路摇摇晃晃，突然一幕风雅有趣的景色映入眼帘，让我顿时失神。黄昏中，一切都变得朦胧模糊。不知是否为了歇凉，男人们乘坐的牛车后面的帘子被高高挽起，一路驰骋。擦身而过的时候，耳边传来阵阵琵琶、笛声，男人们正在车内演奏娱乐。

片刻之间，便拉开距离，疾驰而去。

此时飘来一股牛车的气味……从牛的腰部一直拴到臀部的后鞘的气味，甚至牛粪的恶臭，都给人一种烦恼的愉快。

或许，这其中混杂着对于那些在黑暗的牛车中弹奏琵琶的男人们所怀的一种郁闷的感觉吧……说到气味，不见月亮的暗夜里，车前点着的火把散发出的烟的香气充斥于车内的感觉也很好。

牛车驰骋而过的时候，有时也会发生以下这样的事情。

在参观回来的路上，因为同路，有一辆男车一直与我们保持时前时后的距离。到了一条大路后，即将各自分开。这时，从素不相识的男车窗户那边传来了一句：

"哟，我们在此道别——正是'风吹白云离峰去'的时候啊！"

这一幕很有情致。对方说的是壬生忠岑的和歌：

风吹白云离峰去，君心已决情已逝。

这样有诗意的对话让我心生涟漪。于是，漫无目地地将它们记入草子，直至夜幕降临，顾不上点灯，仍笔耕不辍。

尽管如此，勉强改变命运的想法依然不够坚决，日子一切照旧。

则光不在家里也无妨，我把家里大事小情安排得清清楚楚，锁好大门，让孩子们去睡觉，吩咐下人们小心防火，尽到主妇的责任。以前则光每天晚上都回我家的时候，我比较松懈，家务也是应付了事。他不在家里，我反而立刻有了干劲，对守护维持这个小小的家毫无抵触，一切管理得井井有条。

一天夜里，则光待在我身边，而我正在缝补他的衣服。从年轻的时候开始，则光由于举止动作比较粗放，常常会把针脚挣破。

我一边缝补，一边随口说道：

"哎……十个年头，就这么过去了。可真快啊！"

十分感慨。

我并无怒意，也并非悲叹、自嘲。只是突然想到自己与则光在吵吵闹闹中，不知不觉已经结婚十年了。这是一种单纯的感慨。

岁月如梭，时光绵长，让我突然有感而发。当然，其中并无针对则光的怨恨或辛酸。

则光枕着胳膊，正打着盹，似乎突然听见了我说的话，霎时起身：

"嗯……十年了么……"

他认真地想着，并无生气的样子。第二天早上，因为不用出勤，他较晚起床，吃了一些粥。我之前已经和吉祥一起吃过了，所以就坐在一边伺候着。

我想等他吃完早饭，便跟他商量如何修缮此前被洪水破坏的墙体一事。因为我还想在这个家里长期住下去，一直到老。

可是，则光吃完饭，放下筷子，一边喝着开水，一边平静地说：

"从昨晚开始，我就在想，如果你现在还想着入宫出仕的话，不妨试试？"

我想从他的表情揣测他的真实想法，可他的脸上不见丝毫的恶意。

他跟往常一样。这个男人，如果他生气了，便直接大发雷霆，绝不会拐弯抹角地嘲笑、讥讽、揭短或刁难。

"昨晚，你不是说我们已经在一起十年了么？"

"是的。——不知不觉中，居然十年过去了，真是吓了一跳。"

"你的吓了一跳，让我吃了一惊啊。真的，我也非常吃惊。"

这一点正是则光的与众不同之处。

他似乎依然只是纯粹地感慨着：岁月如梭，时光绵长。

"这十年来，你为了我尽心尽力。今后十年，你就做一些自己想做的事情吧。我也会帮你的。你说的那句'十年过去了'，让我突然有了这个想法。入宫出仕十年吧！"

"你是要跟我分手么？……"

"不用分手不也可以么？当然，如果你想分手的话，另当别论。吉祥也已经十岁了。你一直照顾他们至今，我心里十分感激。——我昨晚也好好想过了。总觉得你家老爷子在另一个世界跟我说：'你就让她做她想做的事情吧。'凡事皆有因缘。就像水势一样，不宜强行抗拒，应该顺其自然。我会这么想，大概也是前世因缘吧。你要是哪一天累了，不想继续出仕了，随时都可以放弃。或者，要是你想的话，一直做下去也没有关系。孩子们也已经可以放手了。"

其实，则光也已经放手了。他现在经常前往那个"左边眼睛小的女人"家里。

可是，当时，我感受到的是则光的真诚、善良。

则光是出自真心地对我说"这十年时光，你倾注在了我身上。

所以，接下去的十年，你就用在自己身上吧"。我知道，他的想法里并无恶意或者傲慢。

"你可真是个怪人——"

我深有感触地说。

"你才是个奇怪的女人呐！你的种种怪异，已经传染给我了！"

则光说道。

在弁君的介绍下，我前往道隆公与贵子夫人所在的二条邸拜会之后，在定子中宫身边出仕的事情就定下来了。事前准备、拜会等等诸多事宜办理妥当后，我终于来到中宫身边出仕。而时间也已经是第二年、正历四年①的冬天了。

"你早逝的母亲有一个亲戚官居少纳言，你就以此为名吧。"

弁君说道。虽然连母亲的长相都不记得，可是能有一个跟母亲相关的称呼，我也觉得不错。然后，从父亲的姓"清原"中取一字，我便被唤作清少纳言了。

当时想着要不时回家里看看，所以我也没有很夸张地跟吉祥告别。吉祥如今也到了跟兄长们一起开蒙学习的年纪了。虽然他爱围着我转、我去哪儿都想跟着一起来的习惯依旧，但也已然是一个小小男子汉了。面容相貌甚至都已经变了。

隆冬时节。我第一次见到的皇宫十分宽阔、一片寒冷。巨大的宫殿，天井高远幽暗，不时有风正面袭来，晃动着格子窗，窗板咿呀作响，帘子被高高卷起。

宫里树木也多。

夜里，周围一片漆黑。从望不到头的广场深处，走出一列举着

---

① 993年。

火把的队伍，阵阵脚踩砂石的响声由远及近。这样的暗夜里，女人们在宴松原①被鬼吃掉的传说也变得可信了。

可是，后宫里却是灯火通明。众多的人与火盆的火让这里一片暖和。

我尚未习惯宫里的生活，怯场之余，便总是选择在夜里出仕。白天过于明亮，而我这个二十八岁、已过花季的女人，作为新手四处转悠，总觉得有些抬不起头来。

我尽量待在远一点的地方，尽可能不要引起他人的注意。应对的方式、周遭的氛围、行为举止、做事的章法，这些我都还不懂，只好一直躲着，心里一个劲儿地祈祷着早日能够适应、习惯这里。

"清少纳言，我等你好久了！"

中宫说道。我不敢抬头，只是低着头伏在地上。

"你写的《春曙草子》十分有趣，都不知道催促过弁君多少次了，盼望着能早点儿看到新内容。"

中宫的声音响亮甘甜，明朗清澈。而且，节奏轻快，带着一种高雅、诙谐的腔调。

"真是太想见一见写了这本书的作者本人了——让我看看你的脸。"

"请殿下饶恕……我已经……"

"怎么了？少纳言，看来你是个爱害羞的人呐。我还以为写的文章那么精彩、快意，作者肯定是一个大胆、干脆利落的人呢。"

中宫有些不解。豁出去了！我以置之死地的勇气睁开眼睛，发现在明亮的大殿油灯下方，十七岁明艳照人的中宫殿下正莞尔而笑。

---

①平安京皇宫西边的松林，传说有妖怪出没。

就像我曾经梦想的中宫一般。

而现实中,如今我正仰望着定子殿下——我终于见到了心中景仰、思慕不已的定子殿下。

莹白如雪的脸颊上,浮现着娇媚的微笑。漆黑的秀发倾泻在红色唐绫外衣上,那双从袖口露出的小巧的手儿,透着淡淡的红梅色。

世上竟有如此美貌之人!

"再过来一些!我们好好聊一聊你那本草子吧——为什么总是低着头呢?"

中宫应该是个性格开朗的人。

"如果你不喜欢草子这个话题,那看看画如何?猜猜看,这幅画是谁画的?"

"是!……"

"快点,再过来一些。——你心里一定盼着能早点退下吧。都写在脸上了。……不过,即使是葛城山神①也要再待一会儿。"

葛城山神因为羞于自己的容貌丑陋,所以只在夜间做事。

我偷偷望着中宫,浑然忘我。

六

我不是美人。而且,花期已过。头发掉落,日渐稀疏,我用上了假发。可是,自己的头发是黑色的,假发的颜色却偏红且缺乏光泽,在明亮的地方,可谓一目了然。连我自己都有些厌烦。

---

①传说居住在大和国(今奈良县)葛城山上的一言主神。

这一年的冬天（正历四年<993>），我二十八岁了。我知道自己眼角嘴边的皱纹、眼窝变得更深了。

虽然不是则光，但这件事就像则光说的："不知不觉中，居然已经过去十年了？"

震惊之余，再度震惊。

十年之前与现在相比，我的内心并未改变，可容颜却早已昨是今非。

我认为自己可以客观地评判自己，所以对自己有着相当清醒的认识。头发渐少自不待言，眼睛小，鼻子塌得几乎贴到了脸上……

然而，不可思议的是，一种难以遏制的、与对自己的容貌全无自信几乎同等程度、不分上下的自负："——也并非一无是处嘛……"涌上了心头。我的嘴角长得不差，可以说所有的妩媚都集中在这一处了。从少女时候开始，我就知道这一点，经常在镜子面前练习如何笑。

如此用心地提升自己的魅力，可惜欣赏的人却只有则光一个，真是遗憾。

少女的时候，父亲曾经夸奖过我："真是一个嘴角可爱的孩子！"

他告诉我："人们都说女孩嘴角可爱遮百丑。而且，从你嘴角发出的声音也非常可爱。此外，你的下巴长得好看。女人的下巴，是整张脸的终点，说实话，是最为重要的部位。颈部连着下巴，利落大方，曲线优美。女人的下巴不宜太尖、太突出。圆乎乎的，十分可人。下巴要以一种好看的方式为整张脸画上句号。你便长了这样一个好看的下巴。真是一个可爱的孩子！"

举出没什么人会夸奖的下巴、颈部为例，这也是父亲比较独特的地方吧。同时也是父亲对我的爱。父亲过世之后，再也没有人这么夸奖过我。则光根本不知道该如何赞美女性的容颜（这并不意味着我不是美人），他对女性的容貌以及赞美之后会产生何种效果等全无兴趣。

下巴、颈部之类，说起来，应该是前所未有的新领域。针对这些领域，去寻找新的发现、品味新的惊喜、尝试新的视点，则光缺乏这样的精神动力。如今想起来，父亲具备这些。不管是哪一方面，父亲都与其他男人不一样（也许因为父亲已经不在人世，我有了将他的一切加以美化的毛病）。

由于少女时期，父亲一直跟我说："真是一个可爱的孩子！"所以我并未对自己的容貌感到彻底的自卑。我用清醒的目光观察着自己，以一种自负与自卑各占一半的心态，漫步着一个女人的人生路。

不过，与则光结婚、育儿的十年间，彼此摩擦损耗，我的这种感觉变得迟钝，一半已经休眠埋没。

当弁君、兵部君带着我四处拜访，让我见识到了不同于日常生活的另一个世界时，当我跟实方等云端上的贵公子交往时——这种感觉被再次唤醒了……我一跃回到了少女时期那种不安分的躁动中，蓬勃的心开始忐忑。

可是，当我进入宫中之后，面对的却不仅仅是忐忑。曾经的自尊自负已经不见踪影，满心羞惭，觉得自己卑微若尘埃。原本不仅在容貌方面，于才学方面我也颇有几分自负："——也并非一无是处嘛！"

这种想法支撑着我直到现在。可是，一旦置身于这个后宫高贵世界，便只不过是轻如尘埃一般的自大而已。夸张的矜持迅速地枯萎，只剩下无能为力、无依无靠、卑微弱小的自己，在周遭一片的精致华美中目眩神迷、战战兢兢。

惭愧的是，我的眼睛始终无法从中宫定子殿下的美丽身姿上挪开。

可以说，我对中宫一见钟情。中宫声音明朗地说：

"快过来！这张画是……画的哦，瞧！画得可真好！主上也非常喜欢这部绘草子①。"

我诚惶诚恐地靠近中宫。灯太亮了。先把高座漆盘放在地上，再将灯盏搁在上面，最后再点上灯，所以四周一片明亮。我戴着假发，不好看的头发将暴露在大家面前，这有些难堪，但我还是强忍住了，仔细地看着画。

可是，比起画作，我的视线被中宫拿着画作的、美丽小巧的双手吸引住了。那双手从袖口微微露出了一点，似乎有些惧怕夜晚的寒意，透着淡淡的粉色。那美丽的双手让人觉得像是用桃色珊瑚雕琢而成一般。

中宫似乎说了什么玩笑话，边上的仕女们都齐声大笑。她们已经习惯了宫廷，在中宫面前谈笑自如，真是让人羡慕。老资历的仕女们愉快地应酬着，她们有时甚至连中宫都敢反驳。

茫然之中，我一句话都不敢说。

中宫白玉般的面颊，隐约画着点点的桃眉，层层叠穿、表里颜色相得益彰的衣裳。

她本身就像是一颗美丽的宝玉。或者，应该说是装饰在花瓶里

---

①古代日本一种配有图画的书。

的盛开的樱花？

旁边的仕女们的衣裳、外套上镶嵌着金银或是金丝银线的刺绣，在大殿油灯下闪闪发亮。

四处的家具也都美轮美奂。

这里是皇宫中的登华殿。

当今主上一条天皇年方十四，他的后宫中只有中宫一人，别无其他妃嫔。以最高权力者道隆公和她耀眼的兄弟等一众年轻公卿为后盾，定子中宫作为名副其实的唯一的皇后，成为后宫的女主人，执掌后宫。

夜晚的灯火之下，四处皆是螺钿、金银莳绘[①]熠熠生辉。橱柜以及上面的手匣、唐柜，全部都是炫目的金莳绘。橱柜上放着绀琉璃、绿琉璃的壶子。在青色帘子这边，仕女们的各色衣裳交错、缭乱，恰似掀起了一层层红、紫、青、淡绿的波浪一般。

众人围在中宫身边，兴致勃勃地谈天说地之时，在帘子的另一边，身份略低一些的女藏人或命妇则轻轻地拨琴助兴。

终于，后宫的长夜似乎要告一段落了。

这个世界里的人们喜欢彻夜欢娱，到天明才入睡。渐渐地，人们都开始悄然退出了。

我也急着想要尽快回到自己的房间去，觉得无法忍受丑陋的自己在亮处暴露无遗。

"少纳言，再待一会儿！你一直都没吭声啊。"

[①]日本漆艺的主要装饰方法，始于奈良时代，以金、银屑加入漆液中，干后经研磨做推光处理，显示出金银色泽，高雅华贵。时以螺钿、银丝等嵌出花鸟草虫或吉祥图案。

中宫一下子就发现了。她目光敏锐、犀利,不论多小的事情都逃不过那双俊敏、美丽的眼睛。

"一整晚,你都太老实了。再怎么说是葛城山神,也得再待上一会儿。"

这时,负责清扫的女官们来了。她们负责在天亮时打开四处的格子窗。隔着簀子①,她们朝待在靠里的厢房中的仕女们说:

"请将扣锁儿打开。"

扣锁儿从里面锁上,格子窗则从外面打开。女官们正要打开时,中宫说:

"哎呀,那可不行。先那么锁着吧。屋里太亮的话,少纳言会生气的。"

女官们一边笑着一边走远了。

"听说你看到字迹,就能猜到字的主人,这个是谁写的,你知道么?"

中宫拿来汉字的书法作品让我猜。等我终于告诉她答案时,她说:

"你应该看过不少名家手迹吧。"

"父亲曾经有所收集。我住在父亲家里时,略微见过一些,不曾用心钻研过,学疏才浅,微不足道。"

我一边回答,一边尽量往暗处躲去。中宫似乎看穿了一切:

"少纳言很想退下吧?那早点回去,夜里早一些过来。"

我连忙膝行退下,女官们依次打开格子窗。

———

①寝殿造中,建造在厢房外侧的略低一些的走廊,多为木板或者竹板铺就。板与板之间留有一定空隙,以便防止雨水滞留。

外面一片白茫茫，雪堆积得很厚。

浓郁的夜晚的气息倾泻而出。夹杂着灯油、发油、熏香、芬芳的女性体味等等，十分浓烈。与此同时，一股截然相反的、清新中带着寒意的空气流入室内各个角落。

连落在壶庭①中的雪，似乎也与普通人家的雪不同。

同屋的式部君待在房间里。

这一位是弁君的熟人，年纪与我相近，是一个好脾气、温和的女人。弁君说：

"如果是她的话，应该会各方面帮你指导的。她性子也好，你放心吧。"

果然，我们在同一个房间里居住，发现她并不是那种让人紧张的性格。

式部君的姐姐是诠子女院身边的仕女。她已为人妻，丈夫是则光的远房亲戚。她既不是身份高贵的上等仕女，也不是才华出众的女性。我一眼看出，她不像弁君那般讲究、懂情趣。

不过，她是个十分善良的女性。虽然有过孩子，但已经夭折，为人圆熟周到。

在她的教导下，我懂得了中宫身边的宰相君、中纳言君等上等仕女以及右卫门命妇、小兵卫、小左近、源少纳言等老资历的仕女们的名字，大致知道了她们的性格，了解了后宫生活指南——包括居住地图以及人物关系图。

---

①寝殿造建筑中，在寝殿（正殿）与厢房之间，有南北两条桥廊相互连接。由此包围形成的空间被称为"壶庭"。里面种植有四季花木或铺设有石头。对于多数时间闭居于室内的贵族女性而言，"壶庭"是她们可以感受季节变化、亲近小小自然的重要空间。

在这些方面,她是最理想的人选。

式部君并无特别的独到见解,她四平八稳,以极为普通的价值观为我指导方向。

我精疲力尽地睡着了。即使在睡梦中,兴奋的余热依然未消,觉得身体似乎处于飘浮中一般。

正午时分,醒了过来。正在梳妆打扮的时候,中宫派人过来说:

"今天请务必前来。"

我原以为今天可以休息一整天。据说中宫说了:

"今天是将要下雪的阴天,所以白天也依然昏暗——不会被人看见容貌的,这样可以吧?"

中宫似乎喜欢戏谑,她拿我开玩笑。我有些激动,但又有几分胆怯。

不时有使者来催促我赶紧前去参见。

式部君恰逢休息,正闲适地待在屋里,她终于看不下去了,对我说:

"快点过去吧。这么扭扭捏捏的干什么?"

"为什么要那么消极呢?不觉得这样不妥当么?如果浪费她一番好意,中宫会不高兴的。看来,她应该跟你非常投缘吧。中宫差人来催促早点过去,这可不一般啊。——我说,快点,鼓起勇气来。"

式部君说道。我的侍女慢慢吞吞有些迟钝,式部君便亲自帮我着装打扮,一边催促着我:

"快点,快点!迟到的话可就太失礼了!"

赶紧把我推了出去。

我在晕晕乎乎中离开了房间。

在中宫身前，火盆里的火烧得正旺。

中宫用过午时的早膳，身边搁着一个沉香手炉，正端坐着。那个手炉是梨地莳绘①。

隔壁房间里，长长的火盆边上，坐满了仕女。她们着装闲适且随意，时而处理信件，时而站着，时而坐着，说说笑笑，一派悠然自得的风情。在房间深处，有三四个人聚在一起欣赏画作。不时传来阵阵笑声。我心里非常羡慕她们，不知道自己究竟何时才能像她们那样不再拘束、应付自如。

"欧……唏！"

外面传来了警跸②的声音，仕女们都安静地将手边整理好，或者端正坐姿。

"关白大人来了！"

我觉得不自在，想回自己的房间。在入宫出仕之前，曾经拜见过关白道隆公和贵子夫人，可那完全是一种形式上的程序，与其他诸多仕女一起，一直都低着头。他们两位在御帘与几帐的另一边，我甚至听不到他们的声音。

近距离拜见关白大人，光是想一想，就让我紧张不已。可是，又不能一个人中途离开，只好躲到更里面的地方去。

虽然如此，无奈我那天生的好奇心又强烈地涌上心头，便从几

---

①莳绘技法之一。在器皿表面涂上漆，在漆地上洒上金、银、锡的粉末，再涂上一层透明漆后磨平。由于其质感类似于梨皮，故而得此名。

②天皇、贵族、高官出行时，清道止行。

帐的空隙那儿偷偷看了一眼。

原来到访的并非关白大人,而是中宫的兄长伊周大纳言。他轻快地走到夹道那儿,倚靠在柱子上。直衣、指贯的紫色与庭院里的积雪相映成趣。

"昨天跟今天原本都是斋戒,因为雪下得很大,便过来探望一下。"

伊周大纳言说话的声音听起来朝气蓬勃。

"和歌里不是咏过么?——'已无路',真是辛苦你了。"

听到中宫如此回答,大纳言笑着说:

"想着或许你会认为我'情最深'。"

简直就是物语中的世界。

中宫身上叠穿着白色袿衣①,最外面披着红色的唐绫。浓密的黑发倾泻而下,简直就像画中美人一般。而且,她与清新俊美的青年人、大纳言的对话,踏袭的是兼盛的古歌——"山中积雪已无路,今日君来情最深"。

"原来,物语中的世界真的可以变成现实。"

我恍惚地想着。幻影的世界、这个世界上不可能存在的、奢华的梦之世界,它出现在了现实中,就在我的眼前。我置身于其中,真真切切地待在一个物语世界里。

中宫和大纳言都在我触手可及的地方。有血有肉,如此美好。大纳言跟仕女们说着一些玩笑话,仕女们大胆地反驳、争辩。莳绘托盘上装满了各色水果、点心,仕女们招待大纳言品尝。中宫也品

---

①平安朝贵族女性的日常服装。一般在唐衣下面叠穿袿衣,讲究袖口、衣襟等处的色彩变化与搭配。

尝过了。

突然，大纳言问道："在御帐台①后面的是谁？"

一个仕女告诉他是我。大纳言起身往这边走来。正想着他是不是要到其他什么地方去，结果并非如此，他是过来找我的。

他坐在我身旁说："清少纳言，小白川法华八讲大会上的事情，我都听说了。还有，书名叫什么来着？《春曙草子》？我从中宫手里借来读过了。"

那声音清晰利落，听起来很是机敏伶俐。而且，那清新的笑容就在眼前。

我顿时一身冷汗。

隔着几帐，从缝隙里悄悄看上一眼，也让我感到羞赧，更何况如此近距离地与他面对面。与其说是羞赧，不如说是想死的心都有了。

行幸时跟随着天皇的大纳言（当时是权中纳言），只不过是朝着车这边无意瞥了一眼，我已经惊慌失措，更何况现在近在咫尺，我该如何是好？

"早知道会有此一遭，当初真不应该入宫出仕啊！"

大纳言全然不知我心里的这些想法，气定神闲地笑着，甚至拿走了我唯一可以依靠的掩护——手中高举的扇子。

这种时候，一般可以垂下头发遮住脸部，怎奈我的头发也是难以见人……"快点到那边去吧！"，我在心里不断祈祷着，感觉自己

---

①平安朝寝殿造建筑中，主屋内作为贵人座位或者寝榻使用的家具摆设。一般是在被称为"滨床"的正方形台子上铺上席子，在台子的四角立柱，并且悬挂帷帐遮挡视线。

已经紧张迷乱得半死，急得眼泪都流出来了。

当然，并不是因为难过。因为过于荣幸，我的心一时无法承受，陷入了惑乱之中。我并非由于讨厌大纳言而感到困惑。我的钟爱、仰慕、喜悦之情如此之深，使得他的美貌显得如此炫目。相比之下，我自惭形秽，故而冷汗淋漓。

大纳言根本没有走开的意思。他一边把玩着那把夺来的扇子，跟我搭话道：

"这画是谁画的？"

我被抢走了扇子，只好用袖子遮住脸。白粉沾到了唐衣①上，脸上现在应该是一片斑驳。

"你可真是害羞啊，少纳言君——我一直想着见到你的时候跟你问一下，实方中将是你的恋人么？"

"什么！"

我小声地叫了起来。

"那种事……怎么可能有那种事。"

"啊哈哈哈，瞧你认真的样子，看来这事不假。"

"那不是真的，怎么可能……"

"不，中将有一次说过你的事情。这没什么，你用不着隐瞒。"

不知是否中宫体谅我的窘境，她招呼大纳言："快过来看一看，这是谁的笔迹？"

"拿到这边来吧。我在这边看。"

"不要那么说，快过来。少纳言够为难的了。"

---

① 平安朝仕女所着服装，套在礼服外面，状如短褂。式样源自古代中国，故而被称为"唐衣"。

"少纳言拉住我,不让我起来!"

大纳言开玩笑说。这应该是他在宫廷社交界里耳濡目染的、圆熟的应酬方式。

草假名①的书法作品从别人手里传到了我这儿。

大纳言还说:

"让少纳言君好好看看。听说她熟悉所有的名家书法——估计她曾经收过无数的情书,所以特别擅长笔迹鉴定。是吧?少纳言君。"

我一时词穷,只是满脸通红心跳加速。仕女们哄然大笑。我不知道该如何应答。

像刚才中宫与大纳言那般优雅、洗练的应酬,我根本做不到。

仅仅是大纳言一人,已经让我手忙脚乱了,就在这时又传来了警跸的声音。这次果真是关白大人身着直衣出现了。

只见这位四十一岁的男人俊美稳重,开朗豁达,举止磊落。他比大纳言更会制造气氛,风趣地说着俏皮话笑声不断。与伊周大纳言非常相似,但又比大纳言在男性气质上更胜一筹,看来不仅仅是年龄的缘故。

大纳言比他的父亲关白大人更加细腻、温柔典雅。他身上流着在原业平②的血液,这一传说也许并非虚言。

似乎已经是世人皆知的秘密了,都说贵子夫人的娘家高阶家是在原业平的子孙。《伊势物语》中所描述的伊势斋宫与在原业平之

---

①万叶假名的草书体。
②在原业平(825—880),平安朝著名歌人,居"六歌仙"之首,世称在中将。传说其人才华横溢,风流倜傥。

间的一场悲恋，生下的孩子便是高阶师尚（这位便是贵子夫人的曾祖父）。

业平卿作为狩猎活动的使者①前往伊势②，与当时的斋宫恬子内亲王堕入了爱河。对于侍奉神灵务求清净的斋宫而言，这是一场禁忌之恋。

君来或我往，似梦又似真。醒睡难分辨，我心已茫然。

看到斋宫的和歌，业平卿泣而成咏：

心乱入迷途，难辨真与梦。今宵盼相会，且让迷思明。

当然，官方说法都否认斋宫恬子与业平曾经做出过亵渎神灵之事。可是，民间都认为恬子内亲王在一夜相会之后有了喜，人们深信这个传说。

之后，高阶师尚出生了。高阶家继承了业平奔放自由的性格以及艺术才学方面的天赋。这些延续到了贵子夫人身上，并最终传给了中关白家道隆公的子嗣——定子小姐及其妹妹、伊周大纳言、隆家中将。

我觉得自己把伊周大纳言直接看成了传说中的美男子业平卿。坚信业平卿身上的一切美好得到了传承，有何不可呢？则光以前曾

---

①以获取宫中宴会所需的鸟兽为名举行的狩猎活动，同时兼具视察尾张、伊势地区的目的。

②今三重县中部，志摩半岛北边。

经说过贵子夫人的父亲、高阶成忠大人的坏话：

"难对付的老头子。一把年纪了依然头脑灵活，看上去阴险狡诈居心不良，总是一副让人觉得他在动什么歪脑筋的样子，全无一点学问人的气质。"

可是，至少眼前的伊周大纳言身上看不到那种可憎的阴郁。明朗的气质浑然天成。如果则光见到他，或许会说不像是高二位腹黑老头的外孙。想着这些，我自己兴奋不已。

刚刚开始的前面几天，我总觉得这像是一个物语中的世界，想着那些在里面走动、说话的人，究竟是妖还是仙。渐渐地，我习惯了这里。萎缩的心，慢慢地放开，柔软地舒展，一点点地开始有余裕可以观察四周了。

宫里的生活十分有趣。跟我同时进来的一个叫小左京的仕女，一见到我就诉苦，时常没过几天就回家。而我则是一点都没有想回家的想法。小左京是个阴郁的老女人，不知道她究竟是出于何种考虑选择了入宫出仕。听说家里有上了年纪的父母，当她离家的时候，两个老人左右两边拉住她哭个不停。

也许她留在家里可能生活无计，但小左京对入宫出仕不抱任何的希望与期待。于是，复杂的人际关系、意料之外的高额出仕经费、宫廷独有的繁琐规矩，这些让她痛苦不堪，便没完没了地一直抱怨。

"也许你的性格不适合入宫出仕吧？结婚成立家庭，可能更适合你。"

我打断了她的抱怨。她回答道：

"因为父母以前过于疼爱我，所以没能结成婚。虽然有许多人来提过亲，父母总说那个不好、这个不行，都给拒绝了。如今已是这个年纪，也不知道是否还能生孩子，还有没有男人愿意上门……结婚简直就像梦话一般。"

罢了罢了，这个女人究竟是为了什么而活着！真是个讨嫌的女人。

"你一直这么抱怨也没有用啊！既然有机会入宫出仕，就要尽量让自己快乐，让周围的人快乐，祈祷着自己追随的主人能有好运，诚心诚意地奉公才对啊。你一直抱怨，就好像在散播不祥的毒素似的，让人很不愉快！"

我毫不客气地说道。这样阴郁的女人，我真是打心眼里讨厌。

"你是中宫身边的大红人，所以觉得这里好。你觉得宫里的饭菜香，可是我却不一样。这样劳心费神的地方，我可活不下去。"

"既然如此，那就早点离开如何？"

"我也是有苦衷的……"

小左京一脸哭相地说。哎呀，太讨厌了，太讨厌了，这个丑女人。

对我而言，阴郁、优柔寡断、磨蹭、愚笨、抱怨、乖僻等等，都属于丑陋的恶德。也许正因为身边有小左京这么个不良榜样，所以我反而一下子迅速地适应了宫里的生活。

尽管我说了那么难听的话，小左京依然坚持着没有放弃出仕。返家后第二天，她便顶着一张哭肿了的脸来到宫里，说："我正要上车，父亲和母亲都哭了，就像是最后诀别似的……真是不舍。"

如果真是那么不忍分离，索性一家三人抱成一团不分开，直到穷途末路落魄而死吧。真是个奇怪的女人！

我这边，即使式部君劝我说："累了吧？最好请个假休息休息吧。"我也一点都不想回家。

则光，我并没有特别想见他。

浅茅来信说，则光在我离开家后，又有了新的女人。即使听到这个消息，我也只是啧啧几声而已。

所以，当我隔了数十天回到家里时，一看到则光，心里最先想到的是："这个男人不再是我的丈夫，他已经变成了我的亲人。"

感觉就像是兄弟或者有血缘关系的表兄那般，则光对我说："怎么样，一切都还顺利吧？"

他似乎也有同样的感觉。如今，他把我当成自己的妹妹一般。

"是的，现在看来应该可以顺利坚持下去。我可能还是比较适合待在那样的地方。"

第一天出仕时，那种怯阵、畏缩、踌躇，我都已经抛诸脑后了。如今，甚至可以说满心跃跃欲试了。

"气色不错嘛！这样挺好的……你有时不像嘴上说的那么坚强，我还担心会不会哭着跑回来呢……"

则光的口吻就像是我的父亲或者兄长一般。我又不是小左京，怎么可能哭着回来！

"不对，现在下结论还太早。虽然你嘴上不饶人，看似强势，但其实心地善良，也有胆小、脆弱的地方。"

"是么？"

"是的，所以你跟我一起过了十年，这就是证据。"

奇怪的则光。

说实话，有时我把则光当成傻瓜。可是，这个男人，时不时突然说一些让我十分入耳的话。每当这个时候，我总觉得自己真不明白他究竟是傻还是聪明。

"如果我真的哭着跑回来，你怎么办？"

我笑着问道。

"那样的女人让人怜惜，我怎么可能不管？我会紧紧抱住不放的。"

"就像家里花儿被偷走的那个女人那样？"

我说的是则光同族的那个女人，就是左边眼睛小的那个妻子。

"怎么说呢……不，那个女人其实非常坚强。看上去十分温顺，内心很是坚定。跟你刚好相反。"

"这次新认识的女人又如何？"

"这一个完全是弱不禁风，时刻都得小心盯着——算了，先不说这些了，不管怎样，看到你好好的，我就放心了。"

孩子们都出门去了，只有吉祥待在家里。吉祥把他新画的几张画拿给我看。什么虫子啦、花儿啦、麻雀、鸡等等画的比较多。的确是认真观察身边的每一寸世界的吉祥的风格。体质虚弱，无法像健壮的兄长们那样在外面四处跑，所以他最喜欢做的事情便是待在家里画画了。

"当初还是个婴儿的时候，一直觉得他挺结实的……"

我跟乳母说。吉祥的乳母十分溺爱他。虽然他现在已经是个少年了，但是乳母仍然把他当成一个小孩子，总是让他多穿衣服，呵护着他。

"母亲身上的味道已经不一样了，是换了一种香么？"

对这些地方感兴趣，也是吉祥的风格。

"不，我没换。为什么这么问？"

"好像跟以前的味道不一样了。"

那或许是中宫的味道。我把另一个世界的味道带回来了。

待在家里的时候，跟以前一样，进进出出的人很多。日常杂事一下子都堆在了我身上。家根本不是让我纾解出仕疲劳的地方。我不堪忍受，便住进了我自己拥有的那栋位于三条的小宅院里。浅茅、下人们把那里打扫得干干净净，但由于久无人住，所以带有几分恰到好处的荒凉的味道。一位叫右近的资深侍女留在这里，帮我照看房子。

在那儿，我舒服地躺着。

一个人。

"啊，一个人独自待着，多好啊！……过上了跟弁君一样的生活。"

我心里这么想着。父母双亡孤身一人的弁君，从二条邸贵子夫人那边回到家里的时候，就是这样舒舒服服地张开手脚，让身心得到放松吧。

可是，我跟弁君的条件不一样。我还有则光和他的家。那里有一个当我想回家时随时都可以回去的容身之处，而弁君没有。也许她背地里有许多秘密的、富有吸引力的男人，但绝非那种如同野兽巢穴般安全的藏身之所。

话说到这里，我觉得只要自己想，马上就可以放弃出仕，逃回安全的巢穴中。跟则光已经是亲人般的感觉，可以一辈子都在一起，有自己的归宿。另一方面，弁君那种与孤独互为表里的"极致的强烈的自由感"，我暂时还不曾拥有。

在三条小宅院里，我终于找回了自己，找回了在则光身边或皇宫中都得不到的平静。很快地,我为了消除入宫出仕的疲劳,不再待在则光那边,而是选择在三条邸中度过一个人的时光。

有时,我会想念吉祥。可是,对吉祥的思念令我如此痛苦,以至于让我不想再见到他。一想到吉祥夜里为咳嗽所苦的样子,我便抑制不住自己的眼泪。想念他,因为过于想念,见面后便更觉辛苦。

也许我爱吉祥到想要逃离开他的地步。这些事,那些事,我待在则光家里便十分疲劳。则光似乎打算让吉祥出家为僧。

如果家里有许多孩子,就让其中一个出家,这是人们的习惯做法……而且,中关白家里,定子小姐的弟弟也已经是一个俊秀的少年僧人。

尽管如此,如果吉祥的母亲依然健在,她也会想让吉祥出家么?一番思前想后,便觉得:"啊……以后再想这些烦心事吧!"

休假结束,再次入宫的日子一到,我便身心充满了清新的力量。今后,每逢休假,我可能也都会选择回到三条那边,终有一天再也不踏入则光家了。

宫中的生活让我感受到许多乐趣。尤其是夜晚的时候。

夜间在宫中行走的近卫警备人员每隔一刻钟便宣报时刻,那声音隐隐约约地传来。寒意袭人的深夜,他们脚步生声,鸣弦[①]之后,自报家名"某某人",远远地喊着:"丑时三刻!"

此时,在更阑人静的皇宫里,一片夜深的寂静中,阵阵笛声从

[①]鸣弦仪式,始于平安时代。不用箭,只是拉动弓弦发出声响。传说魔鬼惧怕拉动弓弦的声音,故而成为一种驱邪仪式。最早多在婴儿诞生之时举行,后广泛用于夜间警示、泷口武士点名等场合。

清凉殿走廊的西厢房一带飘来。

是主上正在吹奏笛子。

笛声本来就特别高雅。夜深未眠的年轻的主上吹奏起来,更是悦耳悠扬。

"啊……我在宫里!"

我对此十分满足。不知何时,再次迷迷糊糊地睡着了。这也是一种幸福。

宫中的章法规矩也让我耳目一新。入宫后不久,就是丰明节会①。很快,我们将在十二月迎来御佛名会②。

佛名会的时候,中宫阅览画着地狱图的屏风。我觉得那地狱图令人毛骨悚然,便故意不看。虽然中宫跟我说:

"少纳言,看这个!为了后世,必须要看。"

我还是躲进了小房间里假装睡着了。一看到那些血淋淋的针山、在大锅里被煮的罪人,我就胆战心惊。中宫打趣我,想方设法要让我看上一眼。

下雨天,百无聊赖,便招呼了许多殿上人来到中宫这边,举行管弦演奏会。道方少纳言弹奏琵琶,行义(藏人)吹笛子,经房少将吹笙,十分有趣。

琵琶声止住的时候,伊周大纳言缓缓吟诵:

"琵琶声停物语迟……"

这是白乐天《琵琶行》③中的一句。

---

①奈良时代后,举行新尝祭或大尝祭后的第二天,于宫中举行的宴会与仪式。
②自十二月十九日连续三天,诵读佛名经,称念过去、现在、未来诸佛名号,祈福消灾。
③原诗为:寻声暗问弹者谁,琵琶声停欲语迟。

如此优雅的一幕，让我忍不住起身前去偷偷观望。结果中宫说：

"不敢看地狱屏风，这种时候倒是起来了呀！"

大家都笑了——不过，我想中宫也一定明白我心中的那种悸动。

"说实话，我也是那么想的……比起看那些可怕的地狱图为了后世而修行，我更喜欢的是这世界的美好与欢喜……恐怕会受到佛的责罚吧。"

中宫说道。

"怎么可能！"

我用力地对中宫说。

突然，中宫目光炯炯地问我：

"少纳言，在你心目中，我重要么？"

"是的……这个已经……"

我刚说到这儿，只听见台盘所①那边有人大声打了一个喷嚏。人们都说，要是有人说假话，就会出现喷嚏声。

"哎，讨厌！少纳言说假话了吧。算了算了。"

中宫假装生气的样子，进到里面去了。

怎么可能是假话呢?！究竟是哪一个，居然在这么关键的时候打喷嚏！真是可恨。

虽然心里这么想，但由于自己对一切还不够熟悉，也无法一一辩解申诉。

天已经亮了，我回到自己的房间时，来了一个使者。他送来了

---

①宫中放置餐盘的地方，在清凉殿内，也是宫里仕女们集合的地方。

一封中宫的信，十分精致。浅绿入时的薄纸上写着：

倘无纠神①在苍天，真伪虚实如何辨？

中宫依旧认为我说了假话。（当然，她是在跟我开玩笑，故意装作发怒的样子。）

我心里几分焦躁，几分欣喜，几分懊恼……

哎，不过。

我一边想着该怎么回赠和歌，一边意识到自己是如何深深地敬爱着中宫。我现在知道了自己的最后归宿。不是则光身边，也不是孤身一人的三条邸，而是中宫的心里。

七

世上还有比宫中生活更有趣的么？

那里应有尽有。男人、女人、奢侈、荣华。

还有权力与阿谀、精致与粗鄙、典雅与低俗。

而在最顶端闪耀的便是年轻的主上与美丽的中宫。

中宫所在的后宫是自由畅达的。正如弁君所说的那样。定子中宫所在之处，总是充满了活力、欢乐，一片晴朗。中宫喜欢"醒目"、热闹。要求人们内省、静谧，知道什么是悲观，思考其背后的问题等等，比起此种氛围，中宫更喜欢的是"直率"、"单纯、纯真"、"积极乐观"，像一直面朝明亮的地方、有光的地方的花儿那

---

①下贺茂神社中的祭神，镇座于京都的纠之森。相传会辨别真伪。

样去思考问题。她身上一直有一种充实、欢快、旺盛的生命力，甚至能让消沉的人也兴奋起来。

这也是我自身所拥有的。

这也是我的父亲、清原元辅所拥有并且传承给我的。父亲教我该如何讲真话、洞察真相。洒脱、诙谐、亲切、开朗。自从开始在中宫身边出仕，我才知道世上还有人与父亲有着同样的气质。

并非跟小左京君学舌，对我而言，宫里的饭菜的确非常香。

不过，阴郁的小左京是个例外，在后宫出仕的仕女们无不为中宫所倾倒。中宫身上那种耀眼的开朗（那绝非华美与傲慢。中宫从不盛气凌人，她是一个纯真、率直的人），变成了细微的金粉，洒落在所有侍奉她的人的身上。

我们这些仕女总是精神奕奕。在皇宫这个巨大的男性世界里，唯有此处后宫登华殿是女人领地。我们公然讽刺、批判、调戏、嘲弄男人。

不过，这绝非依仗中宫的权威鄙视男人们。我们发现原来对男人也可以有一种亲和的感情，这让我们心生狂喜、兴奋不已。而我们对于男人们的态度也正是这一点的写照。

我为能接近众多男性而感到兴奋。跟他们说话、听他们回话，这些乐趣让我激动不已。

因为自己是"中宫身边的仕女少纳言君"，一些有身份的男性们都恭恭敬敬地跟我答话，刚开始的时候甚至都有些飘飘然了。其他的一些仕女们也都从这种与男性同等对话的愉快中体味到了人生的充实。

跟各种各样的男人对话！

男人真是太有趣了!

以前,则光的兄弟或客人来的时候,只是隔着东西简短地说上几句,或者悄悄地瞥上一眼。那些男人都粗俗不堪,无法跟他们展开有内涵的对话。在一些庆典活动上见到的位高权重的公卿们个个都很出色,但只能远远地景仰。

如今,我们可以跟那些人面对面地说话了。我们都感到兴奋。能和那些知书达理、见识不凡的人物对话、互相戏谑,我们都由衷地感到欣喜。

那些男人们似乎也感受到了这种亲和感。所以当我们打趣他们的时候,他们也知道那并非恶意的嘲弄,都愉快地跟我们应酬。

知道如何与这些男人们交往,是入宫出仕的幸福。

沉醉于幸福中的我,每次休假回到则光家里,都忍不住把所见所闻一股脑儿地告诉则光。

"实方中将是这么说的。"

"隆家公子……"

"说起伊周大纳言,他是这样的……"

我兴奋地说个不停。

则光一脸不悦的样子打断我说:

"那些贵人们的事,我可没兴趣!"

虽然他不感兴趣,我却是兴致勃勃。我一直以为则光也会对我的新生活感兴趣。然而,则光的视线似乎正在迅速地远离我的生活。

不知道是第几次回家的时候,我发现家里一些地方有些不一样了——物品的放置、大门的开关,东侧还新添了一间房子。似乎尚未完工，工人们进进出出，十分嘈杂。则光穿着小袖①，正忙着指挥。我问道：

"新增建的？是给小鹰他们住的么？"

"哎？上次没跟你说过么？"

则光并不是在撒谎，他是真的感到吃惊才那么说的。

"那女人要来这边住了。房子着了火，烧光了。"

"是那个家里花儿被盗的女人么？"

"不是。"

则光话变少了，我顿时明白他说的是后来的新的女人。

"原来如此。那，这儿就不再是我能回来的家了……"

"为什么？！你的东西依然好好地放在房间里，回来就行。我让她住东边的房子，没关系的。"

"不要！我可受不了家里有其他女人的味道。"

事情太突然，所以我的口气可能比较生硬。结果，则光的言辞也跟着有些咄咄逼人。

"你说什么呢！你不是一直都不在家么！家里女主人不在，有多么邋遢、多么乱，你大概从未想象过吧？这也要操心，那也要操心，我已经累了。而且，往外跑，也渐渐觉得麻烦。如果是十九二十岁的小年轻，也许会觉得乐在其中。我自己有家，为什么还要在天寒地冻的时候流连街头？真是觉得辛酸呐。刚好她家房子烧掉了，所以决定趁此机会，把她接过来。"

则光一口气说完这些话，一脸不悦的样子。

我知道则光说的话有道理，但正因为如此，反而更加生气了。

---

①窄袖和服，平安时代贵族男女所着内衣。

"你不是说了，去出仕十年，如果累了的话，随时可以回来么？所以我才离开家的。如今还不到一年半，你就要接别的女人进家门，想把我赶走了！"

"不要说这种气话。你不是已经觉得宫里的生活更有魅力么？"则光认真地说。

因为是这个男人，所以他的话并非冷嘲热讽。倘若有一丝讽刺的味道，我定会大发脾气。可是他如此正面一刀，我反而冷静下来了。

"也许吧。我已经没有资格说那些事了，对吗？"

"喂，你这么说，叫我怎么回答才好。我也会寂寞的。小鹰他们几个男孩子，平常也不跟我这个父亲亲近。你离家之后，每天晚上我是怎么过的，你知道么？"

"我以为你去花儿被盗的那个女人家里了呗。"

"那边，我有去，但也没法每天都去。这边家里没有人，我放心不下。吉祥总是睡得很沉。"

吉祥今天好像前往清水寺参拜之类，我没有见到他。

"真是个奇怪的孩子。喜欢寺庙、和歌。他喜欢的尽是一些我最讨厌的。"

"那个东厢房的女人怎么样了？我想见见她。三个人一起喝酒如何？"

"她和吉祥一起去清水寺了。"

真是不可思议——即使则光说他将把女人接到这个宅邸中，我也并未感到有多么嫉妒。（那是一种类似伤了面子的虚荣心，与嫉妒是不同质的感情）当听说吉祥与那女人一起前往清水寺参拜的时候,我对吉祥与她之间的精神交流感到了嫉妒。对吉祥的爱,依然残留在我的心里。

每一次来到这里,总觉得我与则光家里的牵绊,一个一个地逐渐减少了。则光熟悉的脸庞,虽然的确让我感到放松,但是这里与宫中生活之间的差距也越来越大了。

我更喜欢待在三条那边自己的宅院里,自由舒展地放松。随着孤独的感觉变得更加强烈,我也更加沉溺于宫中生活的魔力之中。

三条邸门庭冷落,有一个叫左近的上了年纪的侍女、一个从则光家里跟过来的老男仆以及他的女儿夫妇俩,帮忙看守房子、办事等等。尽管如此,有一天,我家里来了客人。难得有男客前来拜访,我原以为是实方中将,内心激动不已,结果发现都是陌生的仆从。他们悄悄地停好了车。根据使者的话说:

"鄙人藤原栋世[①],曾经与令尊元辅大人亲切交谈过。也许你听说过我的名字……"

我从未听父亲提起过这个人的名字,想来他应该是诸多在各地任职的国守之一,虽然没有印象,还是好奇他究竟为何事而来,所以赶忙让他进来,隔着御帘跟他见面。

十分意外,栋世是一个四十五六岁很有气派的中年男子。既然他说了跟父亲有过来往,也可能真有其事,但他跟父亲不一样,身材健壮,五官端正,声音浑厚悠然,表情也不卑俗,脸上带着从容的微笑。

[①] 藤原栋世(生卒年不详),官至正四位下,左中弁。曾历任筑前国、山城国、摄津国等令制国国守。

"突然前来拜访还望见谅。刚刚从若狭①回来,带了一些咸干鱼,想让您尝尝鲜。去了则光那边,他说您住在这儿。"

鱼、贝类、煮熟的螃蟹等装了满满一个大柜子。

"这么多,实在是……"

"招待朋友们一起品尝吧。天气冷,可以保存一段时间。路上用了若狭的冰块保鲜。"

"是么,从若狭那边……"

"那边是我的任地。"

可是,比起若狭的种种,栋世说了更多他与父亲之间的交往。他的父亲是藤原保方,祖父藤原经邦的一个女儿成了右大臣师辅的妻子,生下了伊尹公。

我的父亲元辅便是在伊尹公的主持下参与了《后撰集》的编撰。

"元辅大人待我十分亲切,您是他的遗爱,我心中仰慕已久,只是一直没有合适的机会跟您说这些。不过,像今天这样临时起念,也是一种缘分。"

我为有人能跟我聊父亲的事情而高兴。

我们相谈甚欢,他在恰到好处的时候说:

"那么,我先告辞。今天带着食物前来,不好在此叨扰太久。下次我空手而来,慢慢叙谈。"

他把我想说的话都抢先说完了。这也让人觉得他应酬娴熟、十分顺眼。

他身上并无那种长于世故的狡猾,似乎为能与我见面(当然,

---

①今福井县西南部。

中间隔着御帘）而真心感到高兴。当我还是则光妻子时，无法随意与男人见面。当我成了中宫身边的少纳言君时，男客们前来拜访也就顺理成章了。

"下次再跟您好好聊聊令尊的事情……"

说完，他就回去了。他身上并无中年男人的虚张声势、妄自尊大，落落大方，给人一种爽快的感觉。总而言之，对我来说，他是一个感觉还不错的男人。

入宫出仕之后，遇到许多让人愉快的男人。也遇到了同样多的令人讨厌的男人。

我数次说起了，男人（女人也一样）真是千差万别啊。这让我充满了兴趣。

我真的非常喜欢人，喜欢这一路能与各种各样的人相逢的人生。

皇宫中登华殿的细殿——我们的房间所在的西厢，前面就是来往于清凉殿的男人们的必经之路。众多仕女聚集在房里谈天说地，门前不时有长相清秀的少年仆役、年轻随从由此经过。

看着他们来来去去，也是让人悸动的一件事。

他们用质地良好的包袱布或袋子装着主人的衣物等，指贯的绑带时常从一角露出来。有时他们手持弓箭、盾牌之类经过，让人十分好奇。

"是哪位大人的东西呀？"

我们忍不住开口问道。

而对方的回答常常反映出主人的人品、教育下人是否有方等，这也十分有趣。

"是某某大人的物品。"

有的回答彬彬有礼,直率而不扭捏,让人感觉甚好。有的矫揉造作:

"猜猜看。"

故弄玄虚、挤眉弄眼,有的装模作样:

"各位都知晓的……"

这种不懂人情世故、不懂女人心的青年、少年,让人讨厌。他们的主人很可能也是一些喜欢装腔作势的男人吧。

话虽如此,过于害羞,唯唯诺诺,满面通红答不出话来的随从也让人扫兴。

此外,另一方面,那种对女人嗤之以鼻,一走了之的随从,我们都十分痛恨:

"那主人定是瞧不起女人。"

还有一些人十分无礼,沉着脸抛来一句:

"不知道。"

一副冷冰冰的样子,我们背地里都说:

"一定是无情之人啊,他的主人。"

中宫笑着打趣道:

"从你们这些人面前经过,对那些年轻随从们而言,简直就是上刑场一般啊。"

"你们那么一番冷嘲热讽,他们可真是怪可怜的。"

"我们可没那么做。对那些那人来说,这可是很好的学习机会——要想成为公卿,首先必须学好的第一课便是如何巧妙地应对女人。"

说这话的是有点喜欢刁难人的、个性独特的右卫门君。

她年近三十，头发稀少，身材瘦削。个子有点偏高，细长的脸带着一点凶相，令人略感遗憾，但还是可以称之为美人。

"可是，如果你们是老师，那些男人的学习恐怕也会变得痛苦不堪吧。"

中宫大声笑道。她似乎早就知道我们不管怎样就是要拿男人们寻开心。

在听殿上①点名时也可以享受到这种乐趣。

没有比殿上点名更有趣的事情了！

每天夜里，亥时二刻②，在清凉殿殿上举行值夜人员的点名。

其次是泷口警卫处点名。

时辰一到，藏人头③端坐在小厢房④的边上，当值的六位藏人坐在他旁边，喊着：

"某某人在否？"

清凉殿东边的入口处是殿上人，墙壁附近是六位藏人，各自按照职位由高到低的顺序逐一出列屈膝，应声报上名号。

此时若有人正伺候御前，则不必特意返回殿上，直接在主上身边接受点名即可。

点名结束之后，值夜的人们便一拥而出。

这些男人们报出姓名的时候，我们都在弘徽殿中宫殿下住处的

---

①清凉殿。
②夜里九点三十分左右。
③藏人所长官，从四位下。负责殿上机密文书、诉讼等工作，为殿上最高执行长官。
④寝殿造中，厢房之外再设置的次一级厢房。

东侧侧耳聆听。

当我听到实方中将的名字时，内心一阵波动。我想其他仕女们也一定有过同样的感受吧。当各自的恋人、丈夫、情人，或者已经移情别恋的丈夫、过去的恋人的名字传入耳际，她们也会心生涟漪吧。

"那一位的声音可真好听。"

"这个名字也不错。朗朗上口，讨人喜欢。"

"哎哟，不是喜欢他的名字，而是喜欢他的人吧！"

"不过，那一位，虽然声音悦耳，可是风采却有点差强人意。"

"某某大人，虽然声音不好听，人品却很好。这么一想，连声音也变得好听了！"

仕女们七嘴八舌地议论着。

殿上点名结束之后，接下去便是泷口点名。泷口的武士们聚集在东边的庭院。

当值的藏人用力踏响小厢房的地板，故意咳嗽数声后，武士们便鸣弦两次，回复藏人报上自己的姓名：

"某某在此。"

有时，人数偏少的话，点名便无法进行。泷口武士禀报道：

"今晚无法点名。"

藏人照例追问缘由：

"为何？"

武士解释完人未到齐的理由，藏人听罢便回去了。一切都是按章办事。

藏人中有一个叫源方弘①的，行事古怪，是个冒失轻率的家伙。

有一次，方弘正依例听泷口武士解释无法点名的理由时，喜欢恶作剧的年轻贵公子们在后头小声鼓动：

"喂！这也太不像话了！得好好教训教训他们！为何人数不够，这不是怠慢公务吗？得让他们为此负责！"

一般的藏人都不会这么做，可方弘居然当真了。

他觉得既然有人在后面这么说，便一心认为必须要说，于是大声嚷嚷道：

"不像话！为何点名人数不够？怠慢公务，必须负责！"

人们都目瞪口呆。在庭院里待命的泷口武士们忘记了自己身处御前，都哄堂大笑。从未有人如此不按章法地胡乱发言的。

方弘的恶名，因为此事更上一层楼。

我真的十分感慨，这里的每一件事都让我眼界大开。我从未想过，世上居然还有像方弘那样不着调的人。社会、人情、万物，我真是一无所知啊。

方弘这个男人做了无数蠢事。才二十二岁，却已经是如此境地了。

他肤色苍白，眼睛怪异地睁着，人中相对比较长。下面的嘴唇，作为一个男人，有些偏红。嘴角的表情总让人觉得有点散漫，动不动就耷拉着，那表情本身就有些诡异。

之前，这男人把自己的脏鞋子放在了御膳房的碗柜上。御膳房

---

①源方弘(975—1015)，文章生出身，曾任六位藏人、式部丞、阿波国国守等职。一说他曾经是藤原道长的管家，于宽弘七年(1010)遵照道长之意如期建成彰子所居一条院东西厢房，得到道长赏识。

可是放置主上膳食用品的地方。

宫中另有其他柜子用来放置鞋子,方弘居然把鞋子错放在了神圣的御膳专用的柜子上。

"谁干的?竟敢如此无礼!"

内膳司①的官员们都气得暴跳如雷。

"太过分了!揪出来是哪个家伙干的,一定要狠狠教训一番!"

女官们一边赶紧把鞋子拿走,一边说:

"不知道啊!"

"究竟是谁呀!"

或许她们知道是方弘的,赶忙替他遮掩。

而方弘本人则不慌不忙地跟众人一起说着:

"真是太过分了!"

结果他一看女官们手里的鞋子,不正是自己的么?

"且慢!是我的!那双鞋子,是我的!"

他这么一嚷嚷,又引起了一场大骚动。

我也不是不知道,男人中也有不怎么聪明的人。尽管如此,知道一件事与亲眼所见还是天差地别。这一位方弘大人,时常做一些让人惊诧的荒唐事,让我的男性研究更加深入了。

人们都把方弘当做取笑的对象来打发时间,不知道如果是他的父母该作何感想。把这样的二愣子送入社会,父母或许觉得是个可爱的儿子,以为别人会疼爱他。可是世间险恶,有些人甚至对侍奉方弘的随从说:

"喂,你们是怎么想的,居然会追随那样一个主人!"

①后宫中负责天皇饮食的部门。

似乎方弘的妻子、母亲比较能干，看上去家务等方面都安排得十分妥当。他身上穿的衣服，比其他人都要质地更好，且干净整洁。仅此一点，就值得称赞，可有人却说：

"这么好的衣服，让方弘这家伙给穿了，真是可惜！"

不过，这也是因为方弘自己有些地方的确招人闲话——比如，轮到他值夜，他让下人回家去取值夜所穿的衣服：

"两个男人一起回去！"

下人回答说：

"不用了，一个人可以取得来。"

"胡说！衣服有两套，一个人能拿得了两套么？一升的瓶子能装下两升么？"

他说的这番傻话又是惹得众人哄堂大笑。

或者，别人派来了使者，禀报道：

"请速速回复。"

方弘听完，气呼呼地说：

"急什么急！真是气人！简直就像釜中燃豆①一般！喂！哪个把殿上的笔墨给偷藏起来了？若是饭菜、酒水，倒是有人想要……"

他的这番嘟囔，让众人笑得停不下来。

东三条女院②生病了，方弘作为天皇御使前往问候。回来后，有人问他：

"女院那边都有谁在呀？"

---

①此处为方弘的误用，他本想用典，结果反而弄巧成拙。原典为曹植《七步诗》：煮豆燃豆萁，豆在釜中泣。本是同根生，相煎何太急。

②藤原诠子，一条天皇的母亲。

他听了之后，数着手指回答说这位那位。

有人继续追问：

"还有谁？"

"呃——还有一个在睡觉的人和……"

听他如此形容卧病在床的女院，所有的人都笑得前仰后翻。

除目的第二夜，方弘负责添加灯油。由于他站在灯台下铺着的垫子上添油，袜子跟油布做的垫子紧紧地粘在一起。他对此浑然不知，往前一迈步，灯台一下子便倒了下来。垫子粘在他的脚上，一路发出啪嗒啪嗒的声响。灯台的油也流了出来。在场的人笑声震天。

当然，此事发生于议定国守任命的除目之时，并非我亲眼所见。人们口口相传，我是道听途说来的。

此外，藏人们都在殿上用餐。如果藏人头尚未就座，其他人则都不入席。可是方弘却偷偷拿走一盘豆子，躲在小屏风后面吃。有人突然将小屏风撤走，方弘顿时暴露无遗。大家又是大笑不止。

我跟其他人一样，总是把方弘当成笑料。但是笑中带着一种感动。他让我深深体会到，这世上有着各种各样的人。

而且，我终于觉察到，那位不动声色的中年男人藤原栋世，他的突然来访可能另有意图。

所谓看懂世事，或许就是揭开人们话语背后的真实意图。

入宫出仕后的第一个正月，我在梦幻一般的感觉中度过。天色晴朗，宫里的各项活动之隆重也与民间截然不同。采摘积雪消融处的鲜嫩野菜的七草节供①、白马节会。以往只能在外面眺望的牵马仪式,如今我可以在宫中观赏。

彼时,只能隐隐约约望见的宫里人们的身姿,在我这个乡下人眼里,简直就像月里的天仙一般。

十五日小正月吃小豆粥,人们把煮粥用的木柴作为粥杖,击打女人的臀部。这一天彼此都不讲客套。据说用粥杖打女人的臀部,便会生男孩。定子中宫不知道被偷偷靠近的乳母、仕女们打过多少次了。每逢这时,开朗的笑声便会响起。

正月里,人们非常关心的是除目,也就是方弘成了笑料的国守任命之议定。从正月九日开始,除目举行三天。

不由得想起了以前父亲在世时的事情。当时,我和父亲在家里紧张万分地盼望着喜讯的到来。家里上上下下一心祈祷着父亲能任官上国国守……(可是,那些祈愿很少得以实现……)

如今,我却反过来在宫中看着世人为了猎官运动而奔波。

大雪纷飞的时节,无官之人手持申文(任官申请书)四处奔走。他们前往位高权重者的家门、甚至是后宫殿内递送申文。

如果是青年才俊,则清朗雅致。如果是壮年之人,则看起来可靠沉稳。

然而,满头白发的年迈老者拼命地一个劲儿地求人帮忙,真是让人不忍目睹。

他们来到仕女的房间,自得地列举着自己的优点、长处。年轻仕

---

① 平安时代,宫中于正月初七,前往野外采摘积雪消融处生长的七种野菜,即荠菜、芹菜、萝蔔、芜菁、鼠鞠草、鸡肠草、蘩蒌,熬制"七草粥",相传可以辟邪。此习俗源自古代中国。

女们互相用手肘捅着对方,掩嘴偷笑。他们毫不在意,不断拱手作揖:

"请一定帮忙禀报!拜托了!"

虽然我的父亲也曾为了任官而四处奔走,但他一定不至于那般寒碜。——我突然想到,弁君每次说起父亲,总是一副十分熟稔的样子,常常替父亲说话,那也许是因为父亲当年四处奔走时曾经拜访过弁君。

(如今,我开始相信父亲与弁君之间有过情爱关系。)

此外,我还想到了另一件事:

那位栋世的来访,是否也跟正月的除目有关?

八

"高兴的事。物语新作,只读了第一卷,一心想着往下读,却一直未能入手。终于拿到了,而且是好几本,心里觉得可以享受上好一阵子,那一刻真是高兴。(当然,有时读过之后,意外地发现它并没有什么意思,也是十分失望……)做了一个可怕的梦,把解梦的人叫来一说,结果对方将该梦解为祥瑞之兆。"

别人丢弃的书信,右卫门君偷偷地拾起展开,看得入迷:"这个……是不是接下去的一句?"

我也偷偷地跟着一起看,碎纸的内容依然连贯着,实在是有趣……

"我说,偷看别人的书信可不好!快别看了!"

中纳言君皱着眉头说道——这位中纳言君与宰相君一样,都是上等仕女，身份尊贵，资历甚老。就我的观察而言，她没有什么才气，是个实务派的人物。她在后宫运营、人员管理等方面比较擅长，而社交应酬则稍逊一色。如今，我已经能够自己描绘后宫仕女们大致的性格特征，超越了式部君告诉我的那些预备知识。

以前，我的世界比较狭小。不过，在弁君的带领下，我悄悄地探访过东三条院。还曾经躲在兵部君的袖子底下，不经意间游览过土御门邸（中宫大夫道长大人府邸），在那里遇到了各种各样的仕女、小姐。虽然对亡母几无印象，但由于她曾经出仕小野宫家，所以当父亲前往小野宫家拜谒时便带上我一起同行，我在那里见到了许多人。所有这一切都多多少少让我增长了见识（至少胜于小左京君等人）。

此外，我还领略了各处名邸的风采。

则光——或许称他为曾经的丈夫更为合适？则光和我之间，甚至连书信往来也断绝了。而且，我心里唯一挂念的吉祥如今已经前往横川修行了。他成为了一名僧侣。令人宽慰的是，也许内心的平静带来了身体的健康，听说吉祥身强体健——我曾经的丈夫则光虽然对我喜欢外出、好奇心旺盛等颇感头疼，但也正因为如此，我虽然入宫出仕，却并没有那种因为突然进入一个新世界、由巨大的落差而导致的冲击。

如今，我已经可以相当准确地判断出大部分人的性格。而且，就跟我喜欢自然一样，我喜欢人。这也是发现之一。

"既然喜欢人，为何不想一直跟则光待在一起呢？因为不断寻找新的发现更加吸引我。"

虽然中纳言君无趣，宰相君却是一个才女。不管男人女人，鲜少有才气人品兼具的。不过，宰相君却是一位性格温和的才女。定子中宫也非常喜欢她。

只是，都说"老好人也是傻瓜之一"，别人蜚短流长时，宰相君绝不参与其中。她是个体态略丰腴，肤色白皙的美人，气质高雅，不愧是富小路右大臣①的孙女。总是面带微笑，从不恶语伤人。

在这一点上，擅长一针见血地戳中他人痛处的，要数右卫门君。正因为毒舌，所以右卫门君说的话总是很有意思，在某些方面，我跟她最为合拍。

因此，和她一起说长道短、品论别人，也属于"高兴的事"。

啊！不过，住在宫里本身就已经事事令人欢欣雀跃了！

不同于白日里的喧嚣、明亮、炫目，夜晚的声响、气息也优雅得毫不逊色。置身于此种情致之中，不胜欢喜。

夜晚的声响都透着一种隐约的优雅。

年轻仕女的悄声应答。

远处传来一声"清凌凌"的响声，可能是银质水壶的长柄碰到什么东西了吧？

银的汤匙、银的筷子互相碰触，发出的轻微声响。

大殿油灯并未点燃，只在火盆里生了火。火光映照之下，御帐台上的缨子等显得更加艳丽。挂在御帘帽额上的帐钩等等，都闪闪发亮。

火盆里的灰烬十分干净，火烧得很旺，火盆内壁上的图案也清晰可见。火筷子锃亮，一丝不苟地斜放着，真是难得。

夜深了，中宫休息了。

---

① 藤原显宗(898—965)，藤原时平次子，官至右大臣，从二位，赠正二位。

仕女们也入睡了，一片寂静。

有人窸窸窣窣地跟外面的殿上人说话。

院落深处，传来了把棋子收入棋盒子的声音，很是风雅。

隔壁房间的人已经睡下了么？偶尔传来用火筷子拨灰的声音，让人心生好奇：是在等待情人来访么？

今晚式部君回家去了，房间里只有我一个人。夜里醒来时，听见隔壁房间隐约传来男人的声音。虽然听不清楚具体说些什么，但男人的行事之悄然让人觉得他颇有涵养。此种场景，甚有情致。那应该是个有身份的男人吧？我房里的灯已经熄灭了，隔壁也是。簾子檐下挂着的灯笼里透出的灯光自上而下倾泻，照进了屋里。于是，透过缝隙，隔壁房间的情形隐约可见。并非关系亲近的仕女，长相不太认得，只见她跟一个男的一起在几帐后面。从发型以及长发垂肩的样子来看，应该是一个美人。

男人脱下的直衣和指贯搭在几帐上。两人的对话，虽然我听不清楚，但一直情意绵绵地持续了整个夜晚。

听着隔壁传来的絮絮低语，我想起了实方大人与栋世。

自从来到宫里之后，常常有机会见到实方大人。可是，这么一来，他的魅力反而逐渐淡化了。实际上，跟实方大人差不多的贵公子，四处皆是。在宫里，他毫不起眼。而且，据说他处处留情，也是一个大忙人。

有一次，我在中宫那儿伺候着，同大家一起聊着家常。不知不觉，其他人都走了，周边一个人都没有。我一下子走到实方大人身边，含笑说道：

"你已经把我忘记了么？"

实方大人似乎有几分畏缩，他神色紧张地看了我一眼，似乎正在嘀咕：

"哦……这个女人，真是变了个样。想当初，不过是个土气、迟钝的有夫之妇，跟她逢场作戏只是一时头脑发热而已。如今她居然主动跟男人搭话、开口调侃了，真是世故了不少啊！"

嗤笑或是讶异，又或是感慨，此时他应该是各种滋味在心头。我会这么想，也许是由于我的偏见吧。

实方大人跟我应答了两三句后，便落荒而逃。

不过，他不愧是个歌人，很快就派使者送来了一首和歌：

有如瓦窑烟气起，思君忆君吾啜泣。

礼尚往来，我虽然也回复了他一首礼节性的和歌，但对实方却渐渐失去了兴趣。

我终于学会了如何用男性社会的标准去衡量男人们的能力。在这一点上，实方大人显得比较薄弱，他也比较单纯。男人有各种各样的类型，在宫里可以看到一些男人复杂厚重，给人一种压迫感的同时，又富有包容力，颇具大人物风范。

如今，我正热衷于发现这些资质复杂的男性们身上的魅力，实方大人显得有些不够分量了。

上次之后，栋世依然有书信或礼物送来。有一天，他送来五匹尚未染色的白绢以及苏芳、丁子等染料，同时附信说："请随您的喜好染色。"此外还有一大摞的白色绢丝。

我有些为难，便回绝使者：

"我可不能收下这么贵重的东西。"

不久，栋世自己过来了。

"是乡下庄园送来的，不成敬意。乡下的绢不怎么雅致，但十分结实。您就用它来缝制一些平常穿着的便服吧。"

接着，他又亲切地说了一些关于播磨那边的庄园的事情，还有山海景色、食物气候等等，在我没有心生烦意之前告辞回去了。

不知从什么时候开始，我已经习惯了他送的礼物，不再有什么抵触。栋世接近我，或许是出于仕途方面的考虑。男人们都想方设法与权门府邸中的仕女搭上关系。我作为如今风头正劲的中宫身边的仕女，精明的男人当然也想要与我交好。可是，栋世丝毫没有透露出那样的讯息。如果他真是居心叵测，靠近我是为了利益交换之类，我想我应该立刻能够觉察到。

然而，栋世看起来只是单纯地喜欢与我交谈——他的妻子身体病弱，多年来一直时好时坏。他前往地方赴任的时候，妻子也不曾同行。另一个妻子则在生下女儿之后就过世了。虽然在家庭生活方面不怎么幸运，但栋世像旁观者一般客观地把一切告诉我，这让我十分欣赏。

虽然已经见面多次，但他并无狎昵之举，是一个行事有分寸的男人。不知从何时开始，我把栋世当成了可以亲切交谈的朋友。

当我想要跟谁说些宫中的见闻时，栋世可以说是最为合适的男人。他有着恰到好处的教养与感性，对我所说的一切兴趣有加。

可是，这与男女之间的怦然心动或恋爱相距甚远。

因为这些因素，隔壁男女的絮絮低语勾起了我的兴趣。众多男人女人之中，与自己心仪的人相逢邂逅，或者不知为何，只为某一个人心疼。想想男女关系的这些微妙之处，便觉得活着是多么欣喜愉悦。我并非为之前常年的家庭生活感到遗憾，而是入宫出仕之后，自己见到了更广阔的世界，这让我喜不自禁。

那些终日待在家里，满足于那些一成不变、似是而非的小幸福中的女人们，真是可怜！不论是出自何等优越家庭的小姐，最好让她尝试一次入宫出仕，见识各种人情世故。

许多男人看不起入宫出仕，嚷嚷着什么"女人和鬼最好不要现身于人前"，真是顽固、无知之至！女人也应该见识广阔的天地，与朋友、前辈、后辈切磋磨炼。只有这样，她们才能更进一步地理解男人，教育孩子时也会拥有自己的理念。

当然，如果她们走出家庭进入社会、入宫出仕，将无法避免地与上至主上、公卿、殿上人，下至底层男人等产生交集。虽然不像深闺中的千金小姐或夫人们那样幽居于庭院深处，高高在上，但有过仕宫经验的夫人们，每逢承担类似于为五节会安排舞姬等公务时，往往能够沉着应对，令人赏心悦目。

有人对道隆大人的妻子、贵子夫人曾经出仕宫中颇有微词，但正因为她有此经历，所以夫人的女儿定子中宫让当今主上的后宫一片舒朗、开明、和煦。

"至今为止，我从未见过如此爱笑的殿下啊！"

主殿司上了年纪的女官长说道。的确，自从村上天皇辞世以来，冷泉天皇、圆融天皇、花山天皇频频更迭。此外，安和之变、花山天皇突然逊位等令人震惊的政变不断。

与此同时，后宫的女主人也不断变换，幽灵鬼怪等趁乱跳梁。由于天皇提前逊位而涕泪涟涟地离开后宫的女御、由于惧怕天皇的癫狂之疾而不敢靠近后宫的皇后、由于政治谋略而虚有女御之名始终与天皇别居两处的妃子……后宫一片萧条。

这个时候,定子中宫带来了清爽的新风与光明。

不仅如此。

中宫第一次与天皇琴瑟和谐地并肩而立。人们有幸看到年轻的天皇与中宫相亲相爱的样子。这与道隆大人和贵子夫人之间的美满一模一样。总之,贵子夫人曾经是一个出色的后宫仕女,这让她拥有了非凡的见识,使她得以将定子小姐教育成一个出色的后宫女主人。

对于现在的我而言,后宫中的一切都弥足珍贵,入宫出仕让我无比欣喜。

说到欣喜,还有比得到中宫关注更让人欣喜的事情么?

不论聊天或是其他事情,在众多仕女中,中宫总是对我格外关注,这让我欢欣雀跃。有时,我比别人更晚一些来到御前,仕女们都已经挨个地促膝坐满了,便远远地在柱子边上找了个位子坐下。结果,中宫眼尖地立刻就发现了,她对我说:"少纳言,快到这边来!"

那一瞬间,我感到十分光彩与欣喜。

最近,虽然有些惶恐,我觉得自己与中宫之间的良好关系已经超越了"女主人与仕女"。例如,上次下雪时,关于"香炉峰"的那段问答,我觉得自己与中宫如今已是心有灵犀,不知道这是否有些过于自负了。不过,总觉得中宫是那么看待我的。

那是去年年末时发生的事情。于宫中见到的雪景也很有情致。正如之前所说,在我们居住的登华殿西厢细殿,经常可以看见自清凉殿往朔平门而去或是前往清凉殿的人来来往往。清早,拉开门,眼前是一片白茫茫的雪。雪依然还在下着。此时，几个结束了值夜从清凉殿退下的男人，年轻俊美长身玉立的四位、五位青年官员们，身着淡紫或红色的亮丽的直衣，打着伞从雪中经过。他们将直衣的裳裾掖进浓紫的指贯里，穿着长靴，风雪交加中，他们醒目的服装上沾满了雪花。这场景如此绮丽，让我心醉。

那天，我前去参见中宫，到了之后，发现大家正在讨论："天上下的什么最美？"

有人说是"雪"，有人说是"雪珠"。

也有人提出是"雨夹雪"。

"少纳言，怎么下才是有情调呢？"

中宫问道。

"雪花落在刺柏树皮修葺的屋顶上，真是难得的美景。积雪刚刚开始消融中，露出一些树皮，或是雪填满了瓦沟，只露出黑色的瓦脊，这些看起来比一片白茫茫的积雪更有情调。阵雨或雪珠落在木瓦上，发出响声，极有情致。落霜也是木瓦更胜一筹。"

中宫点了点头。突然，她白皙的脸上浮起了调皮的笑容：

"少纳言，香炉峰的雪如何？"

比起这个问题，我从中宫那可爱、调皮的笑容中读懂了她的心思。

于是，立刻小声地吩咐女官：

"打开窗户。"

女官把放下关好的窗户都打开了。傍晚时分，在雪光映照下，外面依然明亮。我将帘子高高卷起，让中宫欣赏雪景。

至此，其他仕女们似乎终于也明白了，顿时一阵骚动。中宫开怀大笑。

"怎么说呢？平常总将这句'遗爱寺钟欹枕听，香炉峰雪拨帘看'挂在嘴边，可惜却不能马上领会殿下的心意。"

宰相君立刻心直口快地说道。听她这么一说，有些人似乎才恍然大悟，又是一阵骚动。

"少纳言正说着雪景的时候，我突然很想看一看。如此美妙雪景，不看一眼，该是多么遗憾。"

中宫十分满意的样子。

或许正是这件事之后，我那"灵思敏捷的少纳言"之名便传开了。

当然，我并非没有想到自己这么做，有些过于出风头，可能会触犯到老资格的仕女们，可是当我看到中宫那可爱的微笑、别有深意的目光时，这些顾虑便飞到九霄云外去了。

别人怎么想，由她去吧！

"干得漂亮！"中宫那开怀优雅的笑声，对我而言是最高的奖赏。只要中宫欣赏我，那就足够了。

很久以前，当我还是个少女的时候，父亲非常疼爱我，指导我学习。当时，因为我记性好，父亲总是撇开一旁的兄长致信，常常夸奖我。我十分得意，完全不在乎兄长的想法，觉得父亲的赞赏胜过一切。如今，我对中宫的想法也是一样的。

兄长致信不喜欢学问，对我在这方面超越于他，并不感到恼怒。他自己也承认："我可比不过海松子"，对我十分疼爱。可是，中宫身边那些资历不一的仕女们心里是怎么想的，我并不知道。

看起来教养良好、为人宽厚的宰相君等人兴高采烈地告诉我：

"香炉峰雪，公卿们也都知道了！中宫殿下告诉了主上……不管什么事，中宫殿下总是第一时间告诉主上。主上听完之后，觉得十分有趣，便在清凉殿上说给大臣们听，当天就传开了！"

而右卫门君则只字未提。

我还是新人，所以还不能觐见主上。去年春天，定子中宫最大的妹妹原子小姐作为御匣殿别当①入宫出仕，我暂时还没有见过她。这位小姐将来应该会嫁与东宫，成为女御吧。听弁君说，其美貌与中宫不相上下。

中宫蒙主上召幸，几乎每天晚上都前往清凉殿。有时，主上也会驾临登华殿。我依然十分拘谨，不敢靠近御前。

即使主上不在场，中宫身边也总是充满了欢声笑语。

"喜欢哪些花？"

中宫这么一问，大家便各自举出了"瞿麦"、"女郎花"、"桔梗"、"牵牛花"等等，还有人说"棣棠"、"胡枝子"，我举了"芒草"，中宫表示赞同，并且说"秋天的原野可少不了芒草的风情"。

中宫总是赞同我的意见，这让我像孩子一般地高兴。

"截然相反的事物中，最为天差地别的是什么？"

"是火与水吧。"

有人说道。

"夜晚与白昼。"

"夏天与冬天。"

"晴天与雨天。"

"孩子与老人。"

---

①御匣殿长官。平安朝中期至院政时期，后宫女官官名。御匣殿主要负责宫中的裁缝相关事务。

"胖的人与瘦的人。"

大家顿时哄堂大笑。宰相君体型丰硕比较胖，右卫门君则比较瘦，刚才那番话正是右卫门斜眼看着宰相君说的。

"长发的人与短发的人。"

一直为头发偏短而发愁的仕女右京说道。

我说的是："爱自己的人与恨自己的人。此外，虽然是同一个人，心存爱意时与移情别恋时，也各不相同。这才是天差地别啊。"

此时，中宫也是立刻看着我说："是啊，的确如此。"

我听完之后，那一刻心中的欣喜……

"说到截然相反，人的心性最为判若天渊。没有比人心更易变的了。"

中宫并未经历过那样的事情，却似乎颇有感触。

看着我一脸诧异的样子，中宫莞尔一笑："这些是我的想象——我对人心极感兴趣，时常琢磨来着……"

中宫似乎并不在意其他的诸多仕女，总是关注着我。

"对了，刚才那些对话，可以收入少纳言一直在写的《春曙草子》中。自那以后，你还继续在写么？"

中宫问道。在众人面前，我羞红了脸。我心里一直害怕《春曙草子》流传至世间。那是当初写了给弁君和兵部君看，满足于自我欣赏时期的习作。如今看来，自己所写的一切是那么幼稚。

我连忙半开玩笑地掩饰道："因为没有纸张了……"

"纸张？难道少纳言对纸张的要求那么高么？"

"不，并不是对纸张的要求之类的问题。只要是纸张，我都喜欢。烦闷的时候，觉得世事纷扰、了无生趣的时候，如果得到好的纸张——例如陆奥纸①等，仅仅是纸张便已然让人感受到了雪白的优雅，不承想居然还得到了品质优良的笔，幸福之余，顿时心情大好。'太好了！如此，便可再活一阵子了'——于是又打起精神来了。"

"真是单纯啊！仅仅是纸张和笔，就能让你这么安慰。"

中宫笑着说。我有些得意忘形："此外，精美的草席垫子也会让我精神为之一振。"

"草席垫子？"

中宫一脸不解的样子。

"是的，就是铺在榻榻米上的镶边草席垫子。我尤其喜欢那种上等的、白底黑纹镶边的……将编织精细的厚厚的青青草席铺开，一股蔺草的香气扑面而来。白底黑纹的镶边轮廓分明，真是让人心生欢喜……'哎呀，这世上，活着终究还是有价值的！可不能轻易就放弃了。'心灵得到安慰，自然就恢复了元气，不免连性命也爱惜起来了。"

中宫笑着说道："榻榻米草席垫子的镶边、纸张就能让你感到欣慰，你可真是个怪人啊！有些人即使看到'弃老山之月'也无动于衷……"

此话大概典出古歌"更科弃老山，望月心惆怅"吧。

"这可真是省事儿的长生之道呀。"

旁边的仕女们也都打趣我说。

突然，中宫歪着头（如此一来，一头浓密的黑发便厚重地倾泻

---

①陆奥地区（现在的日本福岛县、宫城县、岩手县、青森县、秋田县的部分地区）所产的檀纸，平安时代以后日本的高级和纸代表。

在肩上,在白皙的脸上落下影子,楚楚动人)说道:

"是啊,仔细想来,少纳言说的这些话,我似乎也模模糊糊地思考过。大家好好想想看,青青的草席、雪白的纸张、好用的新笔……多么精致啊!能让人心里焕然一新。"

中宫的这番话让我心满意足。

"少纳言,还是都写下来吧。那些不时浮上心头、稍纵即逝的想法,不写下来的话,很快就会忘记了。"

"好的。总有一天……"

"那本《春曙草子》,一定要继续往下写哦。"

"那个我想先保留,请千万不要让其他人看。"

我慌忙说道。当初写那本书时,自己是那么浅薄无知。如今,与以前相比,我已然增长了不少见识。

最为重要的是,我遇见了中宫!

这位美貌无双、才气过人、善良温柔、出色的女人!她是如此可贵,令人仰慕,以至于让人担心神灵也会在欣赏之余将她带往天界。

这位殿下才是我想要永远留存在纸上字间的!

总有一天,我一定要把中宫殿下的故事写下来。

书写,流传。

这么想着,我紧紧地闭住了嘴巴。

我觉得一旦说出口,这份心思便无法纯粹地传达。而且,我和中宫之间,即使不通过语言,彼此心心相印也已经足够。通过手里的《春曙草子》,中宫认可我的感性,有所共鸣,这些不正是她之所以理解我的基础么?此刻,已经不需要任何语言了。

话虽如此，终于，一个重要的日子来了。假如继续书写《春曙草子》，这一天非写不可。虽说我入宫出仕之后，见了世面，但那不过是片鳞只爪。

二月二十日（正历五年①）于积善寺举行一切经②供养法会，可谓隆重非常。从未想过，我的人生中居然会迎来这样的一天。

关白道隆大人于二月二十日，在法兴院的积善寺举行一切经供养法会。法兴院是当年兼家公他们居住的地方，他们在此出家之后，此地便成为了寺院。道隆大人把积善寺迁至此地。

女院（当今主上的母后东三条女院，道隆大人之妹）与中宫均前去参加法会。为此，中宫于二月一日离开皇宫，移居二条北宫。二条北宫位于道隆大人居住的东三条南院隔壁。这里原先建有的一栋小房子，经改造之后成为新的宅邸，中宫回家省亲时便居于此处。

行幸在夜间举行。中宫乘坐御辇离开之后，仕女们便争先恐后地抢着要坐上车。乱哄哄的景象让人觉得扫兴，我便离开了你推我搡的人群。中纳言君和宰相君等人是上等仕女，所以最早乘车出发。剩下的人则是乱作一团。右卫门君也是无可奈何的样子，站在那儿苦笑：

"如何？这些人居然失措成这般模样。简直像是从庆典活动上回来似的。我说，推来挤去也得讲个分寸呐！真是看不下去了。"

"看来不拼命挤上车不行啊。"

我笑着说。右卫门君撇了撇嘴：

"算了吧。中宫要是听说你因为没坐上车，所以无法侍奉御前，

---

① 994年。
② 大藏经。

应该即刻就会派车过来接你的。你不在御前可不行啊——所以,只要跟你在一起,便自然有办法可以过去。"

说话总喜欢带刺,这是右卫门君的一贯风格。

剩下的人还有好脾气的式部君、不知所措动作迟钝的小左京君。这两位是因为挤不过别人,而我和右卫门君则是自尊心太强,不屑于与那些人争抢。你推我搡中,那些人终于都坐上车了,负责安排乘车的官员问:"可以结束了么?"

我们说还有人没走,男人听说了我们是谁之后,有些不解:"天哪!这……仕女们早就坐车走了!现在正要安排御膳房的侍女们上车。你们怎么这么沉得住气?"

说着,他急忙安排车辆过来。

"怎么这么沉得住气?你是想让我们也要横眉怒目地冲进那一团混乱中去么?你没好好安排,所以才会变成这样!你想安排御膳房的侍女们先上车,那就让她们先上好了。我们等到最后也没有关系。"

右卫门君故意说道。

"我投降!请饶了我吧。如果让诸位上等仕女在御膳房侍女之后再上车,那岂不是我的责任问题么!"

官员带着哭腔说道。

我如今已经知道,官吏这种人对于承担责任一事,就像惧怕瘟疫一样,唯恐避之不及。右卫门君一边偷笑一边坐上了车。牛车可以坐四个人,式部君与小左京君也一起同乘。后面紧跟的车里坐着御膳房的采女[①]们。车辆十分简陋,一路摇摇晃晃,前后车门上的

[①] 平安朝时期,宫中负责天皇、皇后的饮食、身边杂事等事务的女官,属于宫内省采女司。

火把有些昏暗,没有平日里坐的仕女用车那般明亮。

"真是丢人……居然遇到这种事情。"

满腹牢骚的小左京君一副哭丧着脸的样子,在我看来也是十分有趣。

到了之后,发现我们是仕女中最迟到场的几个人。中宫的临时居所已经布置妥当。御帐台之前放置着狮子、狛犬,摆设与宫里一样齐全。

"你们究竟是怎么回事呀?中宫殿下都等得不耐烦了。"

右京、小左近等年轻仕女们都找了过来。

"怎么这么迟才来!中宫殿下刚才可是一直都不开心。"

她们把我们"押"到了中宫面前。

"少纳言,你可真够慢悠悠的,我还会以为你死了呢。为什么现在才到?"

中宫的声音很是响亮。她轻描淡写地说着这些话,让身边的仕女们吓了一跳,同时又忍俊不禁。我只是表达了让中宫久等的歉意,并没有提及具体原因。我觉得如果既不伤人又有趣意,那不妨说说具体的理由,一时并无灵感的情况下,还是暂且不提为上。

可是,右卫门君的想法似乎与我不一样。

"想快也快不了啊。坐最后一趟车的人,怎么可能早得了呢。现在这个时间到,也是御膳房的侍女们可怜我们,把车先让给我们了。途中经过洞院大路①附近时,那才叫胆战心惊。卫士又少,火把又不够亮……"

她冷静地回答着,声音干净清爽。

---

① "洞院"意为上皇、法皇的居所。平安京洞院大路附近有许多上皇、法皇居所。

"应该是负责安排车辆的官吏事情没做好，真是些不灵光的家伙！为什么不好好说说他们？"中宫说道。

"虽然也有这方面的原因，但是推人、踩脚、拉扯，争先恐后地抢着上车，我可做不来。"

右卫门君这么说，颇有几分讥讽的味道，在旁边的仕女们听来，应该有些可笑和刺耳吧。

"如此不雅地早早坐上车不合适啊。有身份的仕女本该不露声色地遵照规矩、优雅地行事……"

中宫似乎有些不快。我赶忙打圆场："如果太迟上车，车辆耽搁了，久候不来，不免十分焦虑。所以，急着尽快坐上车，也是人之常情。"

夜已深，种种事情之后，我已是疲惫不堪睡意蒙眬，便就此歇下了。

第二天清晨，一片早春的风和日丽。起床一看，这处新建的二条邸，四处散发着阵阵刺柏的香气，让人心旷神怡。木板雪白光滑，修建得十分考究。崭新的御帘满眼青翠，中宫御帐台前摆着的狮子、狛犬也是一副适得其所的模样，让人莞尔。

只是，庭院的景致暂时还未成气候。

不过，在台阶底部，一株一丈左右的樱花正在盛开。是提前绽放的樱花么？如果是梅花，如今倒正是盛开的时候……心里这么想着，仔细一看，原来是制作精美的假花。

花瓣的颜色、形状，一点都不逊色于真花，看上去绽放得十分绚烂。甚至令人徒生担忧：万一落雨，是否会一地凄凉。

关白大人自隔壁东三条院南院前来拜访，身着深蓝固纹①的指贯，搭配着樱色的直衣。

我们这边，以中宫为首，或浓或淡的红梅色衣裳，织纹凹凸有致或是平纹，唐衣亮丽夺目色彩纷呈：淡黄、柳绿、红梅。

关白大人今年四十二岁，越看越觉得是一个容貌端正、性格沉稳的美男子。早在二十年前已经过世的故一条摄政大臣伊尹公之子、义孝少将之俊美，至今依旧为人们津津乐道。在我们看来，道隆公一家上下，无一不是俊男美女。

关白大人正在跟中宫说些什么。中宫应对之得体、亲切，她的优雅、依恋，都是那么恰到好处，我忍不住在心里对久违的则光、浅茅、乳母等人说：世上还有这般完美的人。（这世上有些人，真的是超出你们的想象。）

不论何时，关白大人总是笑眯眯的样子。这并不奇怪。他本人手握最高权力，儿子们都各自位居高官，女儿们在后宫风头正劲，更不用说长女定子如今并非臣子，而是贵为中宫。天下已然是关白大人的囊中之物，他的心情正如当年染殿皇后②的父亲忠仁公③所咏：

岁月催人老，见花④已无忧。

也许，关白大人的志得意满已经跃然脸上。他原本就是一个生

---

①花纹不凹凸的织法。
②文德天皇（827—858）的皇后藤原明子（829—900）。
③藤原明子之父藤原良房（804—972）。下文和歌为良房所咏，收录于《古今和歌集》中。
④藤原良房在此处以"花"比喻自己的女儿。

性开朗的人，喜欢说笑，在仕女们之中有口皆碑。

只是，我听弁君说过，道隆大人性喜饮酒，也许是受此成见影响的缘故，觉得他总是一副微醺的样子。那些不断脱口而出的笑话，可能是微醉带来的。有时，我暗自想道，道隆大人容颜已是如此俊朗，倘若能再有些许凛然之气……不过，道隆大人在朝堂上跟大臣们议定政治要事时，跟他在后宫说笑的样子可是截然不同的。

关白大人环视着我们说：

"中宫并无任何不满。她身边有这么多的美人相伴，真是让人羡慕啊。瞧瞧，一个个都是出众的美人，家世良好的千金小姐。可得好好对人家啊——话虽如此，各位，你们为什么愿意侍奉这个中宫呢？你们知道么？她可是一个极其小气、贪心的人。自从她出生，我就尽力地侍奉她，可是从未得到任何回报。连一件衣服都没赏赐给我过啊。"

我们听完都笑了。

"这可是真的。"

正在这时，宫里的主上给中宫送来了一封信。式部丞①则理②是送信的使者。中宫昨天才刚刚离开皇宫，主上便已经写信前来慰问了。

大纳言伊周接过信件递给了关白大人。关白大人打开信封：

"信上都写了些什么，要是中宫允许的话，真想拜读啊……算了算了，中宫似乎很为难啊。多有不便，我还是不拜读了。"

---

①式部省三等官，分为大丞（正六位下）定员二人、小丞（从六位上）定员二人。
②源则理（生卒年不详），正四位下，曾历任因幡、但马等地国守。据说其姊妹中有一人为藤原伊周妻子之一，故而与道隆家往来比较密切。996年长德之变之后，仕途受到波及。

说着便递给了中宫。对于今天这位使者的赏赐，必须用心准备，所以关白大人赏赐给他非常精美的女性服装①。虽然也为使者准备了酒菜，但他还是起身告辞了。

这栋二条邸就坐落于中宫娘家隔壁，小姐们也时常来访。当然，我无法从正面一睹芳颜。只能隔着几帐，飞快地看上一眼她们大致的轮廓。

中宫一共有三个妹妹，都在去年举行了着裳仪式。二小姐便是御匣殿，三小姐去年与帅宫敦道亲王成了婚。这位三小姐虽然年方十三四岁，但体型高大，比二小姐要壮硕许多，已经颇具"正室"风范。

说起来，关白大人的正室贵子夫人也来过这边。久违的弁君也跟着一起前来，我们再次重逢。不过，贵子夫人与中宫、小姐们一起坐在几帐另一边靠里面的地方，像我这样的新人，没有机会见到真容。她一直逗留到晚上，十分放松惬意。可是，不要说见到真容，她甚至都没有跟我们搭话。她的性格跟弁君所说的相去甚远，我略感失措。这么说可能对不住弁君，贵子夫人有些摆架子，让人感觉不是很好，与道隆大人平易近人的风格形成鲜明的对照。贵子夫人学识渊博，虽然身为女性，但才华横溢声名在外。尽管关系不近，我一直对她心怀敬意。如今却有些被甩在一旁的感觉。

当然，对于中宫而言，这次与家人久别重逢让她感到由衷的欣慰，不时发出愉快的笑声。

每一天，主上都差人送信过来。中宫如此深受宠爱，连我都为之感到骄傲。中宫在红梅信纸上给主上写回信时的样子，真是美不

---

① 关白道隆代表中宫赏赐给源则理。平安时代贵族女性时常以衣物为赏赐品。

胜收。中宫身上的衣服也是红梅色，信纸也是红梅，这美丽如画的一幕，将永远深印在我的心底。

离举行庆典活动的二十日，越来越近了。那一天，因为女院那边的仕女们也会一起出席，所以着装方面必须倍加用心。

扇子，也要准备一把新的。

有人探听消息：

"已经准备妥当了么？"

有人打马虎眼：

"我准备用手头现有的衣服凑合一下。"

结果，招来怨怼：

"你又这么说——到了当天，还不是一身醒目的打扮……总是来这一套。"

众人为了做准备，到了夜里纷纷告退，返回自己家中。因为是非常时期，所以中宫也不勉强挽留。

我也必须回家一趟。栋世悄悄地送了一份精美的唐绫，我应该已经送去裁制新衣裳了。当时还附着一封信：

"如果能派上用场就好了，恰巧入手了一份唐绫，就给您送过来了。请您随意。栋世。"

送信的使者来二条邸找我，连右卫门君都知道了。也许别人会误会我跟栋世之间有些什么。我们之间现在什么事都没有，但人的未来无从预知。

像现在，我过着以前从未想象过的生活，日日夜夜都品味着崭新的感动、冲击……

九

中宫临时居住的二条邸中,台阶底部附近的那株人造樱花,风吹日晒之下,渐渐枯萎,样子一天比一天脏污。倘若这是真花,在露水滋润下,本该更见妩媚……雨后的第二天早晨,惨状目不忍睹。

"唉,真是难看——"

正说着,只见众多武士从警卫处那边赶来,转眼间就把樱花拔了起来。

"哎呀!偷花贼!"

我这么一说,武士们显得有些尴尬:

"真是抱歉。关白大人严令我们务必在天亮之前做好,结果还是晚了。"

说着,他们把樱花拖走了。

中宫已经起床了。

"咦,樱花怎么了?刚才听见有人提到偷花贼,还以为只是折走一两枝,没想到整株都不见了。"

"可能是春风把它带走了吧。"

"是么?"

中宫的笑颜比平常更加清丽动人。

"不是少纳言为了说这句妙语而拿走的么?"

正在这时,关白大人来了。他故作吃惊地说:

"哟,樱花不见了!仕女们只顾着睡懒觉,连樱花被盗都没能察觉么?"

我小声地说：

"心里正想着那句'岂知露华已先行'呢。"

我引用了忠见①的和歌"黎明月下欲赏樱，岂知露华已先行②"，想说——樱花不见了，实际上，不正是关白大人您下的命令么？

关白大人一下子就听见了，笑着说：

"还是被清少纳言发现了么？我就猜肯定瞒不过你。"

"少纳言刚才还说是春风带走了。"

中宫打趣道。

"春风生气了吧，居然被如此冤枉。此处有耳聪目明之人，我甘拜下风。"

待在中宫身边的每一天，都无忧无虑。

离举行供养的日子越来越近了，我告退还家。那件唐绫的衣裳已经缝制好了，十分精美。整日忙于准备之中，中宫派人送信来了：

"——花心未曾开，东风意如何？"

这是《白乐天诗集》！我忍不住会心地笑了。中宫借用的是"思君秋夜长，一夜魂九升……草坼花心开，思君春日迟③"一诗。

爱开玩笑的中宫是在戏谑：

---

①壬生忠见（生卒年不详），平安中期的著名歌人，三十六歌仙之一。

②原文中，关白道隆故意指摘仕女们睡懒觉未起床一句中的「起きる」与和歌中露水出现在花瓣上的「置く」形成双关。清少纳言巧妙地取用此意，暗示道隆早已知道樱花一事。

③白居易诗歌《长相思》（《白氏文集》所收）："九月西风兴，月冷露华凝。思君秋夜长，一夜魂九升。二月东风来，草坼花心开。思君春日迟，一日肠九回。"中宫信中借用了诗歌后半部，即春日相思部分，而之后清少纳言回复时则借用了前半部，即秋日相思部分。两人之间的此番酬唱，足见她们的才情与机智。

"如何，你想念我么？"

我赶紧回信：

"虽然秋天尚未来临，但心情已然是'一夜魂九升'，我十分挂念中宫殿下……"

中宫盼着我早点回去。而我知道她也喜欢我钟情的"白乐天"之后，也是满心欢喜，兴奋得恨不得马上就回到中宫身边。

终于，在中宫前往法兴寺①的前一天晚上，我回去了。中宫从二条邸北宫移驾东三条院南院。

我偷偷看了看北厢房，只见高脚漆盘上点着明亮的灯火。众多仕女各自成组，有的布置几帐，有的摆放屏风，十分喧闹。有些人正在缝合衣裳或将装饰用带子缝在裳裙上，有些人正在梳理头发、化妆，真是一片混乱。

"哎呀，你来得可真够慢的。明天寅时（上午四时）行幸。刚才有人在找你呢……"

式部君说道。

之后，我根本没有时间睡觉。叠穿好五衣②之后，穿上外衣，系好裳裙，再穿上唐衣……整理头发，带上扇子、帖纸等，我的贴身侍女小雪问：

"这样可以么？您能站得起来么？"

说着，她牵着我的手，扶我站了起来。

"没事……"

---

①日本最为古老的佛寺之一，位于奈良高郡市明日香村。相传为苏我马子创立于公元596年，是苏我氏的家族寺庙。

②袿衣，三到五件地叠穿在身上，故而称为五衣。平安朝仕女正式礼服中的内衣部分。

太重了……衣服非常重，我几乎淹没在其中，难以动弹，步履蹒跚。可是，这是一件多么荣耀、光彩的事情啊。

灯光下，熠熠生辉的唐绫、锦缎是那么名贵，熏得香气四溢的新衣服则显得沉甸甸的，这些都让女人们心荡神驰。对于女人们而言，身着隆重的礼服可以说是一种令人陶醉的恍惚。衣裳的重量，难以动弹的苦楚，都让女人们愈加沉迷于蛊惑之中。

我出神地看着身着礼服的自己。如今居然是可以身着如此礼服的身份，命运真是不可思议，不知不觉中，这样想了许久……

"愁死人了……假发的颜色跟我自己的头发不一样！"

小左京君带着哭腔说道。这个女人为什么总是说些扫兴的话呢！实际上，我因为头发偏少，也戴着假发。

"没关系吧。行幸从寅时开始，昏暗中别人看不见。也就到牛车旁那一段路而已。"

我说道。

可是，这类仪式一向无法按时举行（经常如此）。不知何时，天已经亮了，太阳出来了。

"牛车停靠在西厢房的唐风檐下，请从那边上车。"

我们便一个跟着一个地走过长廊。然而，这简直是一场灾难，我们根本无法做到悄悄地上车。

中宫等人在西厢房，她们说：

"我们看一看仕女们是怎么上车的。"

御帘后面，中宫、淑景舍、三小姐、四小姐以及她们的母亲贵子夫人，还有贵子夫人的三个妹妹并排而立。她们看着我们一个一个从御帘前面的簪子处走过。

我可以想象，御帘后面的中宫殿下、夫人、小姐们，一定是怀着女性特有的好奇心，目不转睛地看着我们，不禁一身冷汗。现在，我比小左京君更想哭。汗水没让白粉①脱落吧？塞了假发的头发没有蓬松倒立吧？阵阵眩晕中，我咬紧牙关挪步前行。尤其是一想到中宫可能一边看着我，一边说："……少纳言戴的假发可真难看"，便恨不得找个地洞钻进去。

仅仅是如此，便已经让我羞惭不已，不承想就在我们要坐的牛车的左右两旁，大纳言伊周大人与三位中将隆家，这两位俊美的公子正笑眯眯地站着。上车的时候，他们帮忙从左右两边撩起帘子，拉开帷帐。如果仕女们一拥而上，倒是可以躲在别人身后，认不出谁是谁来，结果居然是官员照着花名册叫名字：

"……中纳言君。"

"……宰相君。"

如此，每个人依次上车，这简直相当于一场拷问。

不知道右卫门君是对自己的容貌十分自信，还是心脏比较强大，她对公子们评头论足道：

"我觉得三位中将比大纳言更胜一筹，气质凛然，带着几分倔强的样子，真是出众。你呢，喜欢哪一个？"

我根本无暇回答。

终于叫到我了。我担心自己可能尚未走到牛车旁边，就已经昏倒，没想到居然安全到达了。我紧紧地捏着桧扇遮住自己的脸，可手已经抖得不成样子。

"请上车。"

---

① 当时女性使用的化妆粉。

大纳言大人带着几分戏谑，故意十分恭敬地帮忙掀起了车帘。

一坐上车，顿时十分疲惫，感觉像是散架了一般。

所有人都坐上车之后，牛车便被拉出大门，并排摆在二条大路上。车辕架在登车台上，像是观赏庆典活动时一般，排成一行。今天天气极好，一片晴朗，让人觉得不愧是盛世空前的一大仪式。四位五位的男性官员们进进出出，或者跟自己相熟的坐在车里的仕女搭话。

中宫大进①明顺大人②是中宫的舅父，他挺着胸膛，十分得意。

主上的母亲东三条女院今天也将一起出席参加供养大会。女院住在权大纳言道长大人的土御门邸，关白大人前去迎接。因为她将与中宫一起出发，所以我们便待在大路边的牛车里等候。可是，久久不见女院的身影。

等女院终于驾到，时间已经超过预定时辰许久。加上御辇，女院的车队一共十五辆，其中四辆是作陪的尼姑所乘。

御辇是一辆大型、气派的唐车③，在队伍的最前列。往尼姑们所乘的牛车那边望去，可以看见水晶念珠、淡墨色的袈裟。其余十辆是仕女们乘坐的牛车。在朝阳的映照下，樱色的唐衣、红色的打衣④显得格外明艳。

在女院那边的人们眼里，中宫这边的女车应该也是精美有致吧。

盛装打扮的仕女们的牛车一共二十辆，一字排开，十分壮观。

①负责中宫事务的三等官。
②高阶明顺（生卒年不详），高阶成忠第三子。
③当时最为华贵的车辆，供天皇、皇后、太上皇、皇太后、王公大臣等人乘用。
④将绢或者绫等布料抹上糨糊后，在砧上捶打，形成光泽。正式场合下，仕女在外衣与袿衣之间穿着此衣。

中宫迟迟未见现身。

朗日高升，天空泛绿，熏香的气味、华美的服饰、绚丽的色彩充斥于四周。

"……还没出来么？"

"中宫殿下还没出来么？"

人们都低声嘀咕着，等得十分焦急。

终于出来了。行幸队伍的最前列是八名采女，她们骑着马出来。中宫行幸有着隆重、严格的礼仪规矩，十分庄重。

采女们身穿青裾浓①的裳裙，裙带与领巾随风飘舞，有一种惹人怜爱的雅致风情。

众多身份高贵的供奉之人依矩列队而立。一切准备停当，只见中宫的御辇缓缓驶来。

此前，女院队伍之壮观，已经让我们叹为观止。而中宫的车队则是更胜一筹，气派非凡。

人生中，我第一次亲眼目睹了举行正式的行幸仪式时，中宫殿下的盛装风采。

朝阳下，御辇车棚顶上装饰着的金色葱花状宝珠②熠熠生辉。御辇四角有四条绯红的绳子往四周牵引。十名轿夫拉着绳子，抬着御辇前行。御辇帷幕的绢布沉甸甸地摇曳着，从我们眼前经过。其间，我们乘坐的牛车全部撤离登车台。当御辇经过时，每一辆牛车都必须行礼。

---

①一种青色。朝下摆方向，青色由淡趋浓。

②天皇、皇后行幸时乘坐的御辇又称"葱花辇"，车棚顶上装饰着金色葱花状宝珠。一说为葱花较长，且不凋零，寓意吉祥。

我心里不禁有些惶恐：自己何德何能，居然有幸侍奉如此尊贵的中宫殿下。我恍若置身于梦境中一般。御辇一过，人们赶忙将车套在牛身上，跟在御辇后面前行。

法兴院中，人们奏起高丽乐、唐乐，"狮子""狛犬"纷纷起舞。乐声响彻云霄，连喧闹也显得喜庆吉祥。

我们的牛车被带到了中宫的看台坐席附近。

正要下车时，发现大纳言大人他们又是笑着站在一旁。

"哎，请大人退开一点吧。您这么一直陪在边上，我如何受得起。"

我带着哭腔说道。就刚才上车时那短暂一刻，我已经是满心羞惭。现在，在如此朗朗晴日之下，我那丑陋的假发定是一览无遗……

"别在意嘛，没什么可难为情的。不过，既然少纳言开口了，那我就退下咯。"

说完，大纳言大人便朝对面走去。可是，我刚下完车，他便又凑了过来：

"一直以为少纳言喜欢实方，栋世又是怎么回事呀？听说栋世对你可是一往情深。中宫吩咐我，在你下车的时候要把你藏好，不能让栋世看到，所以我才站在那儿的，可你居然一点都没察觉。"

"哦？中宫殿下提到我跟栋世之间的事情么？"

大纳言大人领着我去中宫那边。一路上，他一直说个不停。

"听说栋世想要娶少纳言为妻？中宫殿下说少纳言好不容易开始了仕宫的生活，如果重新被困在家庭里，那也太没意思了，所以不能把她交给栋世——这些都是真的么？"

大纳言大人调皮地笑着。

流言真是传得飞快——我跟栋世甚至连手都没有牵过，可流言居然传得如此有模有样。不过，中宫说起了我：

"不能把她交给栋世。"

这让我心生喜悦，眼眶泛红。

中宫面前，已经坐了八个先下车的仕女。她自己则坐在长押上方。

"我把少纳言偷偷带过来了。"

大纳言大人依然开着玩笑。

"是么？"

中宫来到了几帐这边。

因为是跟着女院一起来法兴寺的，所以她身上穿着裳裙、唐衣等正式礼服。只有中宫才能穿着的禁色[1]——尊贵的红色的唐衣，极尽奢华镶有金银丝线的裳裙。中宫平常没有刻意打扮、穿着随意时，已经是美丽动人，何况今日一身极为华美的服饰，正值年华的中宫更是光彩夺目。

中宫似乎自己也陶醉于自己的美丽之中，她俏皮地问：

"少纳言。——我看上去怎么样？"

我屏住呼吸仰望着中宫，满眼的赞叹。中宫对此感到十分满足。

"真是太美了！贸然用言语形容，那都是不够真实的。"

我喏喏着。中宫笑着说：

---

[1] 根据《衣服令》的规定，朝臣着装时，衣服颜色必须与自己的官位相当。其他颜色则成为禁色，不能随意使用。

"那么长时间,我一直没有出来,大家一定纳闷究竟怎么了吧。其实,是因为中宫大夫在更换下袭①——他说陪伴中宫的时候,如果依然穿着陪伴女院时的服装,不免有失风雅,便吩咐底下的人紧急赶制另一件下袭。结果,队伍很迟才到齐。真是一个爱美的人呐——"

中宫大夫便是道长大人。

中宫十分愉快的样子。由于额发插着钗子,所以发线显得十分清晰,甚至可以发现它略微偏了一点。

中宫身旁的长押上方坐着中纳言君与宰相君。中宫让宰相君到另一边去,跟仕女们一起观看法会。

"不用,这里可以坐得下三个人。"

知道中宫想让我坐在她身边,宰相君这么说完,便朝我招了招手。

"是么?那,少纳言,来这儿!"

中宫唤我过去。末座的仕女们对此感到不服气,打趣说:

"恩准升殿的内舍人②啊!"

这时,关白大人来了。

"哎哟,中宫殿下还正儿八经地穿着裳裙呐,赶紧让她脱下吧。今天,中宫殿下可是这里最为尊贵的一位。看台前面,近卫府专门设置了临时阵营,安排了诸多警卫守护。这可不平常!您是中宫殿下啊……我们家,出了一个中宫!"

关白大人可能跟往常一样有些微醉。他十分激动,热泪盈眶。

---

①平安朝男性贵族着朝服时穿的衬衣,着于半臂(和服无袖短上衣)之内,后裾比较长,下垂至朝服后边数尺。裾的长短体现了官阶的高低。

②律令制下,属于中务省的文官,主要负责宫中值班、天皇身边护卫、杂事等工作,多从公卿大臣家庭子弟中挑选。

这也难怪。守护阵营的三位中将是关白大人的儿子隆家公子，而且伊周公子与庶出的道赖公子都是大纳言，长女是中宫，他应该万事皆足吧。

关白大人见我穿着红色的唐衣，便打趣道：

"哟，刚才大家都嚷嚷着说，缺一件红色的僧衣呐。早知道，跟你借就好了嘛！"

大纳言伊周大人在稍远的地方开着玩笑说：

"那是清僧都①的法衣吧？"

每一句话都那么有趣。

年方十四五岁的僧都②，即定子中宫的弟弟，身穿紫色袈裟、淡紫外衣，刚刚剃过的头泛着青光十分俊美。他就像地藏菩萨一般，夹杂在仕女们中间四处走动。

有人把三岁的松君③从大纳言伊周公子那边带了过来。他穿着小小的直衣，身边有许多男人陪着。

仕女抱着他来到中宫的看台，不知为何，他哭了起来。就连这哭声也都让气氛显得更加热闹。

法会一直在继续。长长的队伍捧着《一切经》，整日行道④。这是一场盛大庄严的法会。

从宫里来了主上的使者，传旨说法会一结束，中宫必须即刻返

---

①僧都是僧官中的二等官。此处将清少纳言说成清僧都，实际上是伊周为清少纳言解围之举。

②藤原隆圆(980—1015)，藤原伊周与定子同母弟弟。天台宗延历寺实因门下弟子。世称小松僧都、普贤院僧都。

③藤原伊周的长子道雅(993—1054)，官至从三位，左京大夫。歌人。

④举行法会时，僧人们排成队伍，一边诵经一边往右绕佛堂或佛像行走。

回宫中。

"我先回二条邸，然后再——"

虽然中宫这么回复，但主上不予同意。又有藏人弁官前来传旨，禀奏说：

"还是请直接回宫。"

短暂分别后，主上似乎已经迫不及待地想要见到中宫了。只等着法会一结束，就要中宫立刻随侍身边。这不奇怪。就算是我，只要一小会儿没见到中宫，心里就想念得不行。

积善寺一切经供养法会后不久，春意正浓的日子里，我第一次见到了主上。也是这一天，我亲眼见到了主上与中宫在清凉殿里和睦相处的温馨一幕。

风和日丽，清凉殿的栏杆处摆放着一个偌大的青瓷花瓶，插着许多长五尺左右、绚丽盛开的樱枝。花儿开满枝头，几乎就要漫过栏杆。

大纳言伊周就坐在花瓶边上。他身着樱花直衣——上白下红，搭配着穿久后变柔软的、深紫色花纹清晰的指贯，直衣里面叠穿着深红的绫织裤子与白色单衣。那红绫内衬从直衣的衣裾处微微露出，真是美不胜收。

在春日正午时分的煦暖熏染之下，大纳言大人面色红润，与樱花别无二致。或者可以说是正值青春美少年？

倘若如此，也许可以僭越地说主上也是美少年。

他面容纤弱、高贵，看起来聪明伶俐，有着超出年龄的沉稳与老成。五岁时，被立为东宫太子，七岁即位。比实际年龄更为老成，或许可以说这正是他帝王气度的体现。主上总是那么心胸舒展、宽仁大度，有一种让人心生仰慕的魅力。在这一点上，可以说他跟定子中宫是天生一对。

主上正在中宫殿下房里，与中宫相对而坐。隔着御帘，大纳言大人坐在门前的木地板上。

中宫位于弘徽殿房中的御帘之内，众多仕女伺候着。从房间一直延伸到走廊，都有仕女待命。各自穿着的樱花袭①、藤花袭②、棣棠袭③的衣裳，也都显得十分喜气热闹。

主上白天的居所附近，传来了正在上膳的藏人们沉重的脚步声。还有"欧……唏！"、"欧……唏！"的警跸的声音，听起来十分悠扬。

依照规矩，主上独自在清凉殿正殿中的居所处用膳。

送主上前往白天居所的大纳言大人回来了。

"这樱花真美！"

中宫推开几帐，膝行至长押边上。樱花绚烂，中宫明艳，这世上一切都那么圆满、璀璨、炫目。春日里的碧色晴空，于栏杆处绽放的樱花，柔柔的风儿吹过，花瓣便像雪片一般飘落在簧子上，就连这也……

简直像是直接道出了我内心的激动一般，大纳言大人缓缓吟诵道：

---

①当时仕女礼服注重色调搭配，数层叠穿。樱花袭为白面、红里。
②浅紫面、蓝里。
③淡朽叶面、黄里。

日月流转多变迁

这是《万叶集》中的一首和歌。

　　唯有三室山外宫，
　　经久年岁春常在。

　　此时此刻，这一瞬间的美好，这无限的荣华，多么希望能够成为永恒。即使日月流转，也希望中宫能够幸福永驻——看来不止我一个人心里这么想。
　　眼前的一切是这般美满，反而让我有些不安。那如同满月一般的幸福，甚至让我有一种不祥的恐惧。
　　当然，我的这种恐惧毫无根据。
　　仕女们笑闹着说道：
　　"难得清凉殿远远望去如此壮观，就是那扇荒海纸门十分阴森吓人，真是讨厌。"
　　在清凉殿的东北角，有一扇画着可怕的长臂长足[①]之人的纸门。中宫在弘徽殿的居室房门一打开，它便映入眼帘。
　　"这也是没有办法的事——东南本是鬼门，有长臂长足守着才好。"
　　大纳言说道。
　　中宫朝我扔了个东西。我和她之间隔着几个上等仕女，那东西落在了我的手里。原来是一个纸团，我打开一看："是要把你放在

[①]《山海经·海外南经》中记载有长臂国。

心里第一位呢,还是不用放在心上呢?该如何是好呢?如果不是第一位的话,你会如何?"

我忍不住微微一笑。

抬头看了看中宫,她正俏皮地笑着。此前,恰巧谈到某个话题时,我曾经说过:"如果不是对方心中的最爱,那就没意思了。与其如此,还不如被对方憎恨呢。屈居第二位、第三位,我宁可去死。"

仕女们当时都笑道:"这才是一乘法①啊!真是严厉啊。"

中宫听说了,便拿此事来打趣。

"少纳言,如何?"

中宫说着,便命人取来笔和纸递给我。

我有点难住了。

中宫是要我回应刚才那首和歌么?我不会临机应变地即兴作歌。不对,说不会不够准确。机智方面,我自认不输于人。可是,要把它用艺术化的方式展现出来,我就没有那么自信了。与古今名歌相比,我似乎缺了些什么。我自己明白这一点,却无可奈何。

可是,以我不服输的性格,在众人面前暴露这个缺点是难以忍受的。

我放弃了和歌,选用《和汉朗咏集》中的诗句,在纸上写了:"九品莲台之间,虽下品应足。"

极乐世界共分九品。如果能够往生极乐,即使是下品也非常乐

---

①能够实现成佛的唯一教义。《妙法莲华经》第二十八《方便品》中记有:"十方佛土中,唯有一乘法,无二亦无三,除佛方便说,但说无上道。"清少纳言说自己不愿屈居第二、第三,所以其他仕女评论其想法为一乘法。

意。如果能够得到中宫的赏识，即使不能成为中宫心目中的第一位，就算是第二位、第三位，不，哪怕是第九位、第十位也可以。我把这些想法写进了诗句中。

中宫看了我呈上的诗句之后笑了。

"还想着清少纳言应该会更加自负一些呢……却是这般妄自菲薄。平日里的决心上哪儿去了？"

她这么说着，跟其他的仕女们解释道。

"哎呀，少纳言不是常常说，这辈子不管什么都要第一么……"

右卫门君迅速地发言刁难。

"可是，这也要看对象啊。如果是中宫，情况当然就不一样了。"

我反驳道。

"那可不行！必须要有让最优秀的人认可自己是第一的决心。而且，一旦下定决心，就不能轻易放低自己的骄傲！"

中宫爽朗地说。

"少纳言对别人都那么傲慢，可是一旦对着中宫，立刻就变温顺了。真是奇怪！"

大纳言说完，众人都齐声大笑。

这时，主上早早过来了。

伺候用膳的女官们正招呼着："已经用过膳了，请将餐盘撤下"，差不多是这个时候，主上回到这边来了。

他似乎一心想跟中宫待在一起。

"你们在笑些什么？"

主上问道。声音听起来非常悦耳。身心沉浸于跟中宫在一起的甜蜜之中，他的声音与表情都洋溢着幸福。

"我不在的时候，大家做什么有趣的事情了么。"

"不是的，现在才开始。我们玩一些有趣的游戏，请您欣赏……。少纳言，到这边来，磨一下墨。"

我越过仕女们，战战兢兢地来到主上身旁。

居然如此靠近……一想到这，身体似乎就会发抖。尽管如此，好奇心旺盛的我，根本无法将视线从一旁的主上以及中宫身上移开。

手的动作也变得迟钝，墨夹差点儿夹不住墨。主上性格随和、为人善良，他的表情是那么一尘不染、纯真无邪。

可是，又自有一股凛然不可轻亵、不可侵犯的气质。或许，正因为如此，他身上有一种超乎年龄的老成。主上个子相当高，所以跟十八岁的中宫站在一起，也不觉得不般配。

"你们在这上面……"

中宫将白色的唐纸对折，说道：

"各自写上自己刚刚想到的一首古歌。"

然后递给了我。

意思是让我们依次轮流么？

我悄悄地递给了御帘外面的大纳言。我们之中，大纳言伊周大人是身份最高的一位了。

"请。"

"不不，这应该是女人们出场，男人好像不能多嘴。中宫的目的是想让女人们参加游戏吧。男人们就是'让我们瞧瞧你们的本事！'在一边看看热闹吧。应该是这样吧？主上是否有同感？"

大纳言说完，把话递给了主上。

"应该就是这么回事——看起来挺有意思的。"

主上也愉快地回答道。

主上与大纳言相处融洽。不仅仅因为大纳言是中宫的兄长，二十一岁的大纳言伊周大人还是主上在学问方面的益友。大纳言的外祖父高阶成忠卿是主上在学问方面的老师，大纳言也经常跟主上讲解汉籍、汉诗。我也是隐隐约约有所耳闻，听说与高阶成忠卿那样的老人喜欢正襟危坐、授课艰涩难懂不同，大纳言授课十分有趣、引人入胜。

这也许与伊周大人喜欢文学有关。

中宫把磨好墨的砚台递给众人，催促道：

"好了，赶紧吧！不管从谁那儿开始都可以，不要想得太深奥，把心里想到的写下来就好。《伊吕波》①也好，《难波津》②也罢，都可以。"

中宫这么一说，大家握着笔的手反而畏缩了，感觉山穷水尽：

"真愁人呐！关键时刻，反而什么都想不起来了。"

中纳言君、宰相君等上等仕女无奈之余，只好匆匆写了点什么。大概两三首和歌写完之后，便轮到我了。

一看，大家都是写一些应景的咏樱、咏春之类的古歌，众所周知的陈词滥调。

---

①《伊吕波歌》，相传为空海所作，近年研究者推断为伪说。《伊吕波歌》可能是当时幼儿习字入门时必学古歌之一。

②古大阪市及其周边地区统称难波。难波津即难波的码头。此处《难波津》为古歌起首之词，是当时幼儿习字入门时必学古歌。

我心里暗自松了一口气。

如果要求咏歌，缺乏独创才能的我往往不知所措。现在这种情况需要急中生智，我常常能奇妙地灵思闪现。

在《古今和歌集》中，有一首吟咏樱花、盛世月满的和歌，简直就是如画般地展现了眼前的一幕。这首歌为前太政大臣所作，附有歌序"观赏染殿后御前花瓶中所插樱花而咏"。

岁月催人老，见花已无忧。

我说的就是这首有名的和歌。据说太政大臣良房大人看着女儿即文德天皇的皇后明子，祈愿幸福永世长存，陶醉之余吟咏了此歌。

这不正是眼前清凉殿中发生的情景么？除了这首和歌，难道还有其他更合适的选择么？可是如果原原本本地照抄古歌，未免有些太无趣。于是，我便把"见花"改成了"见君"。

这正是我非常喜欢且擅长的地方，心里有一种"看我的！"的得意。"见君"说的既是中宫，也是主上。所以，这并非单纯的急中生智，而是我真心所想。可以说，正是这种真心，让我得以突发机智。

果然，中宫过目之后，对我写的十分满意，她笑着说：
"不出所料，少纳言真是有意思。"
然后把我写的给大家看。主上也是兴致勃勃：
"说得有理。虽然只是稍作改动，但难得有此机智，顿时境界大有不同。"

"我刚才是想试一试少纳言。"

中宫说完，我激动得几乎满面通红。

"我父亲曾经说过，圆融院在位时发生过这样一件事情。您听说过么？"

中宫温柔地对主上说道。

"不，没听说过。是什么事情？"

主上生性单纯、率真。圆融院是主上已经亡故的父皇。

"有一次，圆融院对殿上人说：'不限内容，每人写一首和歌。'所有人都为难地表示推辞。于是，圆融院便跟大家说：'不管怎样，把你们心里想到的和歌迅速写下来。内容是否应景、字迹是否漂亮等等，都不用在意。总之，要尽快写出来。'大家虽然为难，但也只好写了一些交上去。父亲当时还是三位中将，他将'潮满时时浦①，时时思君苦'一歌中的'思君苦'改写成'仰君笃'后提交了。圆融院看到之后非常欣赏，大加称赞。"

"哦！原来发生过这样的事情——是先皇什么时候的事情呢……"

主上一脸深有感慨的样子。

"父亲当时还是三位中将，那应该是十年前的事情了吧。先皇刚刚逊位，大概二十六七岁吧。"

"时时仰君笃……的确与少纳言改写'见君'的手法相似。少纳言也知道刚才那件事情么？果然博学多闻啊。"

主上这么一说，我顿时出了冷汗。

"不，这便是人们常说的'姜是老的辣'。年轻人一下子没能想

---

①原文为"いつもの浦"，为不详地名，与后句中的"いつもいつも"（时时）谐音双关，故译为"时时浦"。

到，仅此而已。我年纪大了，脸皮比较厚……"

"少纳言的表现可不是年纪的功劳。不是年纪大了所以脸皮变厚了，少纳言的机智跟厚脸皮应该都是天生的吧！"

大纳言说道。中宫立刻接着：

"你这么说，究竟是褒是贬，我们都听不明白了！"

大家都笑了。

主上也笑了。

所有人都发自内心地笑了。花儿也笑了。天空也笑了。阳光也笑了。

主上十分惬意自在。在我眼里，他就像一株在煦暖阳光与充足水分、肥沃土壤的滋养下茁壮成长的年轻的树一般，以如今的幸福为养分，不断成长。而且，看起来，主上这株年轻的青春之树，追求着中宫这颗太阳，开枝散叶，枝繁叶茂。而这同时又成为中宫自身也汲之不尽的、引发她的生命之泉不断喷涌的动力。

主上望着中宫的视线中，有一种深深的坚定的信任。而中宫仰视主上的眼神里，有一种他人无法知晓的、只有他们两人彼此分享的甘美与满足。这几乎让我对主上心生嫉妒。面对主上的时候，中宫清澈明朗的声音里便微妙地带着一种甜蜜的温柔。

其他人或许没有注意到，但是我发现了。那是一种高贵清雅的妩媚，化为细微的颤抖，优雅地勾勒着她的声音。

现在，中宫手边放着《古今集》，她读完上句后，问仕女们：

"下一句是什么？"

都是大家熟悉的和歌，甚至有人曾经把《古今集》二十卷、一千一百十一首和歌反复抄写数遍，可关键时刻却怎么也想不起来。

越是焦急，我也越是一句都想不起来。

　　宰相君回答了大概十首。也有人回答了两三首，如此不堪，还不如保持沉默不要回答，那反而是一种明智的做法。可是，从头到尾都不回答，也有点过于冷漠。话虽如此，当中宫读出："霞起春山远……"一句时，下面一句明明应该是知道的，却怎么也想不起来。真是不可思议，我甚至知道这首歌收录在卷二春歌的下卷之中，却怎么也想不起来下一句。

　　"……风来满花香。是在原元方①的和歌啊！这种和歌按说大家都知道的，可是为什么想不出来呢。"

　　中宫饶有兴味地朝大家看了一圈，在书里夹上书签，暂停休息。

　　许多人纷纷感慨：

　　"哎，那首和歌，我知道的啊。"

　　"为什么那一下子就是想不起来呢？"

　　中宫跟主上相互对视了一下，微笑着说：

　　"村上天皇在位时，也发生过一件这样的事情。"

　　"祖父也曾经考过《古今集》么？考的是谁？"

　　主上似乎被勾起了兴致。

　　"宣耀殿女御。小一条左大臣②的千金……"

　　"那已经是三四十年前的往事了吧。不过，听说宣耀殿女御是个绝世美女，深得天皇宠爱。"

　　"听说她不仅貌美，而且还是一个出色的才女。在尚未成为女御、还待字闺中的时候，她的父亲教导她三件事。'第一，要认真

---

① 在原元方（生卒年不详），在原业平之孙，中古三十六歌仙之一。
② 藤原师尹（920—969），官至正二位，左大臣，赠正一位。

习字。第二，要学好七弦琴。第三，要把《古今集》二十卷悉数背诵下来。这三样务必要学好。'——村上天皇应该是对此有所耳闻吧。在一个避忌①的日子，他带着《古今集》来到女御房中，并且用几帐将女御和自己隔开，然后扑通坐下。

"他这是想做什么呀？好像跟平时不太一样。

"女院不安地想道。因为平日里天皇总是过来几帐这边，今天却特地用几帐将两人隔开了……"

中宫讲得清晰明了，描述也非常恰当。

"哦！"

主上听得十分入迷。我们这些仕女也都全神贯注地听她娓娓道来。这样的情形已是屡见不鲜。

并且，我在心里偷偷地想，中宫对于她那颗聪慧的心所感受到的以及她所听到、所见到的人世间的一切都持有旺盛的好奇心，她进而把这些加入到了解世人与社会的素材中去，并把它传递给年纪尚轻的主上。她呵护着年轻的主上的自尊，细致入微地体察着主上的人思动向，非常婉转地将信息传递出去。

她表面上是在教导、启蒙我们这些仕女，实际上是设法不露声色地将一些重要的知识、信息告诉给主上。

她戏剧性的讲述方式、温柔的声音使得这些话听起来十分生动有趣，没有半点教训人或是不懂装懂的人炫耀知识的意味。中宫看似无意，实际上却充满技巧地"巧妙地说话"，她在这个简单而又

---

① 当时，按照阴阳道的说法，凡是鬼星游行的地方、时日，都必须避开，否则将会招灾。每逢这种时候，人们都闭门不出，不见客，不接受书简，宫廷中一律停止政务。

难以驾驭的操作上，有一种天赋的才能。

"天皇翻开了《古今集》，问道：'何年何月何时，何人所咏和歌是？'

'原来如此，主上就是为了这个才隔着几帐落座啊。'

女御恍然大悟，可是心里不免担忧、紧张：'万一说错了，或者有些和歌忘记了，那可如何是好……'

天皇召来几个熟悉和歌的仕女，让她们用棋子来计算女御的得分。然后，他就开始考试了。场面应该是相当有趣。我甚至十分羡慕那些当时在御前伺候的人们。

天皇接二连三地发问，女御一一回答，一字无误。女御没有故作聪明地将一首和歌从头背到尾，那样有失品味。她不动声色地回答着，不见任何失误。最后，天皇都觉得懊恼，有点赌气了。

'好歹揪出一点错误，我就罢手吧。'

天皇心里这么想着，不知不觉中已经翻到了第十卷。从中午开始问，时间已经是夜里了。

'输了，我认输，举手投降！'

天皇说着把书用书签夹好，休息去了。可真是有意思。夜里，天皇虽然躺在寝宫休息，心里却始终放不下，辗转难眠。

'这事到底还是应该分出个胜负。今日事今日毕，要是明天再继续，她或许会趁机突击学习其余十卷。那可就没意思了。'

想定之后，天皇便起身前往女御那边，点上大殿油灯，一直诵读到深夜，听取女御的回答。而女御依然没有半点错漏。

关于这场考试，已经有人给小一条左大臣报信了。大臣万分担心，虽说是深更半夜，他赶紧派人到各个寺庙神社布施、祈祷。真是一段风雅逸事。"

"女御真是了不起，天皇也是个坚持到底的人啊。"

主上似乎对这一点比较感兴趣。

"如果是我，恐怕连三卷、四卷都读不完呢。仅仅一卷，就要认输了……大纳言你呢？"

"像我这样的，恐怕连试都不敢试。跟以前的女人们不一样，如今她们可都是变得十分强大可怕了。岂敢无礼。"

主上和大纳言都笑了。

"过去，人们的修养可真是有内涵啊。"

仕女们都非常感慨。从御前退下之后，右卫门君似乎是自言自语一般，不经意地小声嘀咕道：

"中宫殿下真是博学多识啊……那事是从她母亲高内侍那儿听来的么。"

也许的确如此。高内侍贵子夫人曾经出仕圆融院宫中，一定听过见过许多宫廷的前尘旧事。

"比起一无所知，见多识广的人能给宫里带来更多的活力，不是挺好的么？"

我维护着中宫。右卫门君弦外有音地说：

"闲院府上、堀川府上，我都有所了解，那些名声在外的公卿、殿上人府上，对于小姐们的教育，应该都是让她们跟世事保持距离的……深闺中的千金小姐，很少有人那般博学多识。那些事情，应该是身边的仕女们说给小姐听的，而不是小姐自己说。当然，也不能就此牵扯到中宫殿下的品味——我非常喜欢中宫，你应该也是一样。她那样的人，空前绝后。"

她似乎一副成功地阻止我想说些什么的样子，脸上露出得意的笑容。

中宫是空前绝后的人物，这是什么意思？不知道她是基于什么样的想法如此形容，至少我是那么想的。中宫是迄今为止后宫女人中从未出现过的类型，她能明确地表达自己的主张，敢于用爱装饰自己的人生（虽然她与主上的婚姻，最初也有道隆大臣的政治考量以及家世身份等方面的因素），浑身总是洋溢着令人目眩的感动与愉悦。而且，能将这些传递给对方，她也为之欣慰。

不仅如此，这些感动或愉悦——活着的喜悦，她非常期待能与身边的人共同分享。

这如果用打个比方的话，可以说已经是太阳一般的存在了。正如主上沐浴在中宫这颗太阳的光辉下茁壮成长一般，我们虽然仅仅是待在中宫身旁，但身心都已经得到温暖舒展，血脉偾张，充满活力。

空前绝后的中宫同时也空前绝后地将宫廷改造成了家庭式的氛围。中宫所在的后宫，就像一个大家庭的客厅似的，无需装模作样，充满了温馨。当然，这与后宫的女主人只有中宫一位（这也是空前绝后的，这个条件将来也许会发生变化）、这一反常的环境也有关系，所有仕宫的人都跟待在自己家里一样放松随意。

例如，夜晚，在宫中的天皇居所里，大纳言伊周大人给主上讲授汉诗文。跟往常一样，夜色已深，御前伺候着的仕女们，一个两个地，不知何时已经悄然离开，躲在屏风或者几帐后面歇下了。

可是，中宫跟主上都还没歇下，我也不能去休息，便竭力忍住睡意陪在一旁。听见值夜的近卫人员按照规矩报时："丑时（凌晨两点半)",便不由得自言自语:"天快亮了。"

大纳言听了之后说:

"我说,少纳言,你现在可不能说想睡了之类的。要是大家都睡下了,那该多扫兴。"

所以,我也不好偷偷躲去休息。真是糟糕,早知道不该嘟囔那么一句,我心里正懊恼着,大纳言悄悄地笑着跟中宫说:

"快看!主上正靠着柱子打瞌睡呢。这眼看着天就要亮了。"

"还真是呢。"

中宫也笑了。正当年华的主上并未听见这些,睡得非常沉。这时,突然传来了鸡跟狗的叫声,走廊变得嘈杂起来了。原来,有个下等女官的使女,白天发现了一只不知来历的迷路的鸡,(想着第二天带回自己家)便偷偷藏了起来。结果,狗发现了鸡,在后面追个不停。鸡飞到了架子上,高声啼叫,吵闹得简直就像乡下房子的屋前檐下一般。

所有人都被吵醒了。

主上也睁开了眼睛:

"这是怎么回事?鸡怎么跑到这儿来了?"

主上很是吃惊,大家忙着把狗和鸡抓住,场面十分滑稽可笑。这时,大纳言突然高声吟诵了《本朝文粹》中的诗句:"鸡人晓唱,声惊明王之眠[①]。"

这一句非常切合时宜。初夏的黎明时分,清新的空气中,大纳言强劲、凛然的年轻声音祥和地回荡着。

[①]《本朝文粹》(卷三)所收都良香句:"鸡人晓唱,声惊明王之眠。凫钟夜鸣,响彻暗天之听。"

主上兴味盎然，与中宫相视而笑。主上、中宫、大纳言——（而且，还有我）将这些情趣视为最有意思的事情并为之感动，并且为能共同分享这一刻的感动而感动……诗文、和歌，不论是什么，由衷地感到"啊，说得真是精彩！"并且能和"志趣相投"的一些人分享这种感受，对我而言没有比这更有趣的了。

而且，在这一方面，大纳言的学养总是比别人更胜一筹。

第二天夜里，还发生了这样一件事情。主上和中宫已经在寝宫歇下了，所以我在夜半过后退下，便叫上侍女小雪准备回自己的房间。

大纳言也同样准备退下，他说：

"回房间么？我送你回去吧。"

我把裳裙、唐衣挂在了黑户①的屏风上，跟大纳言一起走在清凉殿长长的走廊上。皓月当空，大纳言的直衣一片洁白，他大步地踩着指贯的下端往前走。

拉着我的袖子，他提醒道：

"小心！这里比别处低一些，别摔倒了。"

夜深人静，明月皎皎。大纳言随口吟道：

"游子犹行于残月，函谷鸡鸣②。"

这又是应景且妙趣横生的一句。

"真是精彩！"

我有些心醉神迷。

---

①位于清凉殿北侧、泷口西面的细长房间。相传因为门板被柴火的烟灰熏黑，故得此名。

②《和汉朗咏集》（下）所收贾嵩《晓赋》："佳人尽饰于晨妆，魏宫钟动。游子犹行于残月，函谷鸡鸣。"

"这种诗句,无人不晓。原来,少纳言对琐碎小事欣赏有加啊。"

大纳言笑了起来。可是,我不仅仅因为诗句而感动。还有月光下的俊美青年、大纳言大人的优雅身姿。沉浸于秀句名句的情趣之中,为自己能置身于这样的世界而感到兴奋。

随着我对仕宫生活的适应,我也渐渐学会了如何恰如其分地举出名句秀句,说些合宜的笑话。我本来就喜欢这些事情,夸张一点说,只是我之前没有遇到发挥这种才能的机会而已。

伊周大人的弟弟,左近中将隆家大人在中宫面前吹嘘道:

"我想要赠送给您一把扇子,这扇骨可不一般呐。好不容易找到这珍奇的扇骨,要裱好这扇面,得用上跟它般配的好纸,大事一桩啊。"

"是什么样的扇骨呢?"

中宫这么一问,他便更加兴奋地大声说道:

"总之是了不得的扇骨。任谁见了,都会说它是不曾见过的、极为精致的扇骨。实际上,至今为止,我从未见过如此精美的。"

我于是"兴致勃勃"地说:

"那么说来,是海月①的骨头么?"

众人顿时哄堂大笑。

隆家大人捧腹大笑,尽显年轻公子调皮的本色。他笑过了头,擦着眼泪说道:

"这说得太妙了!把它当做是我说的,广而告之吧。"

---

①海月即水母、海蜇,是腔肠动物,没有骨头。此处为清少纳言开玩笑之语,挖苦隆家夸大其词,说自己要赠送给中宫的扇子的扇骨是世间罕有的奇珍。

另外，有一件发生在寒冷季节的事情。早春，天空中乌云漫漫，雪花片片飘落，一个主殿寮的官吏在黑户等候着：

"失礼了。这是宰相公任大人让我给您送来的一封信。"

说着就往御帘里递了进来。仔细一看，怀纸①上写着：

"此时心觉少有春②。"

这一句与今日春寒料峭的天色、情趣十分相称，公任大人一定是想让我把上半句补充完整，所以才差人送信过来的。

我紧张得就像那位被考查《古今集》的女御一样。不过，那场《古今集》的考试，也只是要求能背诵下来即可。

可是，这项任务却是考验临机应变能力的。而且，出题者还是当今第一才子公任大人，和歌方面无人能出其右的歌人。之所以点我的名，或许是有几分下战书（不知是好意还是恶意）的意思：

"最近，那个清原元辅的女儿不正侍奉着中宫么？来试试看她有多大本事，如何？"

我问送信的人："殿上都有谁呢？"

对方回答出来的人名，尽是一些我听了之后自惭形秽的赫赫有名的文化人、读书人。

既然是给公任大人的回信，便不可敷衍了事。我想着或许中宫可以给我一些好的建议，便把她当成救命稻草前去求教，结果主上来访，中宫早早就在寝宫歇下了。

---

①折叠起来放在和服怀中随身携带的两折的和纸,平安朝贵族常用来书写和歌、书信。

②此句可能袭用白居易《酬和元九东川路诗十二首·南秦雪》中的颔联"三时云冷多飞雪,二月山寒少有春"。

官吏催促道:"快点回复吧!"

写得不好,回复又迟了,那就更加难堪了。

"算了,由他去吧",我写道:"空寒落雪似飞花。"

因为过于紧张,以至于我写字时手都发抖了。

——空寒落雪似飞花,此时心觉少有春。

我自认为此句补充得还不错,不知道那些严格的文化人会如何评价。想着如果评价不高的话,还不如不听。公任大人的一句承袭自白乐天的诗集,即"山寒少有春",我便借机以同样的方式采用了该诗前一句"云冷多飞雪",回复了"空寒落雪似飞花"。

不曾想,我接的上一句,顷刻间便在宫中传开了。

"果然对得漂亮!"

告诉我这些消息的是实方大人。

"满堂喝彩!俊贤宰相[①]等人都说:'了不起!如此才情,就让她当个中宫身边的仕女,真是可惜了。必须禀奏天皇赐位褒奖才行',很是欣赏。公任大人也十分满意。之前那件'香炉峰雪'的事情,可是让大家都知道了中宫身边有个清少纳言哦!"

他似乎连自己也挺高兴地说着。

第二天,中宫好像从谁那儿听说了这件事,早早便召我觐见。

"少纳言,果真有那么回事么?"她问道。

"承蒙大家关照我。"我谦虚地回答。

[①]源俊贤(960—1027),已故太宰权帅源高明第三子,富有才学,与藤原公任、藤原齐信、藤原行成并称一条朝四纳言。

"即使说是关照——不愧是少纳言,我也觉得你回复得十分巧妙。"

中宫一脸高兴的样子,就像是她自己得到了赞许一般。

"女人的才华得到了男人们的肯定,没有比这更令人开心的了。虽然我觉得爱出风头让人头疼,但是我喜欢那些尽全力发挥自己才华的人……公任大人和俊贤大人都认可了清少纳言的才华,真是太好了!"

可是,实际上,中宫所说的话才是最精彩的。

中宫和我沉浸在这个话题里,崇尚务实的上等仕女中纳言君则有些不以为然地听着。

"不管怎么说,真正的光荣并不是什么女人的才华得到男人们认可之类的。"

中纳言君叹气说道。

"中宫殿下早日生下麟儿,比起公主,要生个珠玉一般的皇子,这才是女人的才华、生命之华。关白大人和大纳言大人虽然口头上不说,但心里等得该有多着急啊……"

弁君私底下也说过这件事。

"主上年纪还小,或许有些勉强。不过,贵子夫人可是一直盼着能尽早……关白大臣可能由于饮酒过度,身体状况不太好,万一有个什么事情,那可就糟糕了。"

可是,在我看来,主上和中宫沉醉于两个人的浓情蜜意之中,似乎尚未考虑皇子诞生之类的事情……结果,反而是年纪更大的东宫那边先有了喜讯。

小一条大将济时大人家的娍子小姐嫁给了东宫,继承了以前她姑母的名号，被称为宣耀殿女御。定子中宫的妹妹，原子小姐最近也刚刚嫁给了东宫，入住淑景舍，十分受宠，所以宣耀殿女御便离开了宫里。

据说原子小姐年方十四五岁，长相与定子中宫相似，是一个体态丰满的美人。与对待年长于自己的宣耀殿女御之态度截然相反，东宫为花样年华的年轻女御所倾倒，对她宠爱有加。主上的后宫里只有一位中宫，而东宫那边则早早就已经有了两位女御。

可是，宣耀殿女御离宫回家之后，不久便到了临月的时候。

今年，正历五年（994），道长大人的夫人、土御门伦子夫人也即将临月。听兵部君说，身边的人都忧心忡忡。为什么呢？

因为瘟疫流行。

从去年开始，自西边蔓延而来的瘟疫，正逐渐席卷整个京城。我身边染病的人越来越多。京城大路边上，四处都是被抛弃的尸体，已经司空见惯了。

我一心盼望着这场可怕的灾难能早点过去，也讨厌看到尸体、病人、乞丐，所以一直都住在宫里。

只要待在皇宫里，天下就依然是太平的。当然，也少不了烦心事，或者是各种有趣的传闻、庆典活动等等。到了五月，道长大人的夫人平安地生下了妍子小姐。

东宫的宣耀殿女御也平安地生下了珠玉一般的皇子。据说济时大将喜极而泣。

所以，在种种消息面前，道隆大臣应该是非常盼望定子中宫能早日有喜吧？

可是，这般繁华深处，从可怕的人世间传来了阵阵阴森的脚步声，一声高过一声。

大瘟疫之年越来越近了，让人于盛世中窥见地狱的大瘟疫。

而且它同时也是带来厄运的妖风。

十

去年流行的疫病是痨病。发烧不退，浑身乏力，感觉每一处骨头似乎都要四分五裂一般，无法起身。咳嗽非常严重，最后甚至开始腹泻，不停地流鼻涕。这些便是痨病的症状。四处都听得见"咳咳"的咳嗽声，连皇宫里也一样。

所幸我的症状较为轻微。浅茅给我带来消息说，则光府里的人全都染病了，是一场大灾难。当时得了这个病死去的人很多，所以我很是绝望，尤其心疼的是病弱的吉祥。我总觉得吉祥可能会第一个被疫病带走。可是，如今因为分开已久，就像隔着一层纱幕看事情一般，这种心疼已经被无能为力的绝望稀释了。

不过，听说吉祥剃发入了佛门，到比叡山修行之后，身体反而变得健壮了。他躲过了疫病，正专心修行。认真、聪明、内省的吉祥，一定会成为学养深厚、德行崇高的了不起的僧人。我觉得自己能想象得出成才后的吉祥的模样。（不对，听说剃度之后，法号名为光朝了。）

关于吉祥，我之所以会这么想象，是因为我心里对定子中宫的弟弟、隆圆僧都有印象。他是道隆大臣一门中唯一一个入了僧籍的，不时前来中宫住处拜访，跟着殿上人以及仕女们一起喧闹。华美的后宫里，女人的黑发、五彩缤纷的衣裳——衣香鬓影中，那泛着青光刚刚剃好的头十分醒目,二者形成一种有趣的对照。隆圆僧都还是个少年,那胖乎乎、下巴圆鼓鼓的娃娃脸看起来就像可爱的地藏菩萨似的。他也是一副这家人特有的爱说笑、充满机智、好言辞的开朗性格,所以隆圆公子身边总是笑声不断。

与这种风格的隆圆僧都相比,我觉得吉祥非常适合做一名僧人,将来一定能够成为一名真正的高僧。

此事暂且不提。本以为去年的痨病已经接近尾声了,不料今年,正历五年(994)入春后,又有一种恶疾开始流行了。

痘疮(天花)。这种可怕的疾病,自古以来都是最早出现于西边,随后逐渐向京城蔓延。

入春时,听到坏消息说它在九州极尽猖獗,转眼间便从镇西①席卷七道②直入京城。

据说得病的人全身长满了火燎般的疱疮,体温滚烫。当疱疮呈红色时,症状尚属轻微,如果呈紫黑色,则已病入膏肓,命在旦夕。我怕得根本不敢看病人。大量的病人在路边踽踽而行,流离之余,倒地而亡。检非违使的官吏们收拾尸体集中堆放在鸟边野③。开始的时候,他们会将尸体埋入墓穴中或者焚烧处理,后期来不及处理,就连贺茂河河岸上也堆满了尸体。

不,连负责处理这些事情的官吏们,也一个接着一个地丧命了。不久,不仅是底层官吏,甚至那些身份高贵的公卿贵族也都难逃

---

① 西海道别称,日本古代"五畿七道"之一,包括今天的九州地区以及周边诸岛。

② 古代日本京畿之外的地区,包括东海道、东山道、北陆道、山阳道、山阴道、南海道、西海道。

③ 平安朝中期以后,京都著名的火葬场、坟场所在地。

此劫。

"什么？那个人……"

那些官阶四位、五位的殿上人，而且是前几天才见过面的人。

"哎，那个人。前几天在殿上见过……居然早早……"

某某某过世了——终日都是一些不祥的噩耗。

朝廷连忙派遣奉币使①前往大神宫以下的各方神社，祈愿祛病消灾。

疫病一般入秋后便会逐渐转弱，可是尽管初秋凉风送爽，京城里依然弥漫着腥臊的尸臭味，在死神的阴影笼罩之下，人们惶惶不可终日。疯狂祈愿诵经的声音如同海啸一般直上秋日的云霄。

朝廷下令要求畿内以及七道各令制国造六观音②像、抄写大般若经一部，供养祈祷。

"等天气更冷一些，应该就会结束了吧……"

"到了新年，就会消停了。以往没有接连两年都发生的。"

大家纷纷说道。中宫身边的五六十个仕女，比起本人得病的情况，更多是为了给亲属服丧或者像小左京君为了看护父母而返家，人数只剩下平常的一半。

不过，在后宫，此类不祥的话题均属忌讳。中宫告诉我们：

"主上非常伤心……作为天下之主，他在反省这场恶性的疫病是否由于自己无德。当他从那尽是些沉重话题的政务中脱身，来这边的时候，我们尽可能让他开心一些吧。我们这边又不是议政处。"

---

① 奉天皇之命在神前奉上币帛的使者。
② 天台宗《摩柯止观》中，化导六道众生的六种观音：大慈观音、大悲观音、狮子无畏观音、大光普照观音、无人丈夫观音、大梵深远观音。

以后宫女主人中宫为首（当然主上亦是如此）所幸都平安无事，妖风尚未入侵这里的深宫后院。惧怕疫病的我，甚至不敢呼吸外界的空气。有人说今年的瘟疫可以用野猪油涂抹痘疮，也有人说初期症状较轻时可以煎服大黄治疗。还听说在疮痂上抹蜜，将青木香、丁香、黄陆香等用四升水慢炖煎煮至一升半后服用便可见效，仕女当中有人得到了此药，我为了以防万一也要了一点。

只是道隆大臣的病情令人担忧。似乎并非疫病所致，而是其他疾病引起的。

据说是需要不断喝水的饮水病①。

正夫人贵子尽心尽力地看护道隆大人，而已经出家的岳丈、高二位高阶成忠大人也各种祷告，祈愿早日康复。

以前，则光提到高二位大人时，说他是"难对付的老头子"，不知道是否因为这句话依然留在我的脑海里，所以无论高二位大人做什么事情，不知为何总是散发着一种可怕的感觉。在宫里曾经见过一两次的高二位大人是一个眼神犀利、个子高高的狷介老人。

虽是如此多事之秋，但中宫家里依然喜事连连。伊周大人就任内大臣，终于超越了权大纳言道长大人。

这样，伊周大人将来步其父亲道隆大臣后尘，荣登关白大人之位一事可以说是毋庸置疑的了。

道长大人应该对此事颇有微词吧。听说怄气之余，最近都不上朝了。

不仅是道长大人，伊周大人也超越了异母兄长道赖大人。道赖大人比伊周大人年长三岁，是一个有声望的人物。因为祖父兼家公

---

① 现在的糖尿病。

十分疼爱他，结果受到父亲道隆大臣的疏远。这一次，他与伊周大人之间也是拉开了非常明显的一段距离。不过，在我看来，道赖大纳言为人相当老练成熟，有公卿的气度，是位有为、出色的大人。

与伊周大人喜爱文学、多情善感相比，道赖大人或许可以说是一个头脑清晰的实务派。我总觉得他跟他的叔父道长大人有些相似。在所有侄子中，比起关白道隆公一门中的那些主流人物，道长大人似乎更喜欢庶出的道赖大人。

出于或这或那的原因，许多人羡慕的眼光都集中在了关白道隆公正夫人所生的子嗣身上。

此外，中宫的妹妹原子小姐成为东宫女御。这是新年之后，正历六年（995）正月十九日的事情。原子女御年纪大约十四五岁，东宫二十岁。东宫是主上的表兄，也就是说表兄弟二人各自与如花似玉般的姐妹俩成婚了。两个女儿各自被天皇与东宫迎入后宫，关白大人应该感到无比满足吧。

只是，听说东宫那边，前几年入宫的女御娀子已经为他生下了皇子，东宫非常疼爱小皇子。

我形容是"如花似玉"般的小姐，这丝毫没有夸大其词。因为我曾经偷偷见过与东宫成婚后住在淑景舍的原子小姐。

我一直感慨不已，认为去年积善寺供养那一天，我自己见识了这辈子最为隆重的盛大仪式。然而，人生还有许多我未知的世界。说起淑景舍前往姐姐中宫处相会那一天的场面之盛大，真是一言难尽。

正月十九日，原子女御入住宫中的淑景舍，虽然两个亲密的姐妹同住在后宫，却没有见面的机会。中宫在登华殿，女御在淑景舍。后宫的七殿五舍或由长廊相连，或由壶庭隔开，双方无法随意地互相拜访。虽然彼此时常书信往来，但一直没有合适的时机见面。二月十八日，淑景舍那边送来一封信：

"我想前去拜访姐姐，不知是否可以？"

中宫也十分高兴，翘首以待。

这边上上下下也是与中宫一样兴奋，里里外外都弄得整整齐齐、干干净净，恭候淑景舍女御的来访。

消息飞快地传到了两姐妹的娘家，关白大人与正夫人贵子准备当天一早同车进宫，共享一家人亲密无间的团圆时光。

中宫在我帮她整理头发做准备的时候，问我：

"少纳言见过淑景舍么？"

"没有，我等之辈怎么可能见过呢。不知是哪一次供养会的时候，只是隐约见了一眼背影。"

"那，你到那边的柱子跟屏风旁边去，从我背后偷偷地望上一眼吧。她可是一个非常标致的人儿。"

中宫对我这么说，我十分高兴。中宫的口吻并非在炫耀自己的家人，而是跟我一起分享对于真正美好的事物、美好的人的喜爱（于我而言真是不敢当），隐约散发着一种悄悄递暗号的共鸣。

中宫又直截了当地问询我的意见：

"怎么样？这件衣服，你觉得合适么？"

中宫的袿衣是红梅的织物，由红色与紫色交织而成，图案花样浮现其中。袿衣下面的打衣是红色的。

"红梅一般与紫色的打衣比较相衬，可为什么都规定红梅的打衣必须是红色呢？紫色必须与淡绿色搭配，这种规矩真是让人遗憾。我不怎么喜欢淡绿色。"

中宫说道。可是，红梅的衣裳与她那雪白、透亮的脸庞真的非常相衬。

不，不管是中宫表示不喜欢的淡绿也好，还是其他什么也罢，这世上有跟她不相衬的颜色么？

"太美了！跟您非常相衬，光彩照人。"

我一边说着，一边想道：为什么像这样赞美中宫的时候，平日里面对殿上人时的那种敏锐机智都不见了呢？为什么就无法畅所欲言了呢？真是气人！且说，淑景舍也是如此美丽动人么？听说东宫对她非常宠爱，其程度甚至超过了已经生下皇子的宣耀殿女御……

淑景舍早早地在十七日夜半时分就过来了。春天天亮得早，姐妹俩亲密地彼此依偎着，不一会儿，天空便泛白了。

登华殿东侧的两间厢房里，准备了席位。仕女们紧挨着坐成一排。时间还是黎明前后，关白和夫人便早早过来了。

格子窗全部都打开了。

四尺的屏风将北边隔开，榻榻米上铺着垫子，摆好了火盆，仕女们隔着屏风坐着。

我从屏风后面悄悄地偷看。

身后的仕女们有的戳了戳我："喂……"，有的小声地斥责着，我满不在乎地回了一句：

"……没事，已经得到恩准了。"

这也是十分有趣。

第一个看到的是正夫人贵子。白色的外衣下面搭配着红色的打衣，裳裙或许是跟仕女借来的？因为是在中宫、女御身旁，似乎在形式上必须有所恭敬。夫人的脸完全看不见。虽然只能看见她的背影，但跟女儿们在一起，她应该感到格外心满意足吧。

从我这里可以清晰地看见淑景舍。

年轻、可爱、如同画中人一般的小姐，淹没于色彩华丽的衣裳中。红梅袿衣或浓或淡地层层叠穿，上面是浓紫的打衣，外衣是淡绿的织物。她用扇子遮着脸，那手势十分柔美。

整体而言，淑景舍是一个带着些稚气、天真烂漫的美少女。相比起来，也许可以说中宫身上有一种自在从容的成熟、正当年华的女性的艳丽吧。

她们两位之间是道隆公。

看了一眼道隆公，我的心便重重地往下一沉："——瘦了！"去年二月积善寺供养会时，感觉他更为富态，仪表雍容，如今则面容瘦削，皱纹骤增，脸色也不好。他背靠着厢房的柱子，如果是以前的话，应该看起来更加气派大方、轻松随意，如今看起来似乎一副疲惫不堪的样子。

只是那满面笑容、一脸满足的表情和爱开玩笑的脾气依然如旧。

早晨的洗漱与用膳，他们一家人一起进行。

中宫与淑景舍的洗漱各自按照规矩、礼法进行。淑景舍的洗漱用水由两名女童与四个下人从远在另一头的东宫御殿经由宣耀殿、贞观殿送至此处。然后，淑景舍身边那些年轻水灵秀丽的仕女们一个一个地用手将水递送过来。

中宫的洗漱用水则是由当值的采女们负责传送。采女们按照礼法，脸上涂抹着白得可怕的白粉，身着青裾浓的裳裙、唐衣等，裙带、领巾飘扬，一副古风的打扮。她们将洗脸用的盘子高高地举过眼睛传送着。虽然是入宫出仕之后司空见惯的事情，但是今天早晨远远望见的这一幕让我尤其感动。

　　膳食由女藏人运送。负责梳头的女官也来了。如此一来二去，隔间用的屏风也被撤走了，一直在悄悄地偷看的我有些不知所措。

　　尽管如此，好奇心高涨的我，并不想就此退下。想着既然中宫已经恩准了，便索性赖了下来，坐在御帘与几帐之间，从柱子外面往里看。结果衣裾、裳裙自己露了出来，被道隆大臣瞧见了。

　　"那是谁啊？从御帘那边可以看见的。"

　　"是少纳言。是个喜欢看热闹、爱偷看的人，所以正在那儿偷看呢。"

　　"哎呀，是清少纳言么。那个爱挑刺的么。糟了，真是丢人，少纳言一定是一边看一边想着'这家难看的女儿们'。不是少纳言的对手啊，怎么说她可是会马上写下来的。可以想见，她一定会在《春曙草子》中写道'那可怜的老爷子老婆子和难看的俩女儿'。"

　　大臣爱开玩笑的脾气还是没变。光是他记得《春曙草子》一事，便让我得意非凡，兴奋不已，于是更觉得自己的偷看得到了允许，便更是目不转睛地盯着看了。仕女们紧挨着坐在簧子、厢房，虽然不至于像我那样偷看，但也是伸直了耳朵听着几帐内的一家团圆，连偶尔从里面漏出来的声音、气息都让她们心醉不已。

　　淑景舍那边也送来了膳食。

　　"真是羡慕啊！不管是哪一位，都有人送膳。左右两边的小姐，请用膳吧。可怜的老爷子老婆子都等着多少赏一点剩饭呢。"

关白大人说着玩笑话，年轻的仕女们发出了阵阵笑声。这时，伊周公子、隆家公子等人带着松君一起过来了。松君正是三四岁最可爱的时候，道隆大臣立刻把他抱到了膝盖上，听他咿呀稚语。松君是伊周公子的长男，是一个脸蛋圆乎乎的可爱小公子，所有人没有不喜欢他的。

伊周公子、三位中将隆家公子身穿正式礼服，长长的下袭衣裾延伸至整个狭窄的廊缘，十分庄重。伊周公子如今已是内大臣，风采更具，清朗俊逸。而他的弟弟隆家中将则是浑身充满了年轻人的俊敏。虽然不在现场，除了这几位子女之外，还有两位小姐与隆圆僧都，道隆大臣与正夫人真是多子多福。除了正夫人，向来好色名声在外的道隆大臣四处还有多位情人，也生有多个孩子，其中不少人已经长大成人，成为了殿上人。

伊周公子的异母兄长道赖公子便是其中的一个。道赖公子住在山井邸那边，所以人称山井大纳言。

即便如此，我也觉得正夫人是一个很有福气的人，可惜她的声音一点都听不见。道隆大臣开玩笑时，中宫跟淑景舍都愉快地笑出声来，却听不见正夫人的笑声。也许，这与关白大人的健康状况有关吧。正夫人说话的声音极低且短促，甚至连近在咫尺的我也都无法听见。这就跟看不见脸的情况一样……

这一点让我印象非常深刻。

只是，当松君那可爱的声音呼唤着"奶奶"之时，耳边便响起了正夫人那融化了似的声音，她亲切地回答着：

"哎……哎……"

这让人觉得她此刻一定是满面笑容，那声音就是一个极为普通的祖母慈爱的声音。

此外，还有一件让我在意的事情——未能见到弁君的身影。

弁君是贵子夫人身边老资历的仕女，按理像这种时候，她一定会远远地候着的……

"给大臣拿一个垫子吧。"

关白大人吩咐道。这个"大臣"指的是伊周公子。

"不了，得马上前去议政处。有些公事。"

伊周公子匆忙离开。

这时，式部丞作为主上的信使过来了。中宫的回信很快就写好了，马上就递给了使者。

垫子尚未收拾好，这次是东宫派来的使者到了。当然是送信给淑景舍的。信件依次从关白大臣手里传至正夫人、中宫，最后到了淑景舍手上，可是她并未立刻动手写回信。也许是新婚燕尔依然感到难为情的缘故吧。

"请尽快赐复。"

出言催促的使者是一位年方十七八岁的少年——周赖少将，他也是道隆大臣的孩子之一，虽然不是同一个母亲所生，但依然血脉相连，与中宫姐妹俩是异母兄弟。

"赶快回信吧。大家都看着，所以不动笔么？要是没人看着的时候，这位好像经常主动写信啊。"

道隆大臣这么一说，淑景舍羞红了脸，她微微笑着，那模样着实天真可爱。

"我说，赶紧快点写个回信吧。"

这么低声催促的好像是正夫人。

淑景舍面朝里边动手写了起来。正夫人走近前去，仔细建议，淑景舍看起来十分难为情的样子。

其间，以中宫的心意对使者进行了赏赐。那是一套女性衣裳，从隆家公子手里递给了使者。

即便是稍微分开片刻，也是书信频频，中宫与主上、淑景舍与东宫之间真是鹣鲽情深。

松君可爱的声音似乎说了些什么，所有人都疼爱非常，陪着他说各种各样的话。中宫也笑声朗朗地陪着松君。

"就算说是中宫的孩子也很般配啊。"

道隆大臣叹息道。如果真是中宫所生的皇子，那又该是多么地可喜可贺啊。

未时前后（下午两点左右），主上驾临。筵道①已经铺好了，主上踩着筵道，衣服窸窣作响，他走进了中宫所在的登华殿主屋。中宫跟在主上后面，就这样两人一起走进主屋正中间的御帐台处。

虽然是春光明媚的正午时分，主屋却有些发暗。何况御帐台四周还垂挂着帷帐，更加昏暗。两人之间的低声密语被白日里阳光也无法照到的阴影深处悉数吸收，不管是多么灵敏的耳朵也无法听见。连无影无形的幻鬼们也会顾及御帐台里的私语，悄然退散。就我而言，朗朗白昼下，主上于众人广坐的御殿中举止自如、奔放豁达，那种朝气令我感受到一种振奋。或许应该说是不拘泥于凡俗的僵化思维，如同悠然地展翅翱翔飞往天界的神鬼一般，极具帝王风范的举止吧。

仕女们都悄悄地退避至南厢房。我也退到了不惹眼的厢房角落

---

①天皇或者贵人徒步时，铺席子作道路。有时还会在席子上加铺白绢。

里。陪同主上一起过来的殿上人,坐满了南边的廊下。淑景舍、正夫人等人都在东厢房里,道隆大臣马上吩咐道:

"快给各位拿酒菜来!让大家一醉方休!"

艳阳高照,厢房里,中宫身边的仕女们也陪着殿上人说话聊天,酒水菜肴也不断地端了上来。大家相谈甚欢,酒过数巡,意外地变成了一场白日里的宴会。

日落时分,主上起身了,召来了山井大纳言侍候穿衣之后,便起驾回宫了。主上身着樱色的直衣,衣裾处露出了红色的衬衣,那身姿在夕阳辉映之下,真是一个无法形容的娇娆的美少年。虽然我这么说很是惶恐,但还是要写下来。

主上返回清凉殿之后,登华殿这边在宴会通明的灯火之下,愈加充满了幸福的气氛。以关白大人为首,山井大纳言、三位中将隆家公子,还有其他异母兄弟们齐聚一堂,所谓亲密无间的一家团圆便是如此吧。酒杯在男性兄弟之间传递。我们取过酒瓶将酒倒在杯中奉上。看来这一家子的繁荣昌盛应该是毋庸置疑的了。

这时,宫里的仕女马典侍①作为主上的使者过来了,传达了主上令中宫前往清凉殿的旨意。白日里,主上亲自前来登华殿,到了夜里,又再次传旨要求中宫前往寝宫,这便是人们所说的"昼夜不分离"吧?或许也可以说是令人艳羡的宠爱吧。主上似乎片刻都不想离开中宫。

可是中宫似乎对妹妹、父母、兄弟等人好不容易相聚一堂也兴味浓厚,舍不得离开这里。

"今夜有点……"

---

① 左马头(从五位上,左马寮长官)藤原时明之女。

她的回复透着一股犹豫。

道隆大臣心情特别好，他劝中宫：

"这可不行。怎么可以回绝主上呢？快！最好快点过去！"

这会儿，甚至东宫那边的使者也频频前来，也是给淑景舍传话："早点前来参见。"

她们也都是东宫身边的仕女。一个叫侍从君①的前来迎接淑景舍女御，催促道：

"东宫殿下都快等不下去了，请尽快回宫。"

于是周遭顿时变得忙乱起来。淑景舍有些害羞扭捏。

"那，先让淑景舍回去，然后我也前去主上宫中吧。"

中宫说道。

淑景舍说道：

"那怎么可以……还是先送姐姐离开……"

"不，还是先送你。"

姐妹俩之间感情深厚。

"东宫御殿更远一些。那就'远者先'罢。"

关白大人说的玩笑话或许是出自白乐天诗集中的"欲王化之先迩后远也"②。之后，关白以及诸位大人一起送淑景舍回去。

众人再次返回登华殿，送中宫前往清凉殿主上寝宫时，四周已经一片暮色。回来的路上，关白大人说了许多玩笑话，我们都捧腹大笑，险些从临时搭的板桥③上摔了下去。

---

①"侍从"为律令制下隶属中务省的官员，天皇身边的近侍。该仕女家中父兄或为"侍从"之职。

②白居易的新乐府诗《骠国乐·欲王化之先迩后远也》之题。

③搭设在殿舍与殿舍之间，可拆卸的临时板桥。

关白大人看起来似乎跟往日一模一样，也许是因为今日的荣耀、快乐时光带来的兴奋给他增添了活力，所以看上去似乎比较精神。可是，在我眼里，关白大人十分消瘦，身上的衣衫显得过于宽松肥大，心里觉得不安。当年我的父亲由于上了年纪也很瘦小，却是一个健康的男人。

——虽然关白大人一直跟我们开着玩笑，逗我们笑个不停，但他依然是个身份尊贵的人。他时常跟我们说：

"美人们，我这个糟老头子不是你们的对手哦！"

那可能是去年的事情了吧。我偶然目睹了关白大人从黑户出来的一幕。关白大人从清凉殿御前退下，仕女们列成一队候着，一直排到门口，为他掀起了朝外的御帘送他离开。

"哎呀，美人，多谢！"

他像往常一样开着玩笑。出门后，门外伊周公子第一个候着，当时他是权大纳言。其后是高官、公卿们整齐地排成一列跪地恭迎。官员们都身着正装黑色官袍①，就像停满了一只只乌鸦一般。大纳言手拿靴子为关白大人穿上。

关白，多么尊贵的身份！居然是大纳言这样的高官为他提鞋穿靴。

关白大人是个举止优雅的人，不慌不忙地将佩刀调整好后，他停下了脚步。恰巧中宫大夫道长大人站在那里。

世间传说道长大人与关白一家不和，对于自己被任命为中宫大夫一事也颇为不快。他会像其他人一样在关白大人面前跪下，还是扭头假装不知呢？不仅是我，在场的人肯定都暗自关注此事。

---

①当时官阶在四位以上的官员着黑色官袍。

可是，应该说不愧是道长大人吧，只见关白大人一迈步，他立刻反射般地跪了下去，表情柔和地轻轻低下了头。远远望去，那一幕真是赏心悦目，关白大人之凛凛威风，铭刻在了人们的心上。

目睹这一幕的仕女们都七嘴八舌地说道：

"贵为关白——都这么说，真真是位极人臣啊。今天算是开了眼界了。"

"关白大人总是那么爱说玩笑话，所以有时不免过于亲昵，不太尊重，真不知道自己是怎么想的。那些铮铮有名的公卿们可是一下子都跪地行礼！"

中纳言君可能刚好碰上什么忌日，手里正虔诚地拿着念珠，于是年轻的仕女们便纷纷戏谑道：

"念珠借一下吧。我们也想精进修行，好沾沾关白大人的鸿运。"

"就是！哪怕来世能分一点点关白大人的好运。"

可能是因为中宫比较开明吧，登华殿里的年轻仕女们一个个都毫无顾忌，言语随意。

中宫从不制止她们。

"真拿你们没办法。跟佛祖许愿，当然是祈祷能够有幸成佛。比起关白的位子，成佛才是更为重要的吧。"

她加入了谈话，微微笑着。

"少纳言也被那威风给震住了么？"

她转过来问我。

"是的，当然。尤其是那位大人……道长大人下跪行礼真是太难得了。"

中宫一定能明白道长大人那成熟的处事态度。还有那浮现在精干的浅黑色脸庞上的持重老成的表情。

若无其事地坦然接受了人们那如同针一般锐利的无声注视，举止、态度比其他人更为恭敬有礼。

"——大人物啊！是个大人物！"

我心里悄悄地想道。

"是个可怕的大人物。"

一直以来，关于道长大人，秘密地流传着各种各样的传说。我从则光、侍奉鹰司殿（道长公的正室伦子夫人）的老熟人兵部君等人那儿都有所耳闻。已经是很久以前的事情了，据说东三条诠子女院祈祷的时候，陪同饭室[①]权僧正[②]一起前来的僧人中，有一个非常擅长看相的。仕女们便问他当时的贵人们的面相如何。彼时，所有人都还非常年轻。

"道隆大臣是什么面相？"

这么一问，相面师回答道：

"真的是非常出色的面相，有取天下之相——不过，道长公的面相卓然。"

"那，道兼大人是什么面相？"

"也是非常出色，有成大臣之相。——不过，道长大人的面相独一无二。"

[①]慈忍和尚寻禅（943—990），第19代天台座主。晚年退隐饭室谷，通称饭室座主、妙香院。

[②]平安时代，僧纲有了权官职位，使奈良时代的三阶五级制发展为三阶九级制，从高到低依次如下：大僧正、僧正、权僧正、大僧都、权大僧都、少僧都、权少僧都、律师、权律师。

"那，伊周大人呢？"

"那一位也是贵人之相。在我看来是雷相。"

"雷相是什么相？"

"一时惊天动地，却无法善终。所以未来如何，令人担忧。说到这儿，道长公的好运倒是长久不衰。"

相面师每次说别人的时候，都会将道长大人作为参照，一再赞叹。问他究竟面相好在什么地方，据说他是这么回答的：

"人的面相中，最好的当属'虎子如渡深山峰'，而道长大人的面相正是这种面相，非常贴合。这说的是就像小老虎翻越险峰一般，看的是毗沙门天①的运势。道长公便是如此。"

在如今道隆公的全盛时期，这件事秘密地、悄悄四处流传，无人公然高声谈论。

说起来，比起入宫出仕之前，入宫之后，我听说了许多像这样悄声地口耳相传、如同暗流一般的传闻。例如，那位东三条前关白大人、兼家公尚在人世的时候，非常羡慕四条大纳言公任卿的学才兼备，曾经发牢骚说：

"为什么别人家的儿子们会那么优秀！我们家孩子人数不少，却连公任君的影子都够不着，真是气人！"

公任卿年纪轻轻，和歌与汉学方面的才华、学识已经声名在外。与此相比，兼家公的公子们，虽然借助父亲的权势得到了相应的位子，但是作为个人，则远不是公任卿的对手。也许因为还太年轻，道隆公子喜好酒色。道兼公子则讳莫如深，人人敬而远之，人望不高。小儿子道长公子尚处于不知是龙是虫的年纪。上面两个兄

---

①佛教的守护神，四大天王之一。主要守护北方世界,也称作多闻天。

长似乎认为父亲的牢骚有道理,一副抬不起头的样子,十分羞愧。只有小儿子道长公子可能因为与公任卿同岁,所以充满了敌忾心,据说他大胆豪言:

"哼!说什么影子,看我下回把他的脸踩在脚下!"

此外,我还听说,花山院在位时,这三个兄弟在一个梅雨天的深夜,在宫中不见人影的黑魆魆的庭园里试胆量。遵照花山院的命令,三兄弟都出发去一个令人毛骨悚然的地方,可道隆公子和道兼公子都未能到达规定的目的地,因为过于恐惧而跑了回来。

道长公子则一个人摸索进了深夜黑魆魆的太极殿①,将天皇宝座南面的柱子底部削下了一片带回去作为证据。第二天早上,花山院让藏人将削下的木片跟柱子比对了一下,发现严丝合缝。以花山院为首,宫里上上下下都为道长公子的胆色而高声喝彩。而两个兄长则不知是懊恼还是羡慕,都默不作声。据说过后两人也绝口不提此事。

自从听说了这事,我就一心想看一看传说中天皇宝座柱子底部被削掉的那一处。右卫门君也说想要一辨真伪。据说被削掉的地方仍然还保持着原来的样子。不知是什么时候,四五个仕女仗着人多前去一看,果然是个白日里都有些昏暗的地方,宝座高高在上,我们绕着转了好几圈,依然未能发现传说中的那个地方。

身为女人无法频繁进出太极殿,所以就跟与我们十分亲近、为人随和、容易说话的源经房②大人打听情况。

---

①古代日本宫中朝堂院北部中央的正殿,殿内有天皇宝座,即位大典等国家重要仪式在此举行。

②源经房(969—1023),源高明第五子,官至正二位,权中纳言。

"怎么，又是来问这事么？"

经房大人笑了。

"我经常被人问这件事。不过，太极殿里并没有那样的痕迹。如果有那样的痕迹却放任不管，那可就是修理大夫①的责任问题了。"

"那，那件事是捏造的咯？"

我这么问，是因为这位经房大人算是道长大人身边关系比较近的亲信了。他是道长大人的第二位夫人、高松殿明子夫人的弟弟，得到道长大人亦弟亦子一般的疼爱，经常出入于府中。

在吹笙方面，他是个天才音乐家。而且出身高贵，为人和气，优雅俊美，是一个深受后宫仕女们青睐的贵公子。

"对了……有一次，我问过道长大人这件事。他说曾经做过类似的事情，不过可不是什么把太极殿的柱子给削了一块。不知道究竟哪些地方是真的。我也觉得这故事有点太玄乎了，但也无法断定它是假的。只是如果道隆大臣、道兼大臣听到这些，即便是现在大概也会感到不悦吧。应该说不太希望这事情流传得太广吧。估计也是顾及这一点，所以道长大人也不好说得太详细吧。"

经房大人说道。

总之，由于这样那样的原因，道长大人的存在似乎在人们的心底留下了重重的痕迹。在道隆公处于全盛时代的今天，虽然没有人敢公开支持道长大人，但也是让人绝对无法忽略"他在那儿"的一个人。

所以，当道长大人表情柔和、毕恭毕敬（这绝非让人觉得是他

---

①宫中负责掌管建筑的建造、修理事宜的修理职部门的长官。令外官。从四位下。

貌似恭维、实则轻蔑的浅薄之举）地在关白大人面前跪下的时候，我不能不关注这件事。

我无法从道长大人身上移开视线。

不知为何，道长大人身上有一种令人信任的、坚定强大的气质。

而且，他身上还有一种东西，让人们不得不侧目忖度"这种情况，他会怎么处理？"或者"他会是何种意见？"等问题。

这是中关白一家，道隆大臣、伊周公子、隆家公子等人身上都没有的。

这些与中宫沾亲带故的人，因为我常常在私人场合——例如中宫一家人团圆的时候，在后宫里主要是这些场合见到他们，所以才会有以上想法？（我对道长大人的风采之仰慕由来已久，这是一种与我对中关白一家的忠诚不同的偏爱。）

中宫脸上挂着意味深长的微笑：

"是啊——道长大人原本可是个顽固的人呐。"

"连那样的人都能让他下跪，关白大人前世所修福分真是了不得啊。"

"少纳言喜欢道长大人吧。"

中宫一语中的。

根本无法跟这一位说谎。我想把话说圆的意图，已经被她敏锐地看穿了。

"那位大人身上总是有一种不可思议的感觉。"

"是啊，相面师说他的面相十分罕见，可究竟指的是哪些地方，这些专业性的问题，我们也不知道。不过，他有各种各样的很多面，是个不可思议的人。小扣则小鸣，大扣则大鸣，你不觉得他是像钟一样的人物么?"

"真的就是那样。"

"今后,我们就把他叫做'大钟'吧?"

中宫爽朗地笑着。那一刻,我想到的是主上的幸福。

有这样的人作为妻子共度一生,主上这一辈子心里应该都会觉得:

"一定不会无聊吧……"

登华殿中快乐的一天,在中宫前往清凉殿之后,画上了句号。在送贵子夫人动身返回府邸的时候,我顺便跟一个熟人询问关于弁君的消息。

"弁君得了疫病,一直在家中养病。"

我简直不敢相信,非常震惊。

我一直非常害怕流行病,而且正出仕宫中,本来应该避免接近病人。可是,我无法置之不理。我急忙赶往她家,弁君已经命在旦夕。不,在来弁君家的路上,我已经远远地望见了——京城自身已经在腐败、糜烂、化脓。令人疯狂的尸臭弥漫于京城的各条大路,腐烂的尸体被抛弃在路边、水沟里。在这一切的上空,春天的太阳正残酷地照耀着,今后它似乎将一天天地孕育热气。

疫病,在年过完之后,开始进一步地大发淫威。

十一

已经不是能跟我见面的状态了。

弁君生命垂危。

长年侍奉她的老侍女、乳母的女儿等女人们哭着告诉她我来了。这些女人都是独身，长年跟弁君一起生活，所以都恨不得也染病一同赴死：

"请带我一起走吧！"

她们痛哭着。

留在府里的都是一些追随多年的上了年纪的下人、仆从。年轻人从好几年前开始就不在这里生活了。我想：

"一个女人独自生活，这就是人生的终结方式……"

既没有丈夫也没有孩子的我，不得不想：总有一天我也会面临跟弁君一样的命运。

人们都说痘疮如果变成了紫黑色，那就没有希望了。弁君待在御帘、几帐等后面远远的地方，不让我看到她的脸。

这里也没有加持的僧人们。四处都在请他们前去祈祷，所以哪儿都人手不足。或者，有时反而可能是那些祈祷康复的僧人、苦行僧将街头巷尾那晦气可怕的病魔带到了宅邸中。

"是否拜托二条邸那边帮忙安排一下僧人？"

我高声说道，以便远处的弁君能听见。虽然已经尽量装作平静，但声音还是不安地颤抖着。二条邸指的是弁君侍奉的、道隆公的正夫人贵子夫人那边。正哭着的年长的侍女代她回答道：

"二条邸那边，关白大人病情严重，不是我们能够开口求助的时候。"

道隆公从去年开始得了饮水病，身体每况愈下。

似乎想要打断我们的对话一般，弁君开口说话了。虽然断断续续，但清澈明朗的声音一如从前。

"海松子，你一定要保重，好好地守护二条邸那边……我已经不行了。你要好好守护定子小姐。"

我和一旁的女人们都哭了。弁君言谈中洋溢着才情，写得一手好字，会作和歌，喜欢打扮得华美年轻的美丽身姿，这一切都即将从这个世界消失么？那般真切地感受过的存在，我一直都认为人是最为确实的存在，然而生命居然是如此脆弱、虚幻……

"对了，真是开心啊，那个……"

弁君有些喘不过气来，看起来十分痛苦，但她马上说道：

"《春曙草子》——那个，你必须写。要写定子小姐的事情。把它写下来。让二条邸里的人们的故事流传下去。他们一个个都是那么出色。一家人就像是绽放于这浊世中的花儿一般。你要好好地看着——好好地看着他们的繁荣兴盛。"

"繁荣兴盛不是刚刚开始么！伊周大人已经是内大臣了，中宫也许不久就会生下皇子……刚刚才开始，你怎么就……"

我终于放声大哭。弁君教我的各种事情，在弁君的引荐下开始出仕的宫廷——当我还是一个牢骚满腹的妻子时，曾经多么地期待前去弁君家里听她讲权门家里的种种传闻！

而且，曾经我最开心的便是跟弁君一起聊关于亡父清原元辅的事情。关于父亲的魅力，弁君从一个女性的角度，详细且不厌其烦地说给我听。她告诉我，父亲是一个可爱的老人，有一颗自由自在的心，率直温暖，虽然有一点爱讽刺人，但那并非出于恶意，是一个快乐的老爷子。我们聊着这些话题，一起赞美定子中宫是一个十分出色的人。这是因为弁君和我都对人本身充满了无尽的兴趣与好奇，我们俩在这方面非常相似。

从未想过，一直当成姐姐、堂姐一般亲近的弁君，我和她的分别之日会这么早到来。总觉得任何时候都能见面，所以一直都很悠哉地在等机会。

"海松子，那本草子里，只能写二条邸里诸位人物的精彩一面——男人们书写的官方文书、汉文日记里，只有那些表面的、浅薄、冷冰冰的文字。而且，他们的才华只够将作为结果的事实，原原本本、直截了当地记录下来。"

弁君的声音十分细弱，不过口吻仍旧跟往常一样开朗，充满了自负。

"你可不一样。哪儿都没有像你这样的作者。对了，定子小姐读得兴致盎然、十分开心的那本草子中的文章……初秋转凉的时候，把微染汗香的薄衫盖在头上午睡，那种虚幻忧伤的情趣，你将它写下来了。这世上的男人中，没有一个能写得出这些。男人们理解不了二条邸中的那些人。深宫中的定子小姐之出色，他们更是无从得知，又有谁能够写下来呢？你亲眼目睹，熟知一切……而且你具备书写这一切的激情与情趣。你可是清原元辅大人的女儿，知道活在这世上的欢欣、喜悦、无常……"

旁边上了年纪的侍女想要制止她，不让她继续说。因为弁君的声音越来越弱，细得几乎听不见了……

"快休息一下吧。这样对身体不好。"

"不，这些我一定要说。不过，我想，就算我不说，你也一定会明白。因为我相信，你和我想的肯定一样。怎么样，我说错了么？……"

我不由得使劲点头。泪流满面，无法出声，我用衣袖捂住了脸，所以无法望见弁君那边……

"一定要写啊！定子小姐的美好、作为女人感受到的这个世界的美好……不喜欢的事情、难受的事情，不写也罢。那些是现实，人们藏在心里就足够了。那种东西一点不值得写下来……"

弁君的声音已经嘶哑，语调变得近似呓语一般疯狂、急切。她的声音越来越小，几乎快听不见了。

"我就要见到你父亲了，快了……"

弁君在十天之后去世了。虽然她生前好像有过几个男人，可是有的染病在身、有的因为家人的死秽无法出门，最后帮忙安排葬礼的是一个亲戚家的老人。剩下来跟随弁君多年的老侍女们都各自离别，乳母的女儿落发为尼在鸣泷寺修行。宅邸给了别人。这座宅邸有我跟实方大人相会的快乐回忆……

实方大人未能前来探望弁君。他接到了陆奥国①国守的任命书。据宫里的传言，他因为在某场政治斗争中落败，所以被驱逐了。如果那是事实的话，我曾在他身上感受到的那种不稳当，也许已经变成了现实。

也有人说，实方大人跟那个则光一样，被认为是属于如今已经退位的花山院一派的，此次人事变动也是因为这个。

实方大人也未能前来参加弁君的葬礼。我曾经想过或许他也是弁君情人中的一个。实方大人表面上装作平静地说，他要去看一看陆奥的歌枕。他和弁君一起，把我过往的回忆都带走了。与弁君告别是一件痛苦的事情。因为我失去了一个可以敞开心扉说话的人。

跟栋世之间，从未推心置腹地说过心里话。栋世把我当成了仕

---

①古代日本的令制国之一，辖区包括今天宫城县、福岛县、青森县、岩守县、秋田县的部分区域。

途上的一个跳板,他到处分发财物拉拢仕女,为了这个长远打算,所以才跟我示好——这个揣测我始终无法放下。他的目标是西边的上国国守?或者是筑紫?后宫中关于男人们之间的争斗的流言,我日夜耳闻不断,所以无法简单地接受栋世的好意。

渔人小舟停松岛①,
久久等候好风来。

这首和歌不知是何时从栋世那儿收到的。即使收到栋世若有似无带着暗示的和歌,我也一向不予回复,所以他就送来了这首和歌。

"心里一直盼望着你能给个满意的答复。可是,等了如此之久,依然……"

不知是否这个意思?

中宫身边的仕女们,因为如今正在势头上,所以许多人收到男人们的书信、被对方求爱或请求交往。除了阴郁、孤僻的小左京另当别论之外,大部分的仕女估计都会从几个人那里收到诸如此类的和歌。

只不过栋世年长一些所以世故沉稳,似乎把此类暗示视为成熟男女之间的一种礼仪,留有充分的余地,我便佯作不知,敷衍了事。

相比起来,源经房大人则十分直接。这个比我小四五岁的贵公子,跟其他众多殿上人一起来到我房间玩耍,之后便悄悄地递给我

①"松岛"为歌枕,与表示等候的"待つ"谐音。

一首和歌：

魂已予君今如何，
空余躯壳无心人。

——我把我的灵魂放在你那里了。如今成了什么样子呢？我已然是空壳一具，似梦非梦，恍然若失。

我正扫视着这首和歌的时候，这位经房大人现身了：
"和歌读过了么？"
"已经拜读过了。不过……"
我假装正在那儿找什么东西。
"找不到了。"
"什么？"
"你不是来招领失物的么？不是说把灵魂搁这儿了么！"
"啊哈哈哈。没错，应该就在那儿。在你身边，应该已经被挤碎了。"
"压碎了的话，应该会发出声音吧。"
"没错。当时肯定不停地喊着'想你，想你'。"
跟经房大人这样说笑，感到十分开心。下围棋、玩双六、读物语，或者一起编故事等等，可以打发时间。听三四岁的小孩子说童言稚语。——点心之类，也可以消磨无聊，让人感到愉快。

可是，最能打发无聊的，应当属可爱的男人。擅长说笑话，能跟对方一唱一和，机灵的男人。如果是那样的人前来拜访，即便是避忌的日子，也会让他进门。

更何况经房大人不仅如此，他还是一个出身高贵、长相俊美的青年。他总是跟在我后面：

"少纳言，我说，少纳言。"

或者每每跟我征询意见：

"少纳言，这个，你怎么想？"

因为他年纪比我小，所以我不觉也随意地回答他：

"我喜欢那个，讨厌这个。那个有意思，这个太木讷了。"

他便飘飘然地十分得意：

"对！我也是那么想的。我跟你的感觉一样！"

如果见不到我，便一副无聊的样子：

"少纳言呢？"

跑到到各个仕女房间去打听。

"换成我不行么？"

爱捉弄人的右卫门君便会这样揶揄他。

"不，我正在找我姐姐呐。清少纳言是我的姐姐。我是她亲爱的、可爱的弟弟，请多关照。"

从那以后，每当我不在的时候，经房大人便会故意戏谑地说：

"我姐姐呢？"

或者是"姐姐承蒙您照顾了！"之类的话取乐。

这样的相处方式对我而言最为合适，我也非常喜欢。在中宫面前说闲话的时候，也经常可以俏皮地发表：

"经房大人这样……"

我前往清水寺参拜修行，好像是去年吧，经房大人送给我一首这样的和歌：

怎忍遗君于山中，
唯我独赏京城月。

这也是通过一首看似意有所指的和歌诱人浮想联翩，但反而使一切显得有趣。经房君大人也知道这一趣处，两人之间便更觉多了几分亲近。

为了参加弁君的葬礼，我临时请了假回到家中，结果经房大人马上就过来拜访。唯有今天，我不想跟人说什么贴心话。与弁君的死别让我情绪低落，即便是避忌的日子里也想见上一面的、讨人喜欢的、钟爱的经房大人，他的话也无法让我得到安慰。

"我知道你很伤心……看到你无精打采的样子，我也心慌意乱。你总是那么开朗，才思敏捷，爱说笑，喜欢有意思的事情，早上一睁开眼睛便兴高采烈地跟自己说今天又是愉快的一天，我总觉得这样才是你。可是，现在你无精打采，带着重重的鼻音忧心忡忡地回答我说不想说话，看你如此悲痛，我真是无地自容——该怎么做才能安慰你呢？"

经房大人似乎真的为讨我欢心而绞尽脑汁。我勉强地微笑着：

"早上，一睁开眼睛便兴高采烈，这事你怎么知道的？"

"可是，有错么？"

"错是没有错。"

"是吧？因为我对你了如指掌。哪怕是为了我，也请你早点振作起来。中宫那边，我昨天早上前去参见的时候，她也在为弁君的死讯而难过。不仅如此，关白大人的病情也很不乐观，我看她为此心力交瘁的样子。关白大人已经跟主上递交了辞呈，但是据说尚未敕准。下一任关白花落谁家，看起来迷局混乱，所以暂时以这种方式维持一段时间，一般人都这么猜测。"

"下一任关白不是理所当然由内大臣伊周大人担任么？"

"还不知道，是否能够顺利地尘埃落定……不还有个粟田殿大人么。"

"说的是右大臣道兼公吧。"

"还有大纳言道长大人。"

经房大人列举着，说道：

"接下去究竟是哪个能抢到'第一人'的关白之位，必然会有一场恶斗，大家都不安地关注着此事。我想中宫一定也是非常担忧。这种时候，你不是最应该在她身旁支持她么？"

"说的是。我忙着自己伤心，其他事情都顾不上了。"

"为了我，也请赶紧振作起来吧。你不在宫中，太无聊了。你或许已经都不记得我了。可千万别忘了我这个可爱的弟弟啊。"

经房大人的友情，或者说是比起友情，异性爱的色彩略微更显浓厚的爱慕，给了我力量，让我变得精神起来了。

此外，弁君那时的一席话也给了我力量。我想好好地守望着中宫一家、中关白一门的繁荣兴盛，如果以我的不才能够做到的话，我要将中宫的一切写下来，这悄然于心的自负与决心，变成了我的脊骨，支撑着我硬朗地站了起来。

我仍然不明白，经房大人对我的心意，究竟是出于好玩的一时兴起，还是真心实意的爱恋。我也不明白自己的想法。唯一可以确定的一点是，经房大人当时真是可爱。

而且，在我而言，那便是面对异性时最为安定的一种感情。如果像是对实方大人那样，对对方的才能心怀敬意，我便无法单纯地将他视为男人与之相恋。如果像栋世那样，比我年长许多，对方是个世故老练的男人，受到对方的呵护、疼爱，会变得非常被动，我很难主动对他产生爱情。

在这一点上，经房大人正合适。和歌或者书信里，添上几许暧昧的情绪，这让我既期待又乐在其中。

服丧结束，正想进宫里的时候，难得致信兄长来了。一段时间不见，他变老了一些。当然，如今他不再披头散发，已经是一个有模有样的武士了。他在藤原保昌①大人府里当差。因为保昌大人是道长大人的家司②，所以也参与道长大人家的夜间护卫。

他蓄着胡须，一张大脸晒得黝黑，是一个体格健壮、正当壮年的粗野武士。这个兄长，就连流行的疫病，估计也要绕道躲开他。一开始来通报的小侍女小雪战战兢兢地跟我说：

"来了一个可怕的人。"

兄长曾经是个不良少年，被视为京城混混，令人嫌恶。如今，他身上散发出的粗野倨傲中依然残留着当年的影子。

一起叙旧，久违的欢笑，对我而言，感觉并不坏。由于是同母兄妹较为亲近，所以我跟这个兄长关系算是好的。

"则光来么？"

他问道。则光跟我的异母兄姐不同，他与致信兄长十分亲近。

---

①藤原保昌(958—1036)，官至正四位下。据说武艺过人，与源赖信、平维衡、平致赖等人并称"道长四天王"。

②平安时代中期以后，在亲王、内亲王、摄关家、大臣家、官阶三位以上的官员家里负责管理家中事务的职位，管家。

"不来。已经分开很久了。而且，我进宫出仕，也没什么机会。"

"则光也要升殿了！"

"啊？他居然也成为殿上人了么？"

"你还不知道么。终于荣升为六位藏人了，过了三十岁，发达得有点晚吧。那家伙太老实了，这可不行。他在处世方面，真是不敢恭维。"

"这话，兄长好意思说么？究竟是哪一个更不会处世啊。"

兄长撩开胡子张着红红的嘴巴笑了起来。

"说得有理。不过，则光把家族族长之位让给了弟弟则隆。则光是长子，本应成为族长，但是他跟花山院之间的关系众所周知，所以让则隆担任族长，可能今后更有利于橘氏一门的繁荣兴盛。"

"真是则光风格啊……要傻到什么程度才算到头。"

我说道。身为长子，却连统领一族的家督之位都让给了弟弟，这真是依则光的性子会做的事情。

而且，至今依然对花山院忠心耿耿，这也是则光风格。

那个叫则光的男人，不管过了多少年，依然有些地方具备了：

（……则光风格）

或许因为在我心中，一直都留存着关于则光的所有记忆。一些事情跟这些记忆刚好对上了。

这些暂且不提。我和则光今后也许会在宫中相遇。说到藏人，他们总是随侍在天皇身边，同时也是跟后宫之间联络的联络员。在殿上的男人们当中，藏人是职责与后宫距离最近的官员。可能人们已经知道了，则光曾经是我的丈夫，这并无大碍，问题是我该怎么跟他相处呢？比起这一点，或许应该问则光如今变成了一个什么样的男人？

"他要是变成了一个难看、寒酸的男人，那我可真是丢脸。"

会这么想，我也是够任性的了。

兄长那边，比起我在乎的那些，他当然更为关注的是允许则光升殿的、宫中政权的走向问题。而且，兄长给我带来了男人们的世界中最鲜活的传闻。

在中关白一门羽翼之下的我们从未听说过的传闻……

有一次，在二条邸的南院，中关白大人召集人们举行射箭比赛。恰巧，道长大人偶然前去游玩。道长大人跟中关白往来并不亲密，鲜少会在路过时进门游玩。所以关白大人等人都非常惊讶。道长大人难得来一回，便尽心尽意地设宴招待他。

轮到伊周公子与道长大人比赛射箭了。伊周公子是内大臣，叔父、年长的道长大人是身居下位的大纳言，但因为道长大人是客人，所以照顾情面让道长大人先射。结果，后发的伊周公子少中两箭，输了比赛。

中关白大人和身边的人们都为伊周公子的失利可惜，便建议：

"比赛延长两局。"

道长大人忍住怒气，平静地说：

"可以，那就延长吧。"

世人都为道长大人官居伊周大人之下而感到不安。可是，道长大人至少在表面上从未露出半点不快。有一次，我曾经目睹过他在关白大人面前下跪行礼，在伊周大人属下做事，恪尽职守，节庆大典也都遵照伊周大人的指示行事。从未有过故意缺席、迟到等幼稚行为，兢业克勤。

可是，现在是私底下的挑战。

按照兄长说的那种意思，道长大人当时气概现于眉宇，他搭好箭拉满弓高声说道：

"如果道长家中命中注定即将出现帝、后，则此箭必中！"

他把弓拉到最满，然后一箭射出。真是鸿运当头，那支箭正中靶心。

接着拿到弓的伊周大人不知是否因为胆怯，他的手抖个不停，射出的箭飞偏得厉害，甚至连靶子的边儿都没挨上。

第二轮，道长大人说：

"如果我命中注定登上关白之位，则此箭必中！"

然后咻的一声射出，箭又一次正中靶心，贯穿而过。

众人的脸色都变了。

原本兴高采烈的宴会的热闹场面，现在顿时变得尴尬、扫兴。关白大人连忙制止伊周公子：

"停下，不要再射了！"

据说道长大人悠悠然地将箭归还后就那么回去了。

"怎么可能……。总觉得道长大人不可能做那么张扬的事情。"

我说道。

"那是什么时候的事情？不会是瞎传的吧？内大臣跟大纳言这样身份的人，居然比赛射箭之类的。"

"虽说不是我亲眼所见，但道长大人喜欢武艺，实际上很擅长射箭……那，这件事又该怎么说呢？这件事不是许多人亲眼目睹的么？"

东三条院诠子女院前往石山寺参拜的时候，道长大人骑着马，伊周大人坐车跟随在后面。

伊周大人临时有事，准备在粟田口附近开始返程，于是便让女院的车子停下，将事情禀报一番。这时，道长大人骑马折了回来，居高临下地对伊周大人说道：

"在做什么呢？快一点！马上就要天黑了！"

伊周大人心想："怎么如此不逊的口吻！"严厉地转头看着他，结果道长大人更是毫无顾忌地催促道：

"快点快点！天就要黑了！"

伊周大人很是懊恼，却只能无奈地起身。事后，他把这件事情跟关白大人说了，关白大人安慰他：

"不把大臣身份的人放在眼里，这种人一定没有好下场。不用放在心上。"

兄长得意地说着这事。他站在道长大人那边，这种态度自是当然，而我却心情复杂——我对伊周大人是满腔的敬爱与共鸣，另一方面，对于旁若无人、意气昂扬的道长大人，我从他身上感受到了一种不同寻常、令人倾慕的魅力。

"是个大人物啊……"

这个直觉，也许是对的。可是，对道长大人的这种好感，直接会变成对于中关白家的背叛，这二者之间的矛盾，该如何是好？

致信兄长还说道：

"中关白一家名声非常不好。世人都是怎么说的，你不知道吧？像你那样待在就知道'中宫殿下、定子殿下'的女人世界里，整天腻腻歪歪、嘻嘻哈哈的人，是听不见这些消息的吧，我说。"

兄长只要喝一点点酒，说起话来就更加卑俗油滑。那种卑俗——

甚至令人怀疑：有这样的说法么？……因为兄长用上了"腻腻歪歪"之类奇怪的形容词。并且，跟"腻腻歪歪"一词一样，他说话时的那种卑俗之中，却透出一股真实的气息。正因为如此，比起听见包括定子中宫在内的中关白一家被诋毁时的那种难受，我更加强烈地感受到了一种好奇。

"说什么了？为什么那么说？"

"总之，没什么好话呗。甚至有人说那一家子作恶多端。"

"为什么？为什么说得那么不堪……兄长你不认识中宫殿下、关白大人、内大臣伊周大人，所以才会说那些话。那样有教养、有人情味、出类拔萃的一家人，可不常见。"

"喂，世上也有有教养的坏人呐！海松子，酒已经没了么？"

"我单身女人一个，会备着那么多酒么？"

我说道。小雪好不容易从厨房那边找来了半瓶酒。

"就算我想让人去买酒，家里的老仆也会说'疫病神正从这儿路过，我很少外出'，都害怕得很，不肯出门。"

"哼！去年夏天，疫病神有一天曾经路过此地么？今年可是天天如此啊。"

现在流行的疫病是痘疮。这场疫病已经持续了两年，人们在北野的船冈山上祭祀疫病神，然后让其坐上神轿，一直抬到难波①海边，放入海中流走以求消灾除厄。数千群众聚集在一起祭祀，进献币帛，僧人们诵读仁王经②。朝廷方面非常投入地举行祛除疫

---

①现在的大阪一带。
②又名《仁王般若经》，受持讲说此经则七难不起，灾害不生。所以禳灾祈福时，常诵读此经。

病的祈祷，普通百姓则更是全力以赴。不论什么人，不论什么时间，会聚一起，一心祈求疫病早日平息，众人泣诉求佛的声音，如同海啸一般地响彻京城。其间，不知何处有人呼吁道：

——赶紧制作疫病神的神轿！让疫病神坐上神轿随海流走！

连官府也应声出动。与其束手旁观，不如做点什么，心里反而好受一些。木工寮、修理职的官员们赶忙着手制作疫病神的神轿。

可是，虽然把神轿放入海中流走了，疫病依然不见平息。去年的六月十六日，也不知是谁说的——今天疫病神路过此地——这消息四处流传，

——不要外出，不要出门！

人们互相告诫着，屏息躲在家里。

不知究竟是谁先说的，又是谁传播开的，流言顿时扩散到了整个京城，据说当天公卿不上朝，连武士也都躲在家中，路上不见人影。

疫病神长着一张什么样的脸？准备赖着不走到什么时候？究竟要让多少人毙命才肯罢休？所有人都战战兢兢，恐惧不已。丢弃在加茂河边的死尸多得已经堵住了河水。据说甚至一些有名有望的人家，一家死绝，仆从也都四散逃离了。

"听说今年要从下层人那儿蔓延到上层贵族这边来了，周围都是这样的流言。四位五位的家伙不也挺多的么，那些死掉的人里。"

"呀，可恶！不要啊！疫情快点平息吧！这样下去，大和国里人都要死绝了。"

"什么？死绝？人可不是那么脆弱的。肯定会人有活下来的。不过，只有那些运气好的人。我也想要活下来，瞧着吧，大纳言道

长大人也一定会活下来的。"

兄长愉快地倒着瓶子里的酒。

"这也不是我一个人的想法,世人心里都这么想,都着急地等着大纳言大人取得天下。世人怎么可能任由中关白一家为所欲为?!"

"为什么要说得那么难听……伊周大人、关白大人,都是那么好的人……"

我沮丧地喃喃道。可是,我的话,却给了兄长一种近乎邪恶的愉悦。

"唔哈哈哈哈哈!所谓的'好人',可不是能够掌控天下之材!关白已经挨不过今年的绝症,眼看着就要不行了吧。由伊周接任,也是够戗。那个公子哥,不是那块料。俗话说得好,'想要瓜,得有个装得下的容器',他没有那个能耐!关白之位不能交给那么个愣头青,全天下的人都这么想。"

"可是,伊周大人不论学问、才华,都属当代一流,谁也比不上他。"

我看到已经有几分醉意的兄长故意挑衅我似的,一双小眼睛闪着刺眼的光芒,顿时觉得有些可恶。致信兄长这种地方十分讨厌,也是我的异母兄姐们厌恶他的原因。兄长绝不是一个坏人,可是他似乎有一种癖好,喜欢故意针对人家的痛处使劲儿说,享受那种施虐的快感。

对别人的痛处直言不讳,这一点则光也一样。不过则光身上有一种大大咧咧的天真,他本人对此并无察觉。所以,一旦遭到别人强烈反驳时,便会认真地反思自己的发言,他有这样的坦率之处。

然而，兄长却是充分了解别人的痛处，所以性质恶劣。而且，他十分好战，总是摩拳擦掌地等着别人反击。这或许也是异母兄姐视他为无赖、泼皮的原因吧。

"你说的是他会一点和歌、汉诗之类的雕虫小技吧？那种没用的东西，脑袋瓜里塞再多，也是一个无谋的小年青。就算坐上了摄政关白的位子，也是坐不稳当，早晚要摔下来的。要说为什么中关白家这么招人嫌弃，原因之一，就在于那个高二位老头子。虽然现在已经出家了，那个老头子，官位也不高，仗着是关白的丈人家，目中无人。没有人不觉得窝火可恶的。"

"这事情，则光也说过。"

"对吧？不仅是我或者则光，只要是男人，都那么觉得。去年积善寺供养法会那天，你们这些女人都被那花了大价钱的法会的金碧辉煌给震住了，腻腻歪歪地乐呵着什么'像是极乐世界一样'……（这里，兄长又用上了奇怪的形容方式）虽然一样也是被震住了，不过让男人们大吃一惊的是当天的席位顺序。"

"席位顺序怎么了？"

"像我这样的小人物，当然不可能亲眼见到。据说高二位的老头子居然坐在了大纳言道长大人的上位！"

"不过……他们俩的官位都是从二位……"

"就算官位一样，出身也是不可同日而语。一介令制国国守，高阶家的女儿不过是入宫出仕的仕女出身而已，这种一人得道鸡犬升天的泛泛之辈，居然坐在了身世显赫的道长大人的上位！男人们都怒目而视。我觉得，道长大人虽然表面上不露声色，但心里一定很不痛快。"

兄长已然是道长大人的拥趸。虽说如此，但道长大人可能根本不知道兄长这样的无名小卒。

可是，兄长因为自己跟随的藤原保昌大人的主人是道长大人，所以便摆出一副直系人马的样子，处处袒护。

"还有一点，伊周大人年纪轻轻却飞黄腾达，这也是惹人眼红的。父辈余荫深厚啊。他的父亲关白大人自己也是承蒙父辈入道大相国兼家大人的余荫，才得以成为关白。大入道大人劳心劳力，通过相当毒辣的手段才得到了'第一人'的位子。当然，这也得要有一定的实力与胆略才能做得到。可是，如今这位中关白大人，他究竟付出了什么努力得到现在的身份呢？"

"……"

"仅仅因为他是大入道大人的长子，就一路平步青云，当上了关白。就算如此，他成为内大臣也是三十七岁了。可伊周二十一岁就当上了内大臣，十七岁当上了藏人头。关白这是在乱来。伊周也好，道赖、隆家等其他的儿子也好，不断地给自己的儿子加官晋爵。不管是年纪大的、地位高的、资历老的，都毫无顾忌地把人甩在一边，你认为这样在男人社会里还不招人憎恨么？"

"……"

"小年青仰赖父辈余荫，平步青云，如果他真有实力，别人也无话可说。可是，他们这些人只会耍威风。自鸣得意、目中无人，似乎不是中关白家的人都不是人一样。而且，家将们也是狐假虎威。说起他们手下的仆从、杂役，京城里的人都唯恐避之不及。"

"就像兄长以前那样么？"

"唔哈哈哈哈！没错。不过，如今世道更不好了。"

兄长倒干了瓶子里的最后一滴酒。酒沾湿了胡子,他津津有味地喝着。

"不仅仅是关白家的家臣,什么什么殿下、某某皇子府里的马夫、牛夫,前来募捐的情况越来越严重。御灵会啦、火祭啦,来勒索钱、米等等。光天化日之下,强盗横行。贺茂河岸边成了丢弃死人的地方,没人种植庄稼。不管是多么贫穷的家庭,如今也都无法安然入睡。名门大家府里的杂役们与地痞流氓无异。吵架纠纷、打打杀杀几乎每天都在街头上演。大路上四处都是死人、乞丐、游民。有些坏家伙把这些人召集起来,干脆交给他们弓箭或武器等等,到了夜里让他们变身为盗贼、强盗。"

"听你说这些,心里真是不舒服。简直就像是末世一样。"

"如果是那个关白掌权,就会变成末世的。不过,道长大人掌管天下的话,一切又会不同吧。"

兄长动作粗鲁地将土瓷杯子里的酒咕嘟咕嘟一饮而尽。他意犹未尽地摇了摇酒瓶子,已经一滴不剩了。接着,他直接用手撕开鱼干嚼了起来。

我久违地想起了以前来则光家里的那些粗鄙的客人们。虽然那只是一年半之前,却让人觉得是很久以前的事情。

尽管兄长说中关白家的人的坏话、偏袒道长大人,我却无法动真格地跟他生气。我认为道长大人"是个大人物……",对他怀有怦然心动一般的仰慕,私底下觉得他有一种魅力。另一方面,在我的内心深处,觉得伊周大人——虽然受到他的教养、优雅的身姿的吸引——但我担心他作为'第一人'的分量还不够,这也是事实。

"喂!海松子!你……"

兄长说道：

"不要那么垂头丧气，就因为我说了几句你偏爱的关白家的坏话。"

"我没有垂头丧气。"

"我是来跟你说什么事情来着——对了，海松子，你，要不要到大纳言家里出仕？"

"什么？！"

"事情都一样的话，趁现在赶紧换主人吧。跟着今后鸿运当头的一方，怎么样？你认识的兵部君不也在土御门府里么。海松子跟我不一样，你有学问，肯定能活得有头有脸。"

"不像话。"

我强忍怒火，平静地说道：

"我可是中宫殿下的仕女，侍奉着当今唯一的皇后。我侍奉着那么一个了不起的人物，为什么要改为跟随什么大纳言的夫人呢？"

"我又没说让你去侍奉夫人。目标是大纳言道长大人的女儿，彰子小姐，马上就要八岁了。"

兄长把吃到一半的鱼干，像短刀一样地戳到我的脸上。

"再过三四年，应该就会入宫了吧。中宫虽然现在正当年华，可她是比主上大四岁的姐姐老婆。彰子小姐可是比主上小八岁。彰子女御的时代马上就要来了。而且，中宫的后盾是伊周、隆家等靠不住的小年青，彰子小姐那边，背靠的可是道长大人。根本无法相提并论啊。趁现在，你也该好好考虑自己的进退了。"

"你是说道长大人的女儿即将入宫么？"

我非常意外。大家也都预想过会有那么一天。主上身边不可能一直只有一个皇后，终有一天，将会迎接数位女御入宫。可是以如今主上与中宫之间的恩爱、道隆关白大人的权威，总觉得很难再有其他人介入的空间。

我以为即使将来册立其他女御，那也是很久很久以后的事情了。

然而，兄长已经预见三四年后彰子小姐即将入宫，说"彰子女御的时代马上就要来了"。

并且，让我从现在开始转投他们那一边。

"彰子小姐将来也许会入宫吧。不过，我站在中宫殿下这边。事到如今，我怎么能背叛中宫殿下？虽然有些不敢当，但是我觉得自己与中宫一条心。不管世事如何变化，我绝不离开中宫身边。"

我竭力保持平静，但声音还是忍不住激动起来。

"兄长你根本不知道中宫殿下的出色之处，这也是没有办法的事。——而且，我认为将来即使册立其他女御，主上对她们的宠爱也绝对比不上中宫殿下。"

"不要这么气势汹汹嘛。"

兄长嗤笑道。

"我就想着你会这么说。你的想法来自尽是女人的狭小后宫，太不了解广阔世间的动向了。你偏了方向，我不过是好心想要给你启个蒙，所以才跟你说的。"

"用不着你多管闲事！"

"或许是你所说的那样，不过，那个关白家，一旦坠落，将会崩塌得很快。我的直觉相当准的。我怕你到那个时候惊慌失措、找不到安身之计，这也是为了你好。你一个女人在世上谋生，我也得替你着想。要想老了以后过上安稳日子，平常就得机灵一点，必须尽早跟有权势的一方提前打好关系。"

"我可不是那种小算盘滴答响的人。真心！我靠真心活着！"

"说什么傻话！真心能当饭吃么？你的朋友弁君之类的，就是最好的例子。你想孤身一个女人，老后惨死路边么？——到有势力的人家里出仕，求得一生安稳，这再正常不过了。当然，如果能遇到一个愿意照顾你一辈子、接纳你的男人，那倒是另当别论。你既然说了跟则光已经分开了，那栋世怎么样？那个男人靠得住，不仅精明，而且国守有钱。"

"兄长，你眼里只盯着金钱、权势，真是让人受不了。"

"栋世对你很着迷啊。听说一个劲儿地往你这儿扔钱，已经一起睡了么？"

兄长猥琐地笑了。他那么笑着，一边用指尖不停地抠着塞在牙缝里的残渣：

"实际上，我也欠着栋世的钱。那家伙，我一开口，他就很大方地把钱借给我了。当然，我也帮他打点了不少事情。"

"打点事情？……"

"男人社会里有你们女人不知道的门路、财路、人脉——别看我这样，在一些地方还是有点面子的。不管哪个府上，都能吃得开。有门路，就能搜集到信息。也能找到人手。有时候部署安排，有时候替人办事。"

"看来你仍旧是个京城混混啊。街上那些吵架纠纷、打打杀杀，兄长就是元凶吧？坏人！"

我这么话中带刺地说，兄长也一点都不恼怒。他涎皮赖脸地说道：

"人世间，有公开的脸、白天的脸、私下的脸、夜里的脸。要说掌控天下，只讲白道可是行不通的。你们不知道，某某、举足轻重的大员，背地里也可能是个大盗。而且，武士也有武士的想法。必须要有熟练操控这些的心气——道长大人在这方面是行家。……哦，待这么久了。"

兄长终于站起身了。

"趁着天还没黑，赶紧回去吧！"

兄长一喝酒，就会赖着不走，我很不喜欢。在这些地方，则光跟兄长相似，怪不得这两个人关系好。

"什么话！其实可以说，天黑了，我反而更安全。出现在各处的不安分的盗贼们，多数都是熟面孔。唔哈哈哈哈！不过，天黑了，脚下倒是要多加小心。前回，扑通一脚，我踩进了死人的烂肠子里。"

"可恶！那种脚，不要带到我家来……"

"谁带着来了？就算是我，可以去洗洗脚的地方，也有那么两三处好不好！——哪天要是见到则光了，替我带个好。"

十二

疫病依然不见好转，年号已经改元为"长德"。并且，不久之后，我遇到了则光。

他跟以前一模一样，不如说因为更胖了，所以显得比以前更加笨拙——我说的是这一点。

说到则光，如今真是体格强壮、肥硕饱满，浑身充满活力，连疫病神也拿他没办法。而且那张娃娃脸总是透着一股和气，仕女们随便地叫他"则光"或"则光大人"。

如今的藏人头是藤原齐信①。

这一位是三年前逝世的太政大臣为光的次子，是大名鼎鼎的文化人、精英。他知道则光曾经是我的丈夫，便捉弄则光：

"那，如今你是少纳言的什么人？"

则光连忙说：

"那个，就是跟哥、哥哥一样的人。"

于是，他便大笑：

"原来如此，你是少纳言的'哥哥'啊。"

现在，连主上都知道"哥哥"是则光的外号。跟"哥哥"相对，弟弟是经房大人，所以中宫笑着说：

"兄弟两人好好相处啊。"

经房大人有些嫉妒则光：

"为什么分开了？在一起多少年了？孩子呢？"

他这样问，也很有意思。

则光则是对我在后宫受到追捧一事，一副事到如今方才发现的样子，说：

"真是吃了一惊。"

在这方面，他是个坦率的男人。

"好怀念啊！你一点都没变。不对，比以前更年轻了。"

---

①藤原齐信（967—1035），平安时代中期公卿，官至正二位，大纳言。精通和歌、汉诗、管弦，是当时著名的文化人。

我待在宫中细殿的房间里时，则光悄悄地跑来跟我说。

"真是怀念啊……我们以前经常吵架对吧？看见你的脸，就想起了吵架的事……"

"我可是一点都不怀念，因为我从来不想往后看。"

"啊。"

则光说道：

"你那种说话直截了当、不留情面的脾气，真是让人怀念！你这么跟我说话，跟你一起生活过的十年便一幕幕地浮现在眼前。"

则光如今当然有了新的妻子。一边眼睛小的那个妻子，好像直到今天仍未分手，依然有来往。可是，那些另当别论，跟我重逢之后，他说着"怀念"，似乎也不是谎言。

"可以留下来过夜么……"

"不行！这里可是耳目众多。好好看一看，立蔀的那一边就是人来人往的通道。而且，房间的隔板也就是个屏风。左右可是什么都听得一清二楚的。"

我压低了声音说。

"你在三条那边不是有房子么？把你回去的日子告诉我。"

虽然则光那么说了，可我心里一点那种意思都没有。则光总是马上把话题转到现实的、具体的事情上去。而比起那种关系，我更喜欢跟经房大人之间那种不知是玩笑还是真心的相处方式。

"我爱你哟，绝对不会变心的。"

他跟我说这些话，而且是半笑着说。如此一来，我也忍不住笑了出来，故作神秘地跟他说：

"不过，我们还是瞒着别人吧。我喜欢暗中相恋哦！"

经房大人四处吹嘘此事，我便给他写了一首和歌：

片语未曾说，缘何流言起。
落花随风散，莫非花传语。

结果，心有灵犀一般，回信很快就来了。

经房大人好像就等着我给他这个机会似的。正是心痒痒的时候，恰巧我的和歌送到了。"总算来了！"于是便兴奋地写了回信。

我心似山川，常青无春秋。
风吹花散落，切切听其语。

我的心一直不变，既无春，也无秋。那些说我在外面乱说你的事情的，绝对是谎言。那些都是不好的流言。

我跟经房大人，真的是太投合了。我待在房间里的时候，经房大人总是过来这边消磨时间。

我认为说经的讲师必须是美男子才行。如果说经的僧人是一个美男子，听众必然会目不转睛地盯着他的脸看，因此精彩、神圣的经书内容也都能听得非常认真。

如果是一个面目丑陋的僧人，听众往往会分心看向别处吧。年轻男人也是如此。俊美的经房大人说的一句话、一句和歌，我都觉得非常精彩。首先，这个人的美好在于，身上充满了二十六七岁青年的清新以及光滑、张力十足的水灵。而且不愧是世家出身，那高雅的气质也招人喜欢。经房大人的父亲是醍醐天皇的皇子、高明大臣①，因为"安和之变"而在不幸中亡故。可是经房大人并未受到影响。他的母亲是右大臣师辅大人的女儿，可以说是当代一流的家世。他应该是很受女人们的青睐。

而且，不知为何，我跟经房大人在一些小事情上有着相似的感性。

这个人不知是从何处弄到手的，读了我写的《春曙草子》，说：
"说实话，就是从那以后，格外喜欢你了。"
"是么。那个还是远远不够完善的。等彻底完整地写完了，或许你就讨厌我了……"

从我写了《春曙草子》的家居岁月来看，如今多少算是增长了一点见识。心底也堆积了很多关于别人的坏话。如果把这些都说出来，可能别人即使一半表示同感，一半也会加以诟病。

"怎么会！那样的你，也是很好的。写得自由奔放，所以有趣。"

闲时百无聊赖，我跟经房大人一起：
"鸟。"
"虫子。"
互相列举各种名称，说说笑笑。
"鸟里边，最欣赏的是杜鹃。"
"鹦鹉，我也喜欢。它模仿人说话，十分可爱。"
"可那是外国的鸟。"
"那倒是。"
"而且，颜色太扎眼。还是杜鹃、秧鸡……蛎鹬。"

---

①前文中出现过的源高明。

"鹤。据说它'声闻于天'①，十分高贵。"

"它架子摆得太大了。"

"你真是什么毛病都要挑啊，我说的那些。"

"可是，事实如此啊。鹤过于装腔作势了。鹭鸶比鹤好，很有文学色彩。"

"它那眼神，我不喜欢。"

"哎呀，你这就扳回一局去了。千鸟怎么样？"

"千鸟可以，惹人怜爱。"

"黄莺——不过，不知为什么，听说它不在皇宫中啼叫。"

"果真有这样的事情么？不过说到这儿，去年和今年，都不曾在宫里听过它的声音。宫里红梅那么多②，真是奇怪。"

"我看还是杜鹃吧。黄莺只在白天啼叫，杜鹃则是昼夜都会啼叫。而且，每年跟人争论是否已经听到第一声啼叫，也是一件乐事。凡是夜晚啼叫的，都很好。"

"除了婴儿夜啼之外。"

"说的是。啊哈哈。"

与经房大人一起共度的时光真是快乐。

"少纳言，快把这些记下来。别忘记了。而且要写进那本草子里。"

经房大人曾经说过。

"高雅的——把这个也加进去吧。"

他曾经也这么说过。

---

①《诗经·小雅》："鹤鸣九皋,声闻于天。"
②相传黄莺喜欢停留在梅树上,所以诗画上二者常常一起出现。

"在淡紫色衵衣上，穿着白绢汗衫的少女。"

我举了一个。

"水晶念珠。"

经房大人说道。

"可爱的小娃娃，圆嘟嘟、白白胖胖的可爱小娃娃，小小的唇瓣正在品尝着草莓。"

我说道。

"藤花。雪落梅花。"

经房大人继续屈指数着。

"给刨冰淋上甘葛①蜜，盛在崭新的银碗里。"

我说道。

"你说的都是跟孩子、食物相关的。"

经房大人笑了。

"说这话的你才是只知道一些优美、高雅的事物吧？试着说一说极其肮脏的东西吧。"

"肮脏的东西，是吧……"

经房大人正绞尽脑汁地想着，我先举出了一个：

"蛞蝓。"

"还有，用来打扫像是爬着蛞蝓的脏兮兮的地板的扫帚头。"

"——等等！比那更脏的东西，要数清凉殿上的朱漆盖碗。"

经房大人说道。殿上配备有供殿上人使用的餐具，是一种涂有朱漆并且带盖子的碗。因为是配备的餐具，人人都拿来使用，有时值夜的人甚至拿来当枕头。想到那油渍斑斑的朱漆盖碗，我与经房

---

①当时尚未有蔗糖，所以取甘葛茎叶煎煮成汁，以助甜味。

君都笑得停不下来。

"——可是,肮脏的东西跟那本草子不相称啊。"

"不,不管是肮脏的东西,还是美好的东西,我想把这个世上所有的东西都写下来。包括不相称的东西,本身也是其中之一。"

"不相称的——"

经房大人又在使劲地想着,我说:

"武官一身俗气的装束,以夜里巡查为借口,跑到女人的房间里。遇到人的时候很是尴尬,为了遮掩,便故作威严地责问'有什么可疑的人么?'真是滑稽可笑。他们那硬邦邦的狩衣搭在女人房中漂亮的几帐上,真是极不文雅、俗气之至。偷偷前去拜访情人的时候,还是要打扮得潇洒、优雅才行。把夜巡跟幽会视为一谈,要说不相称的事,没有比这更好的例子了。"

"真是毫不留情啊。要说不相称的,我马上想到的是老妇配少夫,还挺着个大肚子,诸如此类……"

"真讨厌啊。"

"年轻的丈夫跟其他的年轻女子有了外遇,老妇心生嫉妒。且慢,还有年纪更大、没了牙的老婆子吃梅子酸得直咧嘴,要问为什么……那是因为又怀孕了!怎么样,应该算是不相称的最高境界了吧。"

我笑着说:

"更不相称的是我和你吧。简直就像是月光洒在了简陋的破屋上。"

"哪一个是月光?"

经房大人挨了过来说道。他把脸紧紧地凑近我：

"看来，那本草子，要变成我们俩的共著了。"

要说能在那些话题上观点一致的，我想应该找不到比经房大人更为合适的人选了。

不过，如果有一天我写那本草子的话……那还是与中宫定子殿下一起吧。

跟经房大人在一起，我感受到了另一种充满弹性的心灵交汇，甚至可以感受到一种活着的幸福。例如，那时的画——大伞与雨的画。

则光曾经在我的细殿里留宿过。

不，在此之前，必须说一说，为何我与则光再一次变成了那种关系。

对于目前这种"哥哥""妹妹"的关系，我十分满意。事到如今，我不想再回到过去。可是，现实主义者则光似乎对此有所不满。

"我一点不记得曾经说过分手。"

他这么说着，一脸忿忿不平。我没有理会他。

可是，有一天夜里，当我回到三条那边的家里时，突然则光慌里慌张地前来敲门。他浑身是血地滚进屋来。

"我没有受伤，都是些溅到的血。我杀掉了三个贼人。"

"为什么又……"

"不知道。与其说是拦路抢劫，更像是直接冲过来杀人的。我也没跟人结怨啊。"

"真可怕……"

"在大宫大路那边。黑暗中，突然砍了过来。根本不知道究竟是怎么回事。只能迷乱地拔刀挥舞。刚刚砍下了一个人的脑袋，又过来一个。第三个根本不给他逃跑的机会，我就这么两手拿着刀，眼睛一闭，朝歹徒的腹部砍去，只听见'噗嗤'一声，一下子扎进了那家伙的背部。"

"呀！讨厌！不要再说那些了……"

"我觉得好像抽出刀后砍断了那家伙的手腕……快给我水！酒也行。"

火生起来了，水烧开了。则光跟两个侍从在水井旁清洗了黏糊糊沾满鲜血的刀。整个宅子，一片乱哄哄。

侍从去则光家里取替换衣服的时候，则光板着脸盘腿坐在主屋里。我说实话非常厌烦。

"则光，必须要祓除！真是没想到这时候又沾上了血秽。这房子和我也都要祓除。天啊！真是够呛！"

"还管什么污秽！我平生第一次杀了人，而且还连杀了三个。再怎么说是贼人，那也跟场噩梦似的。检非违使可能会来调查……怎么办？我好像已经魂飞天外了。"

"可是，那又不是你的错。把情况说清楚了，他们应该会明白的。"

"不是你说的那样，我所说的魂飞天外的感觉，我没法表达出来。当我拼命砍下去的时候，血'啪'地溅了过来……那温濡的血'啪'地飞溅到了我的脸上。我觉得窒息、头晕。然后，就什么都不知道了。那些家伙，三个人联手。我要是有个闪失恐怕就被杀掉了……喂！我身子怎么抖成这样。脑袋瓜发热，身上却冷得直哆嗦。混账！真是受不了了……"

比起则光，我更为关注的是，如果请人来除秽，那么明天、后天便不能离开这里。而且，侍从们不小心把沾了血的衣服脱下后四处乱扔，柱子、走廊等地方也都沾了血污，我非常在意。

则光准备在这里待到天亮么？或者是留宿？我很是烦躁。

"我说，你的替换衣服什么时候会送到？天亮之前，你最好要离开。我家里客人多，而且尽是一些眼尖的人。他们要是发现了，会说个没完。"

"……"

"啊，讨厌！讨厌！三更半夜，一身是血地跑进来，真是太不吉利了。究竟是为了什么走夜路？"

"吵死了！"

则光吼道。

他狠狠地盯着我看。那眼神，与其说是对我的憎恶，不如说带着一种深不可测的激情，似乎竭力想要扼制住内心沸腾。表情如此奇怪的则光，我是第一次见到。我叫道：

"你干什么！"

则光把我压住了。

那里是厢房，门敞开着。灯在屋里，从外面的暗处朝里面看，应该可以看得十分清楚。不知是则光给熄了，还是风给吹灭了，灯光不见了。门那边的说话声越来越大。是侍从已经回来了么？则光比我记忆中更加沉重、硬实、粗暴。尚未擦拭干净的血腥味从他身上散发出来，我感觉自己就像在一个意想不到的地方突然遭到了一个陌生的男人蛮横无理的攻击似的，茫然若失。

房门外，侍从们小声地互相说着：

"好像已经歇下了。"

"那样比较好……今晚已经够折腾的了。等天亮后再回去吧。"

看门的老人们可能是兴奋得睡不着吧，似乎准备要通宵的样子，燃起了篝火。

我想要跳起身来。

结果，又被则光重重地推倒了。

如此恣意、随心所欲地对待我的则光，我第一次见到。这已然是另一个则光了。凭我的直觉，与其说是在我们分开期间，他发生了变化，不如说是刚才那场异常、恐怖的体验彻底地改变了则光。

"则光！"

我叫着，希望他能不要那么用力。我想逃开那"水势"的控制，拼命地紧紧抓住自己这边的"河岸"不放。所以，我尽量发出平静的声音：

"我说，则光……稍微等一下。等一下啊……"

可是，则光就像是被什么追赶着似的，变成一股洪流想要把我连根拔起冲走。我抓着的是细细的一根草，理性的草。触秽的不祥、体面、麻烦……所有的一切、人世的牵绊，心里一边胡乱地想着这些，一边拼命地想抓住理性的那一根草。可是，则光没有出声，只是化身为洪流将这一切冲走。

草的根儿被冲洗一尽。终于，我的手空了，知道了一切徒劳。无能为力的我如今只能任由自己置身于水花中，知道自己就那么被冲上了似曾相识的、狎昵的世界中，漂浮着。

"那个时候，觉得你真是混账。比起我的事情，尽说一些什么触秽的袚除、房子脏了之类乱七八糟的话，不管怎样，哪怕是一句'平安就好'、'没有受伤吧'、'没事吧？'你都没有说！"

则光说道。

之后，则光便时常来到细殿那边我的房间里。

"你真是薄情啊。"

"是谁第一个跑到薄情女人这儿来的？"

"说的也是。"

则光爽直地笑了。

那天夜里，则光从宫中离开，正在回妻子家的路上，遭到贼人袭击将对方斩杀后，心里最先想要逃去的地方终究还是：

"你家。我知道你回家了。我真是吓坏了。不知道如何是好，脑子里一片空白……那种时候，心里还是想起你来了。其他女人都靠不住，到时候吓得昏过去、不省人事才叫糟糕。我还得照顾她……可是，瞧瞧，我奔着你这边来的，结果你却那么无情。跟我说什么天亮之前赶快回去？"

"呵呵呵，可是，你也太不讲道理了。总之，太蛮横了。要不是发生了那样的事情，真是饶不了你。那时候，你真是……"

"好了好了，那事就不提了。现在我们都已经和好了，就算了吧。"

那件事，致信兄长帮忙善后处理了。不知从哪里找来个男人，把他安排成了犯人。虽说是犯人，但也不是检非违使们关注的。由于斩杀的是盗贼，所以也不用受到惩戒。比起这些，因为斩杀的手法漂亮，一刀两断，那个男人声名鹊起，说他刀法相当娴熟。听说最近那个男人十分得意地四处吹嘘他的"英勇事迹"。我很是意外：

"你武功真是那么了得么？"

每当有人提起这件事情，则光说他依然浑身哆嗦个不停。

"谁知道呐！总之，当时已经迷乱了——我都不记得自己拔过刀了！"

则光清晨从我房间离开时，不知被哪个给看见了。于是，不知不觉，宫里便出现了流言蜚语：

"有个陌生面孔，打着伞离开了。"

中宫往我这边送了封信。

"中宫殿下吩咐了，请您尽快回复。"

送信的仕女这么说道。我心里纳闷着怎么回事，打开一看，原来是一幅画，而且只画了一只握着伞的手，并没有画人。只见旁边写着：

"山①际晨光初现时"

看着像是猜谜画，这一定是来自"无端身着湿衣衫②，因人借走三笠山"那首和歌吧？——男人来过细殿的传闻，你是冤枉的吧？撑伞离开的那个男人，只是来跟你借伞的吧？——这是中宫表示声援的和歌吧？

我立刻画了一幅大雨滂沱的画，在下方写道：

"无雨湿衣浮名起"

---

①中宫所写和歌中的"山"指的是"三笠山"（位于奈良之东），日语中，定子中宫画里的"伞"与"笠"谐音，意在揶揄：听说晨光之中，有人撑伞离开你的房间，那人是谁？而且，此处也袭用了后文中的藤原义孝所咏和歌，《拾遗和歌集》收录。

②"湿衣"在日语中意指"受冤枉"。义孝在此歌中，将自己受冤枉（身着湿衣衫）的原因归于"三笠山"（雨伞）被借走。

还添上了一句"正如您说的那样，我是被冤枉的"。

中宫写的那一句与画合在一起读，便是"（三笠山）山际晨光初现时"，我画的猜谜画便是"（雨滂沱）无雨湿衣浮名起"。

听说中宫笑了。这种共鸣的喜悦，是我与这世上的任何其他人都无法分享的。除了中宫殿下。

十三

把我和则光叫做"哥哥妹妹"的这个称呼有一种亲昵，或者还带着一点点轻侮。——或许是因为则光这个男人，虽然招人喜欢，但是总有一些地方惹人生笑，可能是这个因素使然吧。

说起来，还有一件这样的事情。

头中将齐信大人似乎对我有所误解。

"听说他在清凉殿上把你贬得一文不值，说'当初怎么就把那人给当成一回事，还出口称赞她了呢'。"

喜欢使坏的右卫门君一脸高兴地告诉我。

这个女人，当她这么打小报告的时候，细长脸上带着厉色的美貌便熠熠生辉，眼里充满了以折磨他人为生活乐趣的耀眼光芒。

如同奏响凯歌一般，嘴角露出难以抑制的笑意。

"你是不是做了什么惹得头中将不开心的事情了？"

"对方是怎么想的，我不知道。我没有故意那么做过。"

我笑着回答得非常干脆。

我已经知道，对付右卫门君的这种性格，要有相应的方法。右卫门君这种人，你要是战战兢兢心生怯意，她便得寸进尺、步步紧逼。我们强势的话，她反而畏缩、变得老实了。

"也许有人认为我日日夜夜都想着驳倒别人，以此为乐，可是我也有自己的分寸，小心地瞻前顾后。绝对不会说些伤害别人的、莽撞的话，也不会做那样的事情。不管怎么说，平常总是这事那事，哪能一件件记得那么清楚。不过，基本上是那样想的。——让人不开心或者让人记恨的事情，我从来不曾有意做过。"

我一口气、滔滔不绝地说完了。不过，并没有忿然作色。

我面带微笑、斩钉截铁地说着。

因为，这些都是事实。

认为我与殿上的男人们周旋，是"卖弄自己的学问，掺和到男人们的说笑中去，哗众取宠，博得喝彩，还自鸣得意"。

这些似乎是仕女同僚对我先入为主的看法。要问我为什么喜欢掺和到男人们当中去，主要是因为跟男人们比较谈得来。

读过的书，比较接近，喜欢的诗或者诗人，品味也一样。如此一来，不就一心想着潜入男人们的对话中，来一个灵光闪现的回答之类么？

可是，我可以发誓，那种时候，我丝毫没有想要将男人一军、让男人甘拜下风、嘲笑男人之类的傲慢自负。

同时，中伤别人、恶意曲解进而歪曲事实、密告于他人之类的事情，我也从未做过。

虽然我非常喜欢别人的闲话、坏话，但那些必须是俏皮有趣的事情话。比如，说了那些坏话后，不仅是被说的人，说的人也感到愉快，我喜欢那种爽口的坏话。

哄然大笑。那种笑并非侮蔑或嘲笑，而是让人觉得：

"——天啊，人是多么有趣的生物、多么值得爱的存在啊！"

对身边的人抱有亲近感，不管是谁，互相拍拍肩膀、捧腹大笑——这样的坏话、闲话，我喜欢。

如果不是这样，那么人如何能欣赏花儿、鸟儿呢？如果不喜欢人，那么肯定也不会喜欢花儿、鸟儿。只有觉得男人、女人有意思，才会喜欢这个世界的美好事物。

可以说，我内心的这些嗜好，多亏中宫挖掘了出来。

"那些事情，我觉得头中将一定会明白的。因为那位大人又不是傻瓜。"

我说道。

小左京君跟往常一样阴郁地待在角落里。她听见我说"傻瓜"便跳了起来，一副害怕的样子嘟囔着：

"……天呐，居然说头中将是傻瓜。"

见到这种愚蠢、阴郁的女人，我便顾不上刚才的演说，想要欺负她一下。

不过，头中将不知是真是假，从那以后，当他从黑户御所的房间外面经过时，一听见我的声音，应该说是"掩袖"吧，用袖子遮住脸，不朝这边看。

如此情势，我也没法说什么好话，便冷冷地看着。

"哎呀，头中将看起来相当讨厌你啊。"

右卫门君幸灾乐祸地说着。这种性格的人，比起一日三餐，更喜欢别人吵架、抬杠、针锋相对等事情。而且还喜欢将这些四处宣扬。如果煽风点火后事态变得更加严重，她便感觉活得有价值。

可是，如果她自己感受到了来自别人的恶意，便佯作不知，但内心会像永不熄灭的熟炭那样一直冒着烟，留着宿怨与憎恶的火种。

当然，尽管我这么说，可我并不憎恨右卫门君。男人们可能难以置信，我喜欢那样的右卫门君。

同为女人的共鸣与连带，使我对她十分了解。她那瘦瘦高高的个子（那是她唯一的缺点，众人都知道她本人也为之深深苦恼）、细长的脸上带着厉色的美貌、辛辣的口吻，我都非常喜欢。

我和头中将一直处于那种状态之中。从初春的雨季开始，宫里便进入避忌时期，所有人都闭门不出，十分无聊。有消息说，一次在殿上男人们闲谈时，齐信大人说："无聊啊。看来跟清少纳言断交，还真是寂寞。跟她说点什么罢！"

"怎么可能！"

我说道。

我无端端被突然当成了眼中钉，还被遮袖嫌弃，这些可都是那位大人做的。

要说我这边，对齐信大人的才学、精明能干的飒爽风姿、不俗的谈吐、利落的处事风格等等，一向都觉得不错，十分欣赏。

殿上有许多出色的公卿，且不说伊周大人、道长大人等最高层的大人物，在身份足以跟我们这些仕女平等应酬、而且工作方面也经常有机会跟我们密切接触的人员中，齐信大人等人真可以说是：

"最优秀的男性"。

之前说过，齐信大人是人称法住寺大臣的为光太政大臣的次子，比他的兄长参议诚信大人更有人望，受到人们的喜爱与看重。

据说，在廷臣中，他也是聪明过人，出类拔萃的。为光公官至大臣，他的子嗣中，齐信大人可以算是在宫廷中最受欢迎的一个吧。

而且，年龄方面也很有分量，如今二十九岁。藏人头兼左中将这一要职，他可以说是名副其实的最佳人选。

在宫中出仕的女人们，应该都对他青眼有加，觉得他"真不错！"尤其是齐信大人的声音十分悦耳，而且在音乐方面有所造诣，他开口吟诵朗咏，则无人能出其右。

一般的男人，在氛围的感染下，突然想吟咏名歌佳句，却难以一下子想到应景的佳句。或者即使想到了，也是照本宣科地吟咏一些平平之作、陈词滥调，自我陶醉之余，一副盼着别人夸奖的得意表情看着四周。这种水平的男人，可以说四处都是。

男人们的教养之好，往往在不经意时自然地流露出来，让人惊艳。这方面比较典型的便是伊周大人、齐信大人。而且，他们同时还是与自身教养十分般配的美男子。这应该也是他们让女人们为之疯狂的原因之一吧。

以前，齐信大人主动跟我问话以示亲近，当他有事要跟中宫殿下禀报时，就托我转达：

"少纳言君，拜托您了。请跟中宫殿下禀报一下。"

男性官员们各自都找一些好说话的、关系近的仕女帮忙代为转达事情。因为齐信大人频繁找我，所以仕女们中应该也有人对此感到嫉妒。

我一如既往地高调宣称：

"必须让最优秀的人认可我是第一流的。"

能与后宫最受欢迎的高官、齐信大人交好，我十分引以为傲。

所以，当齐信大人误会我，突然开始躲避我的时候，右卫门君她们自然是幸灾乐祸。尽管如此，事到如今，我也不可能阿谀于齐信大人，主动跟他套近乎。我保持强硬的姿态，认为误会消除后，齐信大人一定会像从前一样跟我搭话的。

——之所以能这样，也是因为不论发生什么事，只要我跟中宫禀报：

"事情的来龙去脉是如此这般。"

中宫便会予以理解支持，这让我很有安全感。不管怎么说，中宫与我心心相印，我有这样的自负与安心，背后有老大撑腰，无论发生什么事都毫不怯懦。

而且，齐信大人的官职是藏人头，是主上身边第一号的重要职位，哪怕他跟主上恶意中伤我，我也深信中宫会帮我去跟主上斡旋。我相信，主上听完中宫所说的话会说：

"哦，原来如此……"

以他的正大光明与玲珑剔透，必定能看清事实的真相。

所以，跟齐信大人之间的龃龉，我一点也没放在心上。

于是，那个漫长雨季里的一天，我也是从宫里退下，在自己房间里待了一整天。到了夜里，我前往中宫那边觐见，发现中宫已经就寝了。仕女们在远离中宫御帐台的厢房长押①下方，将灯火挪到近处，玩着猜汉字游戏。

"哎呀，是少纳言啊，加入我们这边吧。"

"不行，来我们这组吧。形势不妙啊。"

仕女们分成两组嬉闹着。

猜汉字也是我喜欢的游戏，将自己所知道的偏旁为"氵"的汉

---

① 此处为寝殿造建筑中的上长押，即近似于横梁、横木。

字、偏旁为"木"的汉字、偏旁为"鱼"的汉字全部都罗列出来，最后列举出最多的一方获胜。这个游戏也是觉得（中宫殿下在边上看着），才更加来劲。大家将所有的汉字都列举出来，已经山穷水尽表示放弃的时候，我说出一个压箱底的汉字，于是中宫殿下便朗声赞许道：

"真是这个字！能想到它，不容易啊！"

如果不是这样，那还有什么乐趣呢？中宫殿下不在场，不论做什么事情，都不够出彩。

我觉得兴味索然，没有加入她们，在火盆边坐了下来。结果，仕女们不知何时也一个个都聚了过来。

这些人真是我到哪儿，她们也跟到哪儿。

大家正一起闲聊着，突然有人高声喊道：

"少纳言大人！请问清少纳言大人在吗？"

不知究竟是什么事情，便差人先去问一下，结果对方烦人地说：

"有事必须直接跟她本人禀报……"

"究竟是怎么回事！为什么必须得直接当面说呢？"

出了御帘一看，原来是相识的主殿司的官员。

"这个是头中将大人吩咐交给您的。还请尽快回复。"

他说道。

咦，真是奇怪，头中将大人都那么憎恨我了，我也好奇究竟是什么事情，但是不想在众人面前看他的来信，便说"我过会儿回复"，然后把信收进怀里，回到仕女们的闲谈中去。

结果，那个男人又回头过来说：

"刚才那封信，大人说了'如果没有回复的话，就让她直接还回来'。"

"请您尽快处理一下。"

"为什么要催得那么急。"

说着,我把收进怀里的信取了出来。

我原来想,居然能够收到齐信大人的来信,心里有点激动,等到一个人的时候再好好看。

可是,如此再三催促,应该就不是我所想的那种内容的信件了。打开一看,只见青色的薄款信纸上,字迹清雅优美地写着:

"兰省花时锦帐下"①

后面接着:

"下一句是什么?是什么?"

这并非什么让人怦然心动的语句,只是打发无聊的文字游戏的战书而已。心里顿时觉得十分失望,但另一方面也有几分紧张:

"瞧,终于来了!可不能大意了!"

这是白乐天的诗作。与"兰省花时锦帐下"相对应的下一句是"庐山夜雨草庵中",如果正儿八经地将这一句用笨拙的女性笔迹把汉字写出来②,也是索然无趣。中宫殿下如果在场,还可以请她过

---

①白居易诗《庐山草堂夜雨独宿寄牛二李七庾三十二员外》:"丹霄携手三君子,白发垂头一病翁。兰省花时锦帐下,庐山夜雨草庵中。终身胶漆心应在,半路云泥迹不同。唯有无生三昧观,荣枯一照两成空。"

②平安朝时期,《白氏文集》等汉诗文属于贵族男性教养范畴,一般情况下,女性较少涉猎。所以清少纳言在此宣称自己书写汉字笔迹笨拙。这也是她选择以和歌回复对方的原因。

目、商量一下,现在该如何接这下一句呢?

"请快一点,快一点!头中将大人说了要马上回复。"

那官员傻乎乎地催个不停。

算了,由他去吧!我将公任卿和歌中的那句:

"草庵谁人寻?①"

也不用笔墨,用火盆中熄灭的炭随手写完之后交给了他。而且就写在来信的背后。

之后,对方便再无消息。

一早,我回到了自己的房间。突然听见源中将宣方②大人煞有介事地嚷嚷着:

"'草庵'君,在吗?"

宣方大人是我的"弟弟"经房大人的堂兄,年龄要大得多,大概三十八九岁。他羡慕经房大人与我的友谊,是经常缠着我说奉承话的男人中的一个。

这个人十分崇拜齐信大人,是愿意追随齐信大人到天涯海崖的那种人。

"草庵君",说的是昨晚的事情?那么,齐信大人或许早已将我的回信给身边的人看过了。虽然心里这么想,我还是说道:

"这是什么称呼!真是太土气了。到女人的住处这儿来,叫什

---

①此处清少纳言借这句和歌不仅呼应了白诗的后半句,而且暗示头中将近期由于误会,与自己不再来往一事。

②源宣方(生年不详—998),左大臣源重信之子。正历五年(994)任右中将。

么'草庵君',多煞风景!如果叫声'玉台'①,我也好答话。"

宣方大人探头进来:

"哦,果然在房间里。正想着要到中宫那边去找你呢。"

宣方中将笑眯眯地说:

"你还没听说那件事么?"

"那件事,是什么事?"

"'草庵'事件。你还没听说?太好了!我想赶在别人之前告诉你,所以这么一大早趁你还在熟睡时就过来了。"

宣方这个人,话说到最后时,常常会变成女性化的表述。这是他的一个习惯,而这个习惯在他现学现卖地转述别人的话时,便变成了最为合适的语调。对于那些比起自己的意见总是先被别人个性强烈的意见所征服的人而言,随风倒、如同海藻一样柔软的语尾是最合适的。

"昨晚那一出可真是够热闹的。"

"不要卖关子了,快说吧,究竟发生什么事了?"

我毫不客气地对比我年长许多的宣方大人说道。在纠缠我的男人中,等级比则光低的,便有这位宣方大人。

"昨晚凡是有眼力见、有点身份的人,官至六位的,都集中到了头中将值夜的地方。大家正在闲扯着各种传闻、古往今来的事情时,头中将说'果然跟清少纳言绝交后,真是无聊得受不了。我还等着她可能会主动跟我开口道歉,结果她根本不屑一顾,装作不知

---

①"玉台"指宫廷、金殿玉楼等意。与"草庵"之间的对照,可能出自《拾遗和歌集》中一首由无名氏吟咏的和歌:今日见れば玉のうてなもなかりけりあやめの草の庵のみして(玉台今日无影踪,只见菖蒲饰草庵)。

道的样子，真是气死人！今天晚上，一定要跟她来个了断。看看是我把她的嚣张气焰给压下去，还是我这边低头！'于是，大伙儿一起商量后，选中了'兰省花时'那句诗送过去。可是，主殿寮的那个家伙两手空空地回来了，说是'她说现在没法看信，等过会儿再回复，然后就回到屋里去了'。头中将把他赶了回去，严厉地交代他：'不管什么都行，逮住她，不跟她多说，让她写个回信。如果她说写不来，那就把刚才那封信抢回来。'于是，滂沱大雨中，又把他派出去了。结果，这次早早就回来了，'就是这个'，他拿出来的还是刚才那封信，所有人都认为'看来是接不出下一句，就这么还回来了'，头中将好像也是那么想的。不料，头中将看了一眼之后，突然大声惨叫起来：'哦——混账！该死的家伙！'大家都好奇是怎么回事，围拢过去一看，便是那句精彩的回复：'草庵谁人寻'。头中将以下，所有人都鸦雀无声。用公任卿的和歌，蹈袭那句'庐山夜雨草庵中'作为回复，这个盗诗贼、风雅的家伙！到底不可小觑啊。大家都兴奋不已，头中将说：'给我对出这句和歌的上一句来！'可是怎么能够轻易对得出来？大家乱哄哄地说到半夜，最终还是放弃了。所有人都一致认为，这么精彩的一次唱酬，定能永世流传。"

他一脸以功臣自居的样子，十分详细地讲述了来龙去脉。

"所以，说好了，今后就管你叫'草庵'君了。"

"不要！那种没有风情的名字，一直流传到后世之类，真是恼人。"

我说道。宣方中将笑着匆忙离开了。

他大概又到下一处——后宫某处女人多的地方，热心地四处宣传："那件事，还没听说么？"

这事那事地忙乎着的时候，这回是则光来了。

"喂，海松子。在么？"

他压低了嗓子进来了。

"给你道喜来了，有件喜事。我以为你现在在中宫那边，刚才还上那儿去了。"

"怎么了？临时除目，你升官了？"

我说道。则光那张圆滚滚、横着长的大脸，跟平常一样胖鼓鼓的，不过今天早上显得更加容光焕发。

"不是的。昨晚，有一件令人非常高兴的事情，心里想着要早点告诉你，一整个晚上都兴奋得睡不着。我从来没有经历过这么有面子的事情。"

接着，他说了与宣方中将所说的同一件事。宣方中将提到的"官至六位"的那些人，应该指的就是则光他们吧。则光是六位的藏人，在殿上人中是地位最低的下等官员。

可是，为什么则光说的比宣方中将说的更有意思呢？

"头中将当时说了，'总之，看她怎么回复，如果不尽如人意的话，那个嚣张傲慢的女人，今后就彻底无视她'。在场的人听了都齐声欢呼，然后就意气昂扬地派使者出发了。当时看着这一切，我心里真是七上八下。简直是坐立不安啊。"

"你着急什么呢，头中将又不是让你回复……"

"说是那么说，可是你如果被大家彻底打败，我心里也不可能痛快啊。这时候，派去的人空着手回来了。那也是很有意思，头中将觉得自己被无视了，火冒三丈破口大骂，马上又派他再次过去。这一次他马上就回来了，那一幕也是精彩。我当时心里非常紧张，不知道你的回信究竟写得怎样。如果完成度不高,我好歹是你'哥哥',这么一来,'哥哥'的脸面都丢尽了。结果,你那封回信太出彩了。许多人都表示称赞、佩服,头中将说:'哥哥,过来一下。好好听着。'我很高兴,跟他说:'在下对和歌、汉诗等文学相关的事情,一窍不通。'头中将说道:'我并不是想让你说什么意见或者评论,只是想让你把这些告诉少纳言。反正你也不懂这些。'他这么夸奖你的时候,虽然作为哥哥有些窝囊,但是真得觉得很有面子。之后,大家为了回信一直琢磨到了后半夜。这也不行那也不行,如果那么回复的话就搞砸了等等,所有人聚在一起冥思苦想,最后还是没能回信——没有比这更光彩的了。不管是对你还是对我来说,这都是最大的喜事了。怎么说,让那个当代第一流的文化人齐信大人甘拜下风的,居然是你这么个弱女子。——除目时,稍微得到一点晋升之类的,那种高兴怎么能跟这个相提并论?!"

"咦……居然有那样的事么。"

我虽然装作并没有多大惊喜的样子,一脸平静,可是心里非常感动。

与源中将宣方说的不同,则光把焦点放在自己身上来讲述,所以自然有一种不一样的感动。

倘若当时我没能接好那一句,遭到人们的嘲笑、轻侮,那该是多么凄惨,从则光亲人般的口吻中,我如今再次感受到了现场的气氛,暗自松了一口气。在男人的世界里,女人开口说话,简直就像是走索一般,紧张不断。

从那以后,经常有人跟则光说:

"等一下,'哥哥',某某叫你了。"

"草庵"一事很快就传到了中宫的耳朵里。她不是从仕女们那儿听说的:

"主上说给我听了。听说殿上的男人们甚至都把那一句给写在扇子上了。"

中宫说着笑了。

"话说回来,短时间内,你居然那么迅速地想到了公任卿的和歌。"

"真的,事后回想起来,觉得像是鬼使神差一般。"

这是我的真实感受。

齐信大人自那以后,当然对我不再"遮袖"之类了。有事前来中宫居所时,比以前更为频繁地拜托我代为传话:

"少纳言君,有劳您了。"

顺便还会聊会儿天再走。在那些对话中,有些事是只有我们俩能心意相通的。我和齐信中将都喜欢围棋,有时会跟他一起下棋。齐信中将称赞我说:

"作为女人,你的棋艺算是高超的了。"

我听到这话也很高兴。少女时代,我跟着父亲、致信兄长学棋。可是则光对此嗤之以鼻:

"跟女人能下棋么!"

所以,我跟则光没有比试过。不过,齐信大人不说那样的话。彼此之间的好胜心也有意思。

有时,作为两人之间的隐语,我们会用围棋术语来比喻男女关系的传闻。

已经有一定进展的,就说:

"男方抢先一步。"

"收气。"

男方要是在女方那边抬不起头来的，就说：

"男方落后几步。"

这样的对话，旁人都不懂，所以我和齐信大人互相这么说说笑笑。

经房大人听说了这件事后，说道：

"什么嘛，两个人都这么高调地炫耀着特殊关系。那种令人不快的言行，人前不宜哦。"

他是个聪明人，很快就明白了其中奥妙，自己也跟着我们一起说笑。而且，把明显是情侣的男女说成：

"那已经是胜负成定局，在收官了。"

逗得我跟齐信大人大笑。

在这方面，完全不开窍的便是宣方大人。则光也不能说是灵光，但他即使知道别人在使用自己不懂的隐语，也不会勉强想要知道。他似乎粗线条地认为，别人既然使用隐语，应该有其相应的理由，自己没有义务必须知道。

可是，对于我与齐信中将、经房少将三个人一起说笑，宣方大人似乎有些嫉妒。但是又不够聪慧，听不明白，所以总是缠着我或齐信问个不停：

"什么意思？哎，什么落后几步？"

我只笑不语，他便一个劲儿地问齐信大人。齐信大人跟他关系不错，最后还是告诉他了。

宣方大人如获至宝，缠着我说：

"你们说的是围棋吧。跟我一起下盘棋吧！我的棋艺也是相当厉害的，跟头中将不相上下。不要区别对待，跟我也一起下一盘嘛。"

"哪能不加分别地跟谁都对弈呀。"

我说道。结果传到了齐信大人的耳朵里，他很是欣喜：

"说得好！只有我才是特殊待遇。"

能得到齐信大人这般人物的如此认可，也算是我当仕女最大的福分了。何况，我还曾经让他下不来台。

刚刚进入四月的一天夜里，许多殿上人聚集在我的房间里，彻夜谈天。其间，一个人走了，两个人走了，最后只剩下了齐信大人、宣方大人以及一个六位的藏人。不知何时，天已经蒙蒙亮了。

"就此告辞吧。拂晓时分的离别也是一种风雅。"

齐信大人一边这么说着，一边起身，突然缓缓地吟诵道：

"露应别泪珠空落①"

不论声音还是腔调，都十分动听，让人神迷。宣方大人也跟着一起吟诵。

可是，这诗句原本以七夕为主题，在盛春时节吟诵此诗，不符合时宜。

"好性急的七夕！"

我这么一说，齐信大人立刻反应了过来：

---

① 菅原道真《七月七日代牛女惜晓更》："年不再秋夜五更,料知灵配晓来晴。露应别泪珠空落,云是残妆鬓未成。"(《菅家文草》卷六)后两句在《和汉朗咏集》中也有收录。

"糟了！因为拂晓离别所以想到这句，就随口吟诵了。在这边随便开口可是会丢人现眼的啊。这件事还请不要外传。真是挨了一棒子了。"

说完，大笑着回去了。

经房大人跟我说：

"那人不简单，总觉得他接近你，似乎是有什么图谋的样子。只要是你的事情，我的直觉都很灵敏。"

"你是个聪明的女人，男人是想利用你才过来套近乎的，还是出于真情接近你的，我想你应该分得很清楚，但还是希望你能划清界限。"

"会有那样的事么。你说利用我这样的人，可我也不可能掺和政治方面的事啊。"

"那可说不好。如今，中宫身边的仕女中，谁跟谁情投意合，信息都泄露出去了，诸如此类的传闻很多——我并不是出于对头中将的嫉妒才这么说的。"

经房大人的脸上露出了奇怪的微笑。

"算了，不说这些了。不管世事怎么变幻，我和你之间的关系，都跟那些无关，这个你可要记住哦——跟你说这些话的男人，世上还有么？应该没有了吧！"

他凑近我，悄悄地在我耳边低语道。

不过，说实话，齐信大人也跟我说了一些话：

"少纳言，为什么不跟我更亲近一些呢？现在因为是藏人头这个官职，所以整天都待在这清凉殿上，每天都能跟你见面。到了明年，我就要把这个职位让给别人了。那么一来，就没有理由再到后宫这边来，再也见不到你，只能在传闻中听见你的消息了。"

"真是遗憾啊！好不容易变得这么熟悉了……"

"所以，我说，希望能有机会在清凉殿之外的地方跟你见面——也就是说，希望能够在个人关系方面跟你更进一步，那样的话，今后也能再跟你相会。"

齐信大人跟我说这些话的时候，我满心欢喜，激动得发抖。

但是，我也知道，那是齐信大人玩的智慧游戏的圈套。

我和齐信大人之间，喜欢的是彼此给对方下圈套的感觉。这跟实质性的恋爱，什么肉体啦欲望啦、嫉妒、心灵与身体几乎成为一体的痛楚等等都不是一回事。

我淡淡地回答道：

"我跟你更加亲近倒不是什么难事。更为亲密，就像'分出了胜负'那样……不过，如果变成了那种关系，今后就不能在主上或中宫面前称赞你了。我在主上面前，天天跟做功课似的，总是夸奖你。可是，在人前夸奖已经是自己情人的男人之类的事情，我可做不来。不仅要顾忌别人的看法，自己也觉得亏心，难以启齿。"

"居然有这样的事么？在人前抬举自己的情人、若无其事地为情人说好话的男人或女人，这世上到处都是。"

"如果能做得出来的话——在一边看着，都觉得怪可怜的。吹捧、支持、公然偏袒自己的恋人，别人稍微提出一点批评，就生气地反唇相讥，真是目不忍睹，可笑至极。那样的事情，我坚决不想做。"

"罢了罢了，真是靠不住的盟友啊。不过，"

说着，齐信大人的表情一下子认真起来：

"——不管世事如何变幻，我们的友情将一直都在，少纳言。"

"当然！将我们的关系保持在友情阶段，我也非常赞成！"

"不——我说的是什么意思,聪明如你,我想你一定会明白的……比如,无聊的时候,突然想起'这种时候,如果是那个人,他会怎么回答呢?'之类,或者想着这件事说给那个人听的话,他该会觉得多么有趣啊之类。希望我们都是对方心目中的那个存在——一直都能拥有的心意相通的朋友。即使世间形势发生变化,也希望友情能够永远不变。"

——为什么男人们开口闭口总是什么"就算世事变幻""即使世间形势发生变化"等说法呢?

后来我再想起这些,觉得那些直面政治风暴的男人们应该是切身感受到了"世事变化"的征兆。这一年,长德元年(995),是喧嚣中世事开始变化的第一年。

十四

四月六日,中宫与妹妹原子女御一起前去探望父亲关白大人、道隆公。那一天,病情更见严重,据说已经无法救治,所以道隆大臣出家①了。

夫人也跟着落发为尼。

一个月前,朝廷给内大臣伊周大人下达了担任内览②的宣旨③:

"关白病间,执掌殿上及百官。"④

---

①为求得往生,平安朝贵族多于死前剃度出家。
②摄政或关白、由宣旨指定的大臣、大纳言先行阅览太政官进呈给天皇的公文,代行政务。这种做法始于平安朝中期。
③平安时代以后,传达天皇旨意的文书。
④意为:关白生病期间,命你统率殿上公卿及百官执行政务。

也就是说，在道隆关白生病期间，由内大臣全权施行政治。据说这个"执掌天下的宣旨"由头弁①俊贤大人②呈送给关白大人，当时道隆公病情严重，无法着装，只能穿着直衣，跪行至御帘外接旨，不过，他容貌依然清俊，看上去不像已经病入膏肓的人。

我听说伊周大人已经接到"内览宣旨"，便松了一口气。这样的话，即使关白大人过世了，关白之位应该自然就由伊周大人接替了吧。

不过，据说，伊周大人的舅父高阶信顺大人，觉得只有"内览宣旨"不能放心，曾经要求修改"宣旨"的内容。他提出要将"关白病间"中的"间"更改为"替"。"病间"的话，指的是生病期间，而"病替"则意味着永远接替关白。

那从根本上指的是让伊周大人稳坐关白之位。然而，据说这个要求未能得到主上的同意。

"为什么不同意呢？主上不是支持中宫一家么？"

我偷偷地问经房大人。

给我带来这个"绝密消息"的便是经房大人。

"主上——这件事情可一定要保密……"

经房大人的声音低不可闻：

"听说非常烦恼。——东三条女院诠子殿下那边有非常强硬的要求……"

"主上的母后为什么这么做？"

---

①兼任藏人头的弁官。
②源俊贤(960—1027)，源高明第三子，官至正二位，权大纳言。一条朝四纳言之一。

"比起伊周大人，她推荐的是道长大人。女院不怎么喜欢伊周大人。有人曾经听见她说过，不能把天下交给那种乳臭未干的小年轻。——另外，也有人说，主上太宠爱中宫了，所以女院对中宫一家抱有一种女人天生的反感。"

"会有这样的事情么……"

"你居然从来没有那么想过？你想想，中宫那般受宠，主上的母后难道不会嫉妒么？"

"怎么会想得那么深……"

"如果不想得那么深，那么解不开的谜就太多了！而且，主上自己是怎么想的，谁也不知道。主上虽然年轻，可是有些地方非常坚定。或许，他对中宫的爱情归爱情，而天下的政治归政治，二者区别对待。"

"那么，也就是说有可能伊周大人成不了关白？"

"当然咯。"

经房大人的语调里，不知为何透着一种雀跃。当风波将起、事态骚然之际，男人们便似乎感到斗志昂扬、兴奋不已。

这一个月来，恐怕在宫中的某个角落、这边仕女们的房间等地方，男人跟男人或者男人跟女人、女人跟女人们之间都避人耳目、偷偷地进行着密语私谈。

情报、中伤、谣言，如同各种看不见的小鬼一般，交错乱飞。黑暗中，人们仓皇地互通消息、彼此反目。

道隆公过世那一天是四月十日。

众人扶着他，让他朝着西方：

"念佛。大人，请口中念佛。"

大家含泪说道。

"济时跟朝光①,他们也在极乐吧。"

直到最后,道隆公还是说着玩笑。济时卿与朝光卿都是他的酒友,朝光卿因为疫病已于二十天之前亡故。

听说济时卿也已病卧在床,不久于人世。

道隆公得的是饮水病,这显然与他饮酒过度有关。

享年四十三。

比起那些哀悼道隆公逝世的声音,满天下更为关心的是:

"下一个关白是谁!"

中宫沉浸在深深的悲伤之中。主上也是尽心安慰。两人一整天都待在御帐台中,不倦不休地絮絮低语。中宫略微有些面容消瘦,平日里圆润的脸部线条显得有些紧绷。外面的世界已经是立夏时节,繁茂的绿叶让屋内变得阴暗。中宫看上去脸色似乎更加白皙、透明了。

我们也都换成了深灰色②的衣服,中宫现在的住处藤壶已是清一色的深灰。总觉得过世的关白大人下一刻就会一边高声笑着说:"哎呀呀,美人们!"一边出现在我们眼前。关白大人临终时说的玩笑话中提到的酒友济时卿也紧随着他的步伐,在半个月后离开了人世。济时卿是东宫女御宣耀殿的父亲,身后留下年纪尚幼的小亲王,他自己也是放心不下吧。宣耀殿女御的好时光才刚刚开始,她却失去了可以依靠的父亲,该是多么不安啊。

---

①藤原朝光(951—995),原太政大臣藤原兼通第三子(一说为第四子),官至正二位,大纳言,兼左近卫大将。又称闲院左大将。

②平安朝贵族的丧服为深灰色或黑色。

虽然如此，宣耀殿女御也已经顺利生下了第一皇子。

而中宫定子尚未生育。

这种情况下，失去了父亲，她的不安应该更胜于宣耀殿女御吧。尽管她与主上十分恩爱，相处融洽，无比绵密的爱把两人结合在一起……

从御帐台传出的主上安慰的话语十分炽热：

"只要我在，就不会让你再如此悲伤。现在你失去了父亲道隆大臣，要相信我，我会好好守护你的。不要胡思乱想，安心地依靠我吧。"

主上是一个真诚坦率的青年。

虽说是帝王、天皇，但其中也有像冷泉、花山两院那样，甚至被底层各种蜚短流长、存在某些缺点的君主、脱离常轨的君主、分量不够的君主、无法让臣子心服的君主。而如今的主上在这些方面，不管是哪一点都无可厚非，姿容清俊、气质高贵、情深义重、深谋远虑，年纪尚轻却已集众人敬爱于一身。

而被如此优秀的主上深深爱着的中宫，也正是我的骄傲。主上与中宫是彼此深爱、天地无双的一对。主上用心地安慰着失去父亲悲痛不已的中宫。御帐台里熏香的气味与暖意缭绕，主上一定是一边轻抚着中宫被泪水沾湿的黑发，一边毫不吝惜地给予中宫安慰、爱意、誓言吧。

整个后宫笼罩在一片哀痛中。中宫与东宫女御——这个后宫的女主人，两人几乎同时失去了父亲……

可是，那个夏天，比起对于肆虐中的疫病的恐惧，更加扰乱人心的事情是：道隆关白故去之后，谁是继任者？

"我活到这把年纪,从来不曾这么不安过。不知今后事态会怎么变化啊。"

出仕后宫数十年的老命妇暗地里声音颤抖地说道。

在我看来,内大臣伊周大人在道隆公过世之后,便一直依赖着外祖父,也就是那个高二位入道大人。在高二位大人的影响下,他突然开始热衷于祈祷、加持。

当然,像如今这样不断有人死于疫病的时代,人们也只能寄望于祈祷、加持。伊周大人为了能够坐上关白之位,不断敦促高二位日夜祈祷。虽然已经有了内览宣旨,可是那上面写着"关白病间",是有期限的。如今关白已经过世,便等于重新回到了原点。内大臣大人担心关白之位以及一门长者的实权,是否会落入粟田殿道兼大人或道长公手中。

"我跟高二位说了,要昼夜不停地祈祷。高二位姥爷是当今世上最厉害的修验者,他知道各种各样的独门密法。他正用尽所有的秘术进行祈祷,不可能不顺利的。不可能输给粟田殿或者道长那帮人的。信顺①舅父跟道顺②舅父也都跟我说了不用担心。"

伊周大人发出了刺耳的笑声。

我总觉得,自从道隆公去世之后,内大臣伊周大人似乎在一点点地发生变化。似乎有些地方,伊周大人给人的感觉跟以往不一样了。虽然非常相似,但似乎是另一个复制品。

神经紧张,内心敏感,言辞缺乏慎重的考虑。以前,虽然也跟道长大人有些摩擦,但他从未在人多眼杂、耳目众多的地方说出来。

---

①高阶信顺(生年不详—1001),高阶成忠次子。
②高阶道顺(生卒年不详),高阶成忠第四子。

可如今他用高亢刺耳的声音在信口开河。

宫廷这个地方，谁人于何时、以何种表情观察、倾听周遭的一切，并且将所见所闻传往何处，这些都是不得而知的。尽管入宫只有两年时间，但我已经能够切身感受到，在一个看不到的世界里，无声的诽谤、中伤、嘲笑、反抗、诅咒等在交错飞舞。正因为如此，我在宫中、人前说话，不管是多么知心的人面前——都不曾彻底坦诚、过度坦诚。经房大人他们处理这些细节很有经验，一些悄悄透露给我的秘密消息，不也是慎之又慎，就像是风儿拂过一般，若无其事地悄然耳语而过么？

在宫中，不管是多么隐秘的耳语，都如同爬上屋顶的山伏①吹响螺号一般，音量会被放大，并且伴随着回声四处扩散。看来伊周大人似乎连这基本的顾虑都已经失去了。

——"今后，将会变成怎样呢……"

不问身份高低，世间所有的人心里都充满了这种不安。正因为如此，人心更加摇摆不定。显然，在这种时候，哪怕是针眼大小的片言只语，也可能变成无法挽回的流言蜚语四处扩散。伊周大人那些话是在中宫面前说的。当然，这里只有中宫以及支持已故关白一家的人在场。可是，哪怕是在这种地方进行的对话，也会被泄露出去，宫中社会的复杂之处就在于此。而且，常常是变质之后外泄，真的只能说是匪夷所思。

我装作并未听见伊周大人说了什么的样子，退到远处，故意和其他人私语。伊周大人似乎本意也是跟妹妹私下里说这些，但他的声音透露出情绪之激动，有时难以抑制地变得十分尖锐高亢。

---

①在山野中修行的僧侣。

"母亲也跟我说了：'放宽心，一定会得偿所愿的。你父亲的在天之灵一定会保佑你的。'父亲过世了，粟田殿跟大纳言（道长大人）甚至都不曾上门吊唁。那种薄情无义之人，天道怎么可能加护于他？……哈哈哈哈，母亲如此出言保证，感觉就像得到了百万人的支持一般，你不觉得么？"

伊周大人昂然高声大笑。

他似乎想通过全然仰仗舅父、外祖父还有母亲高内侍贵子夫人，克服眼前的不安。

我听不见中宫的回答。在几帐的另一边，中宫似乎正用雪白的檀纸捂着脸庞，拭去满溢的泪水。

过了一会儿，耳边传来的不再是中宫难以抑制的叹息，而是她好不容易才发出来的、隐隐约约若有似无的回答：

"兄长，一切都不是人力所能及的。这世上的一切事情，都只能依照天意运转。……天命——请等待天命。暂时先放松心情，保重身体。而且，最为重要的是体面、顺利地举行父亲的葬礼，务必多加费心。这是眼前最重要的事情……"

中宫说的十分在理，充满了关爱。不过，她的心意有多少能顺利传达给伊周大人呢？

这暂且不提，我非常理解中宫的想法。中宫对于兄长的疯狂躁郁也感到了不安。

曾经总是飘荡在中宫身边的那种明朗、撩拨人心的愉快气氛，如今已经消失不见了，取而代之的是笼罩四周的哀思以及浓重的不安。中纳言君代表我们这些出仕的仕女们，表达了对于道隆大臣离世的哀悼之情。我也是不管夜里白天，只要待在中宫身边，便悄悄地跟中宫说"请节哀顺变，保重身体"，我能做的也只有这些了。

中宫虽然点了点头，可是她那清亮的声音已经不再雀跃，更不用说绽放笑颜了。

中宫与身为东宫女御的妹妹淑景舍之间，互相书信往来，彼此安慰对方的悲伤。从御帐台中不仅传来了数念珠的声音，还有断断续续的诵经的声音。

道隆大臣在登华殿享受亲密无间的一家团圆，不才是大概两个月前的事情？关白大人因为病苦，容颜消瘦，一身疲态，但是他对一门繁荣兴盛的满足似乎超越了病苦的影响，不停地说了许多轻松滑稽的话。

那一天的荣华，恍如昨日之事一般，中宫更是沉浸于对父亲的追忆中，泪流不止吧。定子小姐身为第一个女儿、未来的皇后，道隆公当初应该是多么疼爱定子小姐啊！

"他是一个非常慈爱的父亲……"

中宫悲伤难抑地跟我们说道，话还没说完，便又被泪水噎住了。

这让我想起了以前与父亲死别时的那种悲伤。中宫是道隆大臣的长女，我是年迈父亲的小女儿，不管哪一个，可以说都是被父亲视若掌上明珠般疼爱的女儿。

虽然我只是一介国守的女儿，中宫是关白大人的千金，而且身份贵为中宫。原本身份如此尊贵的贵人们，自然在家庭中也与一般庶民不同，喜怒哀乐的感情可能变得较为淡薄。然而，中宫跟我失去父亲时一样，一直痛不欲生、悲叹不止，令人心生怜爱。

中宫的悲伤让我的心跟她贴得更近了。

已故关白家的家风，不同于其他身份高贵的贵族的家风，不讲究虚荣体面，是一种坦率、无拘无束的风格。

每隔七日一次的法事，中宫都用心举办得庄严肃穆。

人们私下里都说关白离开得不是时候，因为贺茂祭已经近在眼前。无奈只能等待二十一日贺茂祭结束之后再出殡。

中宫跟内大臣伊周大臣进言：

"先好好举行父亲的葬礼……这是眼前最重要的事情。"

或许也是希望能够借此缓冲一下伊周大人的失控状态吧。伊周大人在关白逝世之后，迫不及待地颁发了各种宣旨。例如要求缩短衣服袖长的奇怪条令。为什么在这种时候颁发那么琐细的命令，世人都难以理解。则光批评伊周大人道：

"想早一点让人看他如何独当一面呗。关白病重的时候，他居然自己奏请配备贴身侍卫[①]。"

"他似乎想独自运作政治，可是世人却心中存疑。关白大人在死之前，已经把一门族长的位置让给了粟田殿。就顺序而言，也该是如此。"

"那么，也就是说，粟田殿将成为下一任关白了？"

因为是在我家里谈论这些，所以跟在宫中时不一样，我说得比较直接。则光一向厌恶地称高二位为"难对付的老头子"，如今似乎更加反感了。

"那个老头子，连关白的法事也没有出席，也不服丧，全身心投入到奇奇怪怪的祈祷中。说不定，为了咒死粟田殿、大纳言道长

[①]平安时代，贵人外出时，依朝廷命令，贴身加以护卫的近卫府官员，持弓箭、刀剑。

大人，他正在捣鼓一些丑时参拜①之类的事情吧。"

"怎么可能。"

"那个老头子可说不准。阴险着呢。不管怎么说，世人都认为按顺序应该是粟田殿继承关白之位。要想改变世人的这个想法，可不容易。高二位一族中的道顺、信顺等人现在应该是最拼命的了……不管怎么说，那些家伙们……根本不是对手啊，与粟田殿、大纳言大人为敌的话。"

则光的口气里似乎带着些许同情。

他虽然讨厌高二位老头子——这个初发意②的二位，但似乎并未直接将此转化为对已故关白一家的厌恶。

这一点与我的兄长致信不同。

"也许……在我们这些人看来，国守、官吏出身，家世背景并不好的高阶一族究竟能爬到何等高度，心里也有一种'加油！再加把劲儿！'的想法……与家世、血统无关的一门，偶然间高攀上了关白，究竟能繁荣兴盛到何种程度，我们也是心怀快意地在一旁看着——不管怎样，就看他们手里的牌如何了。内大臣伊周大人的话，似乎力量有些偏弱啊。"

则光所说的，应该与世人的观点一致。兄长致信只在意大纳言道长公一门，眼里别无其他。而则光并未特别偏向大纳言一方。另一方面，他也没有说因此就期待着粟田殿能成为"第一人"。不管怎么说，对则光而言，粟田殿道兼大人是欺骗花山院退位的罪魁

---

①日本古代的一种咒术，丑时（凌晨一点至三点）将喻为仇恨对象的小稻草人钉在神社的神木上，施加诅咒。

②新发菩提心而入佛道。

祸首。

他似乎对粟田殿有一种根深蒂固的看法。但是，他也并未因此就非得如何如何，不像兄长那样狂热地支持某一方。

可是，为了中宫，我希望内大臣伊周大人能够成为庙堂中的第一人，期待他能够取代已故的关白大人，成为中宫有力的后援。

不可思议的是，已故关白大人居然与他生前的酒友济时大将同一天出殡，也是让人感慨不已。可能在另一个世界里，他们两位加上闲院大将朝光大人，三个人都光着膀子，用装饰有乌鸦的酒瓶正开怀畅饮吧。忘却婆娑世界的愁苦，与意气相投的酒友们一起推杯换盏，敞开帘子与格子窗，摘下乌帽子，露出发髻，喊着：

"拿酒来！"

"太热了！好好通通风！"

或者，道隆大臣的魂魄忧心一门的命运，仍然徘徊在中有①的黑暗世界中？

小一条大将济时大人也是在郁郁不得志中离世，他的怨念也是难以平复吧？大将的妹妹在村上天皇时期，作为宣耀殿女御名噪一时，深受天皇的宠爱并生有一名皇子，可遗憾的是皇子是个痴呆儿，无法将一门希望寄托于他身上。不过，大将的女儿娀子小姐与东宫成婚，跟姑母一样被称为宣耀殿女御，这一位也是早早生下了珠玉一般的第一皇子。

济时大将欣喜若狂。

将来，东宫如果登基成为下一代天皇，那么第一皇子也就自然

---

①佛教名词，指介于今世死有与来世生有之间的五蕴身，即在众生死后尚未正式投胎之间的生命状态。

成为下一代东宫。经过两代人的努力，终于在自己这一辈，实现了一门荣耀的梦想，济时大将肯定也是摩拳擦掌、踌躇满志吧。可惜，才五十五岁，正是即将大展宏图的年纪，却身染疫病倒下，于遗恨中离世。

不是喝酒的时候，他或许会这么想……因为就差一步，梦想未能实现。与此相比，粟田殿刚刚三十五岁、道长大人三十岁，虽然官位居于二十二岁的内大臣大人之下，但他们正当盛年，气势十足，前途无量。

出殡结束之后，则光在我家住下了。

"粟田殿府邸那边车水马龙，一派热闹景象。"

他跟我透露道。

"怎么回事？这么说，粟田殿就快要成为'第一人'了么？"

"看来是这种苗头了。女院虽然不断推荐道长公，但从兄弟长幼顺序来说，不好直接越过粟田殿啊。"

听说则光一族也是赶紧准备了相应的礼物前去拜会粟田殿了。

"听说哪怕到了夜里，上门的人也是络绎不绝，而且都是有名望的高官。似乎宣旨已经下达一般，粟田殿府里的下人们早早就开始饮酒庆贺了。"

则光说道。

我在后宫里听说，粟田殿虽然有儿子，但是膝下无女，在这一点上，他一直非常羡慕已故的兄长关白大人、弟弟道长大人。虽然有一个庶女，但是不怎么讨他欢心。据说他跟神佛许愿，一定要保佑正室夫人生下女儿。如今终于如愿以偿，正夫人正身怀有孕。

如果能成为关白，那可真是有福之人双喜临门。

"——如果正夫人真的生下了千金,将来成为女御,再生下皇子,那中宫肯定会被压倒。求神灵保佑,正夫人腹中的孩子一定是一个男孩!"

我热切地说道。

则光不像我那么激动:

"怎么说呢,那都是十几年以后的事情了,能不能坚持到那时候还不知道呐。道长大纳言在接下去十几年里,正当盛年,不可能老老实实地甘居下风,就在边上看着。中宫也可能很快就生下个皇子,恐怕到时候风向又会发生变化——说到这里,今天听说了一件奇怪的事情。粟田殿由于身体不适,搬到追随他多年的家臣相如①的宅邸去了。呃,就是那个前任出云国国守。听说那个相如以前就很受粟田殿待见,总是溜须拍马,眼看着马上就要迎来粟田殿的时代,便飘飘然放开手脚大肆庆祝。"

"你刚才说搬去,那是为了忌避方位,还是疗养?"

"不太清楚——那种事情就不要管它了。四处奔走、仰人鼻息,我总觉得不合我的脾气,还是像致信大哥那样靠力气走天下,更让人羡慕啊。"

"大哥将来会怎样,简单一句话,还不就是地痞泼皮么。别看他那样,也是仰仗着有权有势的人家呢。……我说,那个粟田殿得的是疫病么?"

"听说是伤寒,正煎服朴叶,具体如何不知道。不管怎样,现在是最关键的时刻,粟田殿下染病的消息可是被捂得严严实实的。"

---

① 藤原相如(生年不详—995),官至正五位下,曾任出云国(今岛根县东部以及鸟取县西部)国守。

"那么壮实的一个人,也会生病么?"

肤色黝黑而且毛多、目光锐利的道兼大人浮现在了我的脑海里。他性格狷介、阴险,是一个谋士,绝非那种讨人喜欢的人,甚至不如说是一个令人恐惧的存在。这位道兼大人自诩是欺骗花山院退位的第一功臣,正因为如此,他早就扬言,如今一门繁荣的关白之位,比起道隆,应该由自己来继承才合适。

他对未把自己立为继承者的父亲即前关白兼家公怀恨在心,不参加他的葬礼,也不服丧,就是这样一个性格激烈、固执的人。一旦心生怨恨,就绝不轻易忘却,是一个记仇、执念很深的人物。

我深信那种人不管发生什么事情,顽强得杀都杀不死。所以,我对则光的话非常感兴趣。如果病得不轻的话,如今悬而未决的关白之位,将会再次回到原点……

"不知道究竟如何,有人说粟田殿的病是高二位初发意的祈祷所引起的。不管怎么说,世事难料啊。"

则光那么说着,手朝我伸了过来。

"咦,那么说,高二位入道谋划着通过诅咒杀死粟田殿了?"

我一边推开则光的手,一边着迷地问道。

"那种现场,尽管谁也没有亲眼见过,可已故关白一家如今的样子真是非同小可。有传闻说,二条邸一町四方①,庄严的诵经声、森严的警戒、彻夜通明的灯火、嘈杂的人声,真是一派非常奇怪的景象。由于这些原因,不管事情是有是无,都会招致人们议论纷纷。聪明人聚在一起,怎么干出这等傻事来啊。'才子毁于才',说

---

①古代日本,一町大约相当于今天的109米。一町四方,即边为109米的正方形面积。

的就是那家人吧。"

"稍等……稍等一下。"

我用力地推开则光那双肆无忌惮地摸进我胸口的手。眼下，我想最好要仔细听听关于粟田殿或者内大臣家的传闻。

虽然这样对不住则光，但现在对我而言：

"那种事情排在第二位、第三位，总之现在满头满脑都是世人究竟会倾向哪一方这个问题，其他的事情都无暇顾及。再告诉我一些那种传闻吧……喂，则光，快把这只手拿开！现在，那种事，快点住手！"

"那种事是什么事？"

"什么事，就是你现在正在做的事！"

"我做什么事了？"

"讨厌……正在说世上的大事，不是那种时候！"

"那种时候，是什么时候？"

则光在那儿逗乐。

而且，紧搂着我的手，一点都没有松开。

"你啊，不管过了多少年，都是一个彻底的傻女人。我还以为你到世间历练一番变聪明了呢，是不是跟你来往的男男女女都比较差劲，所以你一点都没有变聪明啊。早知如此，不如待在我身边，一直守在家里，可能还会更聪明一些咧。"

"住手！我说快点住手！"

"哎呀，难道不是为了这个才让我留宿的么？"

"因为是这种时期！我心想着或许你会有什么新消息。你不也是这个打算么？你就不想从我这里听到一些宫里的消息么？"

"那事是那事，这事是这事，而且我不怎么相信你们带来的消息。后宫传出来的消息多数都是变了样儿的。市井里的牛倌、杂役们说的话还更接近真相。"

"你凭什么说我是傻瓜！"

"因为你说什么'正在说世上的大事，不是那种时候！'"

则光忍不住大声笑了起来。

"喂！关白宣旨又不是送到你那儿去，所以你我之辈，在底下看着那些上层人物乱成一锅粥、各自奔忙就好了，我们是我们，还是得及时行乐啊！"

则光一边说着，一边手上也忙个不停。我用力地摁住他的手：

"就你这样，我还以为成了藏人，升了殿，在达官贵人中间得到磨炼之后，会变得聪明一点呢，没想到一点都没长进，还是跟以前一样的不上台面啊！"

我讨厌则光的粗鲁放肆。如今我既是妻子，又不是妻子，说来算是处于一种死灰复燃的关系中。

如果是大吵一番后分了手，从此不想再见面，那么索性彻底清算干净，分得利落。可如果是不明不白似乎分居了的话，终有一天又会因为某个机缘，让人有一种曾经的日常一直延续至今的错觉。只不过，那个机缘出现的瞬间一定是精彩万分的。这辈子绝无仅有地，则光手上负了伤、斩杀了贼人，以这一不可告人的事件为契机，我们的关系又回到了原先的轨道上。贼人们会不会前来寻仇，检非违使会不会追究，出于这些顾虑，关于那件事，我甚至对下人们都守口如瓶。

则光也是不曾跟妻子等家人们提过一句。因为有共同的秘密，所以我跟则光的关系更加紧密了。当则光悄悄跑到宫中我的房间里来的时候，也能体会到一种不曾有过的战栗与激情，那感觉很好。

可是，一旦来到三条这边的我家，则光便跟深夜里悄悄来到后宫房间时不一样，无需压低声音隐藏身影，简直就像是在自己家中放松自如的一家之主一般，十分惬意。

他变得粗鲁放肆。

那已然是一副"丈夫"的面孔。夫婿的面孔。不再是偷偷摸摸的情人，桩桩件件都让我觉得碍眼。

"可以说是一种情绪么？我并不是要求你必须装成恋人的样子，你也不是能做得了那种事的潇洒男人。但是，至少不要在这里散播那种家庭气息浓重的臭气。指贯脱了四处乱扔，只穿一件内衣，大声地揩着鼻涕，嚷嚷着：'肚子饿了，快让我吃碗水泡饭！'我讨厌这些。"

我板着脸越说越激动。这个男人已经不是我丈夫了，所以即使惹他生气也无所谓。我用不着看他的"丈夫"面孔。

这个宅邸是我的，我自己从中宫、甚至可以说是从关白大人府上领取津贴年俸，而不是靠则光扶养。

这些地方，必须让大大咧咧的则光好好领会。

"我说讨厌的时候就是讨厌。女人就是如此。即使讨厌，也强忍着顺从男人的要求，那种事情，我绝对做不到。这一点，我跟你家里安分老实的妻子不一样，希望你能好好记住。"

则光一骨碌仰面朝天，接着朝着我这边支起了手肘，讽刺地说道：

"原来如此，有道理！可真是对不住。那么，那个什么，当你讨厌的时候，我该怎么做才好呢？"

"好好享受知性的对话，例如关白之位会落入谁手中之类。"

"好吧，知性来咯！那么，如果你想要那个，我却不想要那个的时候，那该怎么办呢？"

"你不是没有不想那个的时候么？！"

"什么话！我也有心情不好的时候，比如现在。"

"那岂不是正好！两个人谁都不想。"

"好，回去了！"

则光忽然起身，穿好了指贯。

"被你说成那样，我也待不下去了。而且，还要一一看你的脸色，今天究竟该进行知性对话呢，还是可以那个了，想清楚了再行动，谁受得了！去你的！鼻子翘到天上去的蠢女人！你们这些混账女人最好待在后宫沾满灰尘的阴暗房间里，整天跪倒在地，为中宫或者关白大人的话语感激涕零就行了。总是那么劈头盖脸地驳叱男人、得意洋洋的话，迟早有一天，心眼儿跟月经都不见了，脑袋瓜跟身子都变得皱皱巴巴的！"

"你说什么！粗鲁、愚钝、不知世事、突然发癫的蠢货则光！像你这种人，怎么会懂那个精彩的世界！"

我这么一发火，则光便捏着我的脸颊：

"吵死人的女人！"

"还在说呐，吵死人了。为什么你这家伙嘴上总是不饶人，不能输给男人、不能输地硬撑着。看来你家老爷子真是太宠着你了……"

我忍不住笑了出来。

实际上，我对则光骂我的那句"迟早有一天，心眼儿跟月经都不见了，脑袋瓜跟身子都变得皱皱巴巴的！"感到觉得非常可笑，我跟他回嘴，其实是用骂人的方式代替了笑。则光也笑了出来。

则光当然没有回家，他留了下来。

月色皎皎的夜晚，因为暑气炎热，便把格子窗跟窗板都打开了。月光照了进来，流淌在两人的被子上，一片莹白。

则光睡得很沉。

一切就像是过去十年间的婚姻生活的延续一般，则光也说我"一点也没变聪明"。尽管如此，还是跟往日不一样了。

则光也变了。

我们变了模样，再次重逢，既非恋人也非丈夫，却又如此亲密地肌肤相亲。这让我不由得深有感触。月光更是勾起了我的思绪。像这样，刹那间，突然掠过心间那一瞬淡淡的感动，我已经很久没有动笔将它们写下了。尤其是从疫病流行的这一年开始，仓惶得甚至失去了提笔的心情。可是，积善寺供养法会那天发生的一切、登华殿的团圆，那些我必须在遗忘之前把它们写下来。——故关白大人离世后悲伤的日子，正夫人贵子落发为尼，中宫用白色的檀纸紧紧地捂住脸忍声哭泣，这些悲伤的事情，我一个字都不写。

弁君似乎曾经说过……

"海松子，那本草子里，只能写二条邸里诸位人物的精彩一面……不喜欢的事情、难受的事情，不写也罢。那些是现实，人们藏在心里就足够了。那种东西一点不值得写下来……"

我远远地望着则光的脸，把这个则光的事情也写下来吧。对了！那次"草庵"事件。

那时候，则光不是把它当成自己的事情一样满心欢喜，一脸笑意地来跟我报信么？

"——有一件令人非常高兴的事情，心里想着要早点告诉你，一整个晚上都兴奋得睡不着。"

他那么说道。别人称赞我,他认为就跟自己面上有光一样,十分高兴。尽管那样,我却故意冷淡地问他:

"怎么了?临时除目,你升官了?"

我心里明明知道却佯作不知,故意打岔,挖苦嘲弄。多么可爱的一个男人啊——则光。

或许,则光真的爱着我?不管怎样,一度中断的关系,又这么再次复活了,我总觉得有一种非同一般的、不浅的缘分。面对经房大人或栋世,我总是难以迈出最后一步。可是,跟则光,不知不觉就变成了这样的关系。这也许是男人与女人的业障吧。

我把则光的"可爱"也写进草子中吧,就说我深深地爱着这个男人的可爱,非常喜欢他的可爱。

那些阅读草子的读者们,只要是女性,哪怕时隔千年,也一定会明白则光的优点与可爱。

那么,她们也一定会羡慕曾经被那么"可爱的男人"爱过、也爱着他的我。

"……则光。"

则光嘴里嘟嘟囔囔地说着些什么,一边喷着酒气,睡梦中把我抱住了。接着他说:

"嘉汰子……"

那是则光的妻子,就是左眼和右眼大小不一样的那个女人的名字。看谁还会把他写进草子里!

四月二十七日。

朝廷终于给右大臣道兼即粟田殿下达了关白的宣旨。

前去给住在出云国前国守相如府上的粟田殿贺喜的百官的车挤得水泄不通。

听着那喧闹声，幸运儿粟田殿无奈地承受着极度的痛苦，一身黏汗地躺着。

十五

出云国前国守相如的宅邸在中河①，庭园中有池塘、遣水②、假山等等，是一栋雅致精巧的宅邸，不过不为世人所知。之所以这样，是因为相如这个人不属于仕途晋升的主流，平生不遇，不曾荣耀显赫过。

这个人相当于是时平③大臣的儿子敦忠④中纳言之孙。虽说的确是出身名门，但家系却有着不怎么光彩的过去。

时平大臣陷害菅原道真公，引起了道真公的怨恨，甚至子孙后代也受到他的诅咒。相如是时平大臣的曾孙，世人认为他仕途发展不顺利，人际关系也不尽如人意可能与此相关。

多年来，相如与粟田殿道兼大人私人关系密切，一直仰仗着粟

---

①也称作中川。东京极川沿着位于平安京东侧的东京极大路，自一条大路朝南流向九条大路，其中二条大路以北部分则被称为"中川"。此地点也曾经出现于《蜻蛉日记》与《源氏物语》等平安朝文学作品中。

②将庭园外部的水引入庭园内部的一种造园手法。

③藤原时平（871—909），官至正二位，左大臣，死后赠正一位太政大臣。平安时代初期的公卿。

④藤原敦忠（906—943），官至从三位，权中纳言。藤原时平第三子。三十六歌仙之一。

田殿。世人都跑到关白道隆大人那边献殷勤，他却对权势所在之处丝毫不在意，一心侍奉着粟田殿。关于那栋建造得十分精美、风雅的宅邸，他平日里都说：

"这只是为了让大人忌避方位时有个去处，所以才修建的。"

因此，道兼大人为了疗养，便搬到了相如府里。府里的装饰摆设都是相如精心加工完成的，尤其像是拉门之类，相如在上面自己动手画画，道兼大人也颇感兴致。可是移居此地之后，道兼大人的身体状况似乎并未好转。

这时，关白宣旨下来了。

粟田殿的欣喜自不待言，而作为主人的相如则更是喜出望外：

"大人！终于……终于……相如终于等到了这一天！恭喜大人！……"

据说他当时喜极而泣，放声大哭。

"我们的宅邸刚好建成，这个时候，能迎来如此大喜之事，是相如这一生最大的荣耀……真是太高兴了……我觉得自己活到今天就是为了这一刻。"

相如拉着道兼大人的手说道。

从道兼大人得到相如这般仰慕来看，他身上或许有一些男人眼中的魅力。在我们女性看来，他给人的印象是一个阴险、冷酷的谋士。男人们的友情，终究是女性所难以理解的。

不久，便络绎不绝地有人赶来祝贺。府里挤满了牛车、马匹等等，似乎世上所有人都聚集到这里来了。可是，这里多少有些过于狭窄，关白就任仪式等也无法在此举行，所以决定道兼大人暂时先离开这里。然后直接前往皇宫觐见主上，表达谢意。按照惯例，第一次以关白身份觐见主上，必须有精心选定的身份高贵之人陪同。之后，道兼公的正夫人也离开相如府邸，返回二条粟田殿自己的府邸中。当时的随行人员，不管身份高低贵贱，都混杂在一起饮酒庆祝、酩酊大醉。大路上挤满了人，还不断有人加入，就这样一路涌进道兼大人自己府上。

等候接应的道兼府上的众人也是欣喜若狂，当时那种热闹，可以说是前所未闻。

"——闹腾得有点太过头了，结果惹得有些人不高兴了。"

经房大人偷偷地告诉我。

与此相反，伊周大人的宅邸则是冷冷清清。

"——真是成了笑柄。早知如此，还不如不当那个临时摄政呢。一下子，近在眼前的关白之位就被抢走了，估计连孩子都会嘲笑我吧。真是没法见人了。"

听说伊周大人抱膝长叹。

——紧接着，又有说"粟田殿的病情好像相当严重"的消息四处流传。

整个皇宫里，从早到晚，不知真假，各种消息漫天飞舞。

甚至连殿上人也已经心神不定，十分浮躁。受其余波影响，后宫也染上了几分躁狂不安的色彩。政局没有稳定下来，主上似乎也无法平静，一脸忧色。中宫则是待在二条的娘家里，一心只为父亲祈求冥福。就像她对兄长伊周大人说过的那样："——凡事均有天命"。

她似乎已经想得非常清楚了。

可是，我之所以会那么想，是因为心里有些偏向伊周大人。所以，我非常在意道兼大人的病情。

我最方便利用的便是经房大人。这位贵公子带来的消息，其特点在于对上层的动向把握得客观、精准。

要说则光，这个男人告诉我的消息，往往带着则光风格的色彩，而且经常夹杂有下人或者底层的谣传，这是它的特征。此外，我还有致信兄长路径来的消息。不过，这些完全是往"道长大人"一边倒的消息，虽然肯定也传达了部分事实，但是感觉视角有点受到局限。

经房大人偷偷来到二条邸我的房间里，告诉我：

"新关白刚刚退下了。"

"怎么样？既然可以觐见致谢，就算情况不佳，应该也没什么大碍吧？"

我也压低了声音。说不定，待在隔壁房间的人是粟田殿一方的人，或者也可能是与伊周大人这边的高二位初发意一个鼻孔出气的人。不管是哪一方，就算待在中宫的娘家里，也不能放松警惕。

"终于在主上面前致谢了，可是好像仅仅这事就已经让他精疲力尽了。粟田殿甚至无法直接从殿上离开，在御汤殿①的马道入口处，找来了负责开道的人，倚靠在他的肩上，从朔平门离开了。"

"是么。那整个人看起来怎么样？"

"面色全无啊。他原本就长得黑，现在变成了青黑色。冠帽也歪了，看起来呼吸很是困难……那个样子，不知道还能否胜任关白这一要职。大家都十分惊慌，不知道究竟是怎么回事。"

经房大人说着，又匆匆忙忙地离开这里，去什么地方了。

---

①天皇沐浴的地方，位于清凉殿的西北角。

到了晚上,我又从同为仕女的右卫门君那边听到了这样的消息。参议兼任检非违使长官的实资①大人,前去祝贺粟田殿。道兼大人让人放下了主屋的御帘之后,把实资大人叫了进去。听说好像在道兼大人病卧的寝室里,见到了他。——从今往后,希望能够仰赖您的大力支持,于公于私,我都非常高兴此番有机会能够报答您。今后还请多加关照。今天这种模样跟您见面,我知道非常失礼。因为期待着今后您能给我出谋划策,心里非常想跟您说明这一点,所以也顾不上失礼,把您给请到这里来了——好像说了这些吧。因为他也说得断断续续的,实资大人只能推断他大概是说这个意思。恰巧有风把御帘吹了起来,实资大人趁机看了一下道兼大臣,大臣靠在扶手那儿。

"已经面容瘦削,胡子也长得稀稀落落,眼眶深陷,脸色就如同死人一般。一边喘着粗气,一边还不停地说着自己成了关白之后,想做这个,想做那个,讲了自己的各种抱负。听说实资大人当时什么话都说不出来,十分悲伤。"

据说右卫门君是从侍奉实资大人的仕女那边听来的。

这位实资大人是名门小野宫家的继承人,博学多才,声名在外。我们后宫仕女之间都偷偷地说他是:"好女色的实资大人。"

这位大人将原先花山院的一个女御迎为正夫人,夫妻关系和睦,却不知为何,经常染指身边的仕女。他自己说是"想生个孩子……",其实就是天生好色,而且还有爱吃窝边草的癖好。

所以说如果没有把男人社会的评价跟女人社会的感触相结合,

---

①藤原实资(957—1046),官至从一位,右大臣,世称"贤人右府",其撰写的汉文日记《小右记》是后世了解平安时代的重要文献。

是很难了解一个人的真面目的。

这些暂且不谈,总之根据这个消息,道兼大臣的病情已经是相当严重了。听说伊周大人那边的阵营一下子又恢复了喜色,祈祷也变得更加狂热。

"——他们想要咒死道兼大人。"

"啊,真是不祥!不管怎样,也不能那么做啊。"

这些风言风语,当我从走廊经过时,便悄悄地传进了我的耳朵。门的背后,悄悄地传来了低低的笑声:

"有时间想什么缩短衣袖的制度之类,还不如好好操心自己势力缩小的事情。"

"……呵呵呵。"

"哈哈哈哈。"

似乎是男女在密谈。他们正在嘲笑伊周大人。我的脚步声让说话声一下子停了下来,之后,只留下了越来越远的衣服窸窣作响的声音以及暗夜中似有若无的熏香的残香。不知是谁的嘴巴,也不知是谁的耳朵,之后流言蜚语便变成了一种实体,开始行走四方。

当然,粟田殿府邸那边不可能公开宣布:

"关白病重。"

可能觉得在刚刚荣升关白的府邸里祈祷、读经,也是不太吉利,所以勉强偷偷进行,表面上一片风平浪静。

警卫处里,日夜都有人聚集到这儿来。随从、小厮饮酒庆贺,醉了之后吵吵嚷嚷,人们完全想不到府邸的主人病情严重,连日常的起卧都非常困难,甚至头都无法抬起来了。

出来收拾局面的是道长大人。

安排府内事务、经管各项例行事务，为兄长新关白设法妥善处置一切。可是，他那积极奔走的样子反而给世人一种"粟田殿欠安"的印象。

新的一个月来了，如今关白府上已经无法掩饰关白病重的事实了。府里到处都是祈祷的声音，作为寺庙、高僧的报酬，大量的财宝、马匹被搬运出来。作为我们来说，觉得道兼大臣的夫人真是可怜。

她有孕在身，这该是多么艰难的每一天啊。道兼大人一直心怀期待："这回一定是女儿了。"如今他已经成为关白，如果夫人再生下女儿，真可以说是双喜临门……

五月八日早上，听说六条左大臣[①]、桃园中纳言[②]因疫病过世了。虽说左大臣已经七十四岁了，但是连大臣、中纳言级别的朝臣都死于疫病，五位六位及其以下的身份的人的死亡数目之大，则更是让人震惊。究竟要到什么时候，这个疫魔才肯收手？

当天下午，新关白道兼大人终于走了。离众人为他荣升关白恭喜道贺，刚刚过去了七天。世人在底下偷偷说他是："七日关白。"

夫人出家了。人们都纷纷劝她说身怀六甲不要出家，可她还是坚持。

两个儿子才一个十一岁、一个八岁，年纪尚幼。道长大人如今是左大将，他为兄长之死痛哭流涕，并着手安排葬礼事宜。

"真是一个好人，不顾自己会触死秽，所有事情都亲力亲为，带头安排葬礼的各项事宜。真是敬仰自己的兄长。"

[①]源重信(922—995)，官至正二位，左大臣，赠正一位。
[②]源保光(924—995)，官至从二位，中纳言。

这消息是听兵部君说的。可是，当初他的长兄道隆公过世的时候，他甚至不曾前去吊唁，引得世人都为之侧目。

他为粟田殿如此尽心劳力，似乎也可以理解为他是故意做给伊周大人看的——我在经房大人的指点下，开始喜欢从更深的角度思考问题了。

且不管道长大人如何，可怜的是相如。

听说他匍匐在主人尸首的脚下，不肯放手，号啕大哭。送葬那天夜里，他也是不辞辛苦地尽心侍奉，结果劳心过度，一下子卧病不起。相传这是相如吟咏的和歌：

倘若梦外可逢君，
纵使长醒又何妨①。

相如紧随着道兼大人也离开人世了。

关白的宣旨依然没有颁发给任何一方。从二条北宫往里面一点便是东三条南院，那里有伊周大人的府邸。那里跟这边可以随时往来，如果有什么动静，马上就能知道个一二。

伊周大人那边，应该是非常用心地直接跟主上恳求，而道长大人那边，则是通过主上的母后东三条女院来推动。

我们什么都做不了。

就在一个月之前，前任关白道隆公逝世的时候，世间人心惶惶，老人们都慨叹：

"活了这么久，从来不曾这么不安、焦心过。"

---

①此和歌收录于《词花和歌集》中。

现在比那个时候更胜一筹。究竟是道长大人,还是伊周大人?世人似乎也是处于模棱两可的心态中。大家都想着必须尽快赶到获得大权的那一方去,必须让对方认可自己的殷勤。所以,把二者放在天平上,不断地衡量,希望能够尽早得到消息,私下里焦虑非常。

中宫每天诵经度日。

虽然主上频频送信过来,由于服丧期间多有顾忌,中宫只能三次里回复一次,寥寥数行,草草写就。中宫离宫之后,宫里没有其他女御,不难想象年轻的主上该是多么地思念中宫。

东宫那边,宣耀殿女御带着大皇子离宫返家服丧,也是十分孤单。他不断写信请女御回宫,可是女御出于对疫病的恐惧,回宫的时间一再推迟。

也许,出于对中宫的爱怜,主上对颁发关白宣旨一事再三犹豫——。

尽管如此,终于在五月十一日,宣旨下达给了道长大人。

"宫中杂事,一切事宜,予以内览关白。"

掌管天下及百官的宣旨颁给了道长大人。

事情的具体经过,根据我从经房大人那边打听到的,应该是这样的。

据说出于对中宫的考虑,主上就宣旨颁发给道长大人一事,再三犹豫。

先是失去了父亲道隆大臣,如今又变成了道长大人的天下,主上担心中宫的立场会变得非常艰难。据说就连当初把宣旨颁给粟田殿时,主上已经犹豫不决。到了道长大人,则更是如此。

可是，如果颁给伊周大人，只怕母后那边又不高兴。

"为什么要选择那种毫无人望、乳臭未干的小年轻？关白必须是具有执掌天下、统领百官的实力之人。那个伊周，实在让人无法相信他有那种器量。我想主上应该也非常清楚这一点。身为帝王，必须做到不为私情所左右，公平对事。"

东三条院当面谏言道。

与父皇圆融帝缘浅，一直在母后身边长大的主上，如今依旧是无法忤逆母后的性格。他经不住女院的劝谏，便躲着尽量不跟她见面。即使女院召见，他也托辞不去。与其说他对女院推举道长大人一事感到不满，不如说他实在听不下去女院一直贬斥伊周大人。

不管怎么说，他与伊周大人及其兄弟，由于中宫的关系，一直相处融洽。与风华正茂的伊周兄妹一起快乐度过的这些年，对于孤独的少年天皇来说，是无可替代的珍贵回忆。尤其伊周大人既是主上学问方面的老师，又是志趣相投的朋友。伊周大人一家宽松自在的家风，爱好学问但又不死板拘泥，幽默风趣、喜欢社交的阳光性格，对于主上而言是极具魅力的。

可是，主上心里也知道，这与政治实务是两回事。主上断定，如果选择伊周大人，则自宫中而下，全天下人未必会追随他的领导。这是主上犹豫的原因。主上是一个英明、懂得变通的人。

不过，断然立即起用道长大人的话，又觉得对中宫于心不忍，主上应该是这种心情吧。

最终，女院自己冲到了主上的住处那里。主上一进到夜间休息的寝殿中，女院便随后进了门，一直跟在主上身边，痛哭流涕地劝说道：

"为什么迟迟不给道长颁发宣旨？伊周年纪轻轻就越过道长当上了大臣时，我就觉得道长太可怜了。不过，那是当时还在世的道隆强行那么安排。因为这件事，道隆扰乱了世间的秩序，失去了人心。道隆的所作所为，主上不一定能够加以反对，这也是可以理解的。可是，如今不一样了。如今正是需要主上照理行事，让大家见识主上英明的时候。我认为，既然曾经任命道兼大臣为关白，如果不给道长颁发宣旨，那么与其说道长可怜，不如说将会影响主上的清誉，世人也不会信服。"

据说当时道长大人进宫后，就一直在主上的寝殿守候着。

当然，就是为了等着女院给他带来好消息。

可是，过了一刻钟，女院还没有出来。

是凶抑或是吉？道长大人心里焦躁不安。那是很长很长的一段时间。

突然，主上房间的门一下子打开了，女院出来了。她脸色发红，眼睛哭得发肿，可是嘴边却浮现着满意的微笑。

"啊！宣旨终于下来了！道长大人，恭喜了……"

道长大人连话都说不出来，额头贴在了地上。

"承蒙女院厚爱关照，不胜感激之至。今日之恩，道长此生不忘……"

女院拉着欣喜得泣不成声的道长大人的手，心满意足地说道：

"不，我的关照微不足道。是主上的英明，你前世的宿缘。你天生命运就是如此，仅此而已……"

她怜爱地望着自己最喜欢的小弟。

"快，把手抬起来。从现在开始，你已经是天下的第一人，藤原氏一族的族长了。快，快，这个模样，可不符合你的身份。——这样，我也松了一口气，最高兴的应该是天下苍生吧。……最近一段时间，世间也是过于动荡不安了。从现在开始，你要沉稳治世，成为国之栋梁，辅佐主上，安定民心，让一切早日平静下来。"

"您的话，我铭记在心。"

"隔了这么久，今天晚上，我好像可以好好睡个觉了。"

女院一脸悦色地说道。

"道长大人"，经房大人带着点儿调皮说道，

"比较招比他年长的女人喜欢……正夫人伦子的母亲那边，将他视为中意的女婿，从不怠慢，十分疼爱。女院那边，为了这个可爱的弟弟，也是各种偏袒。他可真是划算啊……说到这，伊周大人由于中宫的关系，反而倒是吃亏了。因为主上的宠爱太深了，结果导致女院对中宫的嫉妒，这种反作用力也落在了伊周大人身上，不是这样么？"

经房大人明快地分析道。

"少纳言你怎么想？从婆媳角度来看，女院嫉妒儿子的媳妇，也有这种可能吧？不管身份如何高贵，人的感情都是一样的吧。"

"一样么？我以前认为上层人物跟下层人物的情感是不一样的。"

我说道。

关于宣旨恐怕不会颁发给伊周大人一事，我当时也已凭直觉判断出来了。女院说是前世的宿缘，其实我觉得世上的事情，就像水流一般，总是自然朝着低处流去，一旦发生了什么，其原因不是昨天今天的事情造成的，往往是相当长的时间内积累起来的。

这不是伊周大人一个人的责任，他的父亲道隆公的经历、一生的事业，还有母亲那边的高阶一族……是这一切一起反噬造成的。高二位他们更加投入地举行秘密仪式、祈祷等等。

"有人七天就死了。这一回也不知道结局如何。只要老法师还在，你就放心好了。"

据说他们这么告诉伊周大人。

我能猜出人的命运流向。虽然，我仰慕伊周大人，对他怀有好感，但是猜出命运的眼睛是另一双眼睛。

我自己也知道这一点。

另一方面，经房大人是道长大人的妻弟，而且道长大人十分疼爱他，把他认为义子。虽然是这种立场，他看道长大人的眼光，依然清醒。他冷静地爱着道长大人。

在这些地方，我们俩有相似之处，或许彼此也心知肚明。

意气相投，也许就是因为这个吧。

"先不管女院，世间难得的便是受婆婆疼爱的媳妇。"

我说道。经房大人笑着说：

"这个有意思，少纳言，把'世间难得的'写一章在草子里吧。得到丈人夸奖的女婿，也是少有啊。"

"容易拔毛的银镊子[①]。"

我说道。经房大人来了兴致：

"不说主人坏话的仆从。"

"男人和女人，或者都是女人，相亲相爱，一直到最后的。"

[①] 一说为镊子多是铜铁制成，银制的镊子本来比较柔软，不好使力，却能很好地拔毛，故而难得。

我说道。

"不行,这个不要写。我和你怎么样,关系不是挺好的么?而且,将来这种关系肯定会保持一辈子的——就算你变心了,我也会让你回心转意的。"

可以一起说这些话的男性友人真是令人愉快。我忍不住笑了出来,后来才知道,因为这件事,我招到了人们的误解,说是:

——宣旨颁给了道长大人,少纳言高兴得都笑出了声。

这话从何而来,我不知道。把这个消息告诉我的是右卫门君,也许出人意料地,正是她自己四处乱说的,也不一定。

——少纳言好像是道长大人的拥护者。她经常跟那边府上联系,息息相通啊。

也有这样的流言。这只是因为我曾经在聊天时,说过自己与兵部君是旧识。仕女中也有人跟道长大人的正夫人鹰司殿身边的仕女过从甚密,不见得只有我一个……人们的心里都长了倒刺。

在二条邸中的生活十分沉闷。在这里,不由得会想起去年二月在积善寺举行供养的事情。故关白大人心情愉快,跟我们开着玩笑。真是没有想到,仅仅过了一年多,世事发生了如此翻天覆地的变化。

人们沉默着,府邸中已经不再有笑声。

彼此之间互相猜疑,在中宫面前也不怎么开口了。顾及中宫的心情,以往无拘无束随便闲聊的众人如今也变得寡言少语了。终日诵经修行的中宫,更是不可能展开笑颜了。

梅雨过后,一下子进入酷暑,疫病再次卷土重来。令人可怜的是山井大纳言道赖大人,他年方二十五,正值青春,却身染疫病而亡。

他是伊周大纳言的异母兄长。祖父兼家公尤其疼爱他，便将他收为自己的养子，加以栽培。兼家公去世以后，他的位置在伊周大人之下。

不过，他深受人们的喜爱，人缘很好。在中关白一门中，他的名声是最好的。听说道长大人也为山井大纳言之死感到惋惜。

写了《蜻蛉日记》的兼家公的夫人也过世了。年纪多大？今天是谁？明天是谁？世间尽是这些消息。最近，摄津国①国守为赖②的和歌，人们口口相传。

世间愿其长生者，
奈何永逝渐已多③

对此，东宫那边的女藏人④小大君⑤应和了一首和歌：

生者赴九泉，
逝者日渐多。
如此人世间，

---

①相当于今天的大阪府北部以及兵库县的东南部。
②藤原为赖(939？—998)，官至从四位下，摄津国国守。紫式部伯父。
③此歌收录于《拾遗和歌集》中。关于为赖与小大君的和歌赠答，在《荣华物语》中亦有记载。
④在后宫侍奉的下级女官，多在内侍、命妇手下负责一些杂事。
⑤生卒年以及家系不详。曾经在三条天皇（居贞亲王）的东宫时期，担任过女藏人，也被称东宫左近。

吾命有几何？①

故道隆公的四十九日祭也结束了，时间已经过去了两个月。

中宫即将返回宫中。虽然穿着丧服，不过她身上终于又开始散发出往日那种美丽的风情。

"少纳言。"

中宫唤我道。

"怎么了，最近。"

"啊？"

"连你也垂头丧气的，那怎么行！"

"是，是的。"

"少纳言，这种时候，正是要靠你率先给我们鼓劲儿啊。"

我战战兢兢地抬头看着中宫的脸，那是多么诱惑人心、充满魅力的微笑啊。昔日的天真可爱，加上那尝过人世艰辛之后更有韵味的表情，在我眼里显得更加炫目美丽。

"打起精神来！心里尽量想着快乐的事情，轻易不认输。少纳言，你会支持我吧？"

"不敢当……"

我用袖子遮住了脸。不管什么时候，别人说我什么，都不曾哭泣的我，听了中宫的这句话，落下了眼泪。

中宫进宫的六月十九日，也是道长大人升任右大臣的日子。道长大人进宫面圣致谢，仪式之后宴会的喧闹一直持续到了深夜。

---

①此歌收录于平安时代后期藤原为经(生卒年不详)编撰的《后叶集》中。

主上因此直到半夜才跟中宫相会。不知道两人彼此交换了如何深情的话语，从垂挂着沉重的绢制帷帐的御帐台那边，一整个晚上都传来了低声私语。

只有中宫与主上的日常恢复到往日的样子，后宫中又再次听到了笑声。

"怎么了？宰相君，右卫门君，中纳言君。跟以前一样，热闹起来吧。这里是远离男人们公务的世界，是女人的王国。不要连我们也卷入那些无聊的事情中去，希望大家就像以前那样悠然自在。"

中宫那么说道。

一天一天，中宫脸上那充满活力的血色又回来了。

与主上之间，以前甜蜜的新婚时期的亲密和睦也恢复了。或许是这个让中宫心情变得靓丽、眼睛变得明亮吧。那圆圆的眼睛就像星星一样。

有时，伊周大人也会来。

那张圆润、白净、气质高贵的脸，最近看起来似乎有几分怒相，但这反而让这位大人显得更加威严。中宫跟以往一样，温婉地安慰着他，是一个贴心的妹妹。淑景舍也进宫回到了东宫身边，时常给中宫写来鼓励的书信。中宫对她而言，是一个可以依靠的姐姐。

总之，在故关白大人（道隆公）过世之后，一家的顶梁柱看起来如今应该是中宫了。

另外，中宫可能也下定决心了："我必须成为扇钉①。"

---

①扇钉是扇子最为重要的组成部分，扇子的开合全靠扇钉将大骨小骨聚拢。

六月的最后一天，举行大祓①这一重要的祭神仪式。

中宫尚在服丧，要避开祭神仪式，必须从宫中退出。

由于中宫职后妃室②方位需忌避，便改为前往太政官厅的朝所③。这处建筑是高级官员们用早餐的地方。夜里很热，便权且先睡下了。早上起来一看，发现是一处非常奇怪的建筑。不是常见的那种桧树皮修葺的屋顶，而是唐风的瓦片屋顶。也没有格子窗，只在四周悬挂了御帘。

"哎呀，真稀奇！"

我们都很高兴。我和年轻的仕女们一起下到庭园里玩耍。庭前种了许多忘忧草，正一丛丛地开着。

看起来跟这种官厅庭园正相宜。时司（观察漏刻计时，并敲钟通知时间的部门）就在旁边，钟声听起来也觉得不同寻常。

"咦，钟楼居然那么高！"

大家都兴致勃勃地往上看。我一说：

"要不要爬上去看看？"

"赞成！"

"太好玩了！"

大概有二十个人跑了过去。她们一个个地爬上钟楼，我在后面帮她们提着衣裾，或者推她们的臀部好让她们爬上去。可是没人帮我往上推，结果我没能登上钟楼。

---

①每年六月、十二月的最后一天，亲王以下的朝廷百官聚集在朱雀门，为祓除万民罪秽而举行的祭神仪式。

②中宫职后妃室经常作为中宫的临时居所使用。

③位于太政官厅东北角的建筑物。举行仪式时，参议以上的官员在此用餐。有时也会在此执行政务，举行会议。

我看着高高的上方，仕女们挤满了钟楼，淡青灰色的裳裙、唐衣、单衣、红色的裙裤随风飘动，简直就像天女下凡。

"快停下！请下楼！拜托各位了。"

时司的官员拼命地叫喊着。可是，没有一个人听他的。

其他人好像到右卫门府的警卫处那边去了，在那儿玩耍了一番。

"真是不像话的仕女们。"

"住手！公卿们坐的椅子，居然有人想要踩上去！啊……那个不能拿出去！"

官员声嘶力竭地叫着。可是，正在兴头上的仕女们根本不听官员的制止：

"喂！要不要把两个叠在一起，爬上去看一看？可以偷看隔壁官厅哦。"

"凳子会坏掉的。"

"管他呢！"

"凳子，天哪，坏掉了！快住手！求求你们了，快停下吧。"

官员带着哭声说道。年轻的仕女们觉得好玩，更是好奇地这里摸摸，那里碰碰，动动器具用品，彻彻底底地淘气捣乱了一番。

这样也无妨。

不管道隆大臣过世也罢，伊周大人从第一人的位子上被拉下马也罢，如今，后宫的女主人只有"定子中宫"一个。

而且，不是什么女御、更衣身份，她早已坐在尊贵的中宫之位上，与主上相亲相爱，亲密无间。

中宫的地位稳如磐石，毫无障碍。伊周大人等人、中宫娘家一门上下，即使在政治斗争中落败，他们也可以仰仗中宫一个人的存在，内心强大坚定。

我们仕女稍稍借点中宫的威势，好好快活地玩一玩，又有何妨？

仕女们的总负责人、上等仕女中纳言君接到来自外记厅①、侍从所②官员的抗议后，大吃一惊：

"少纳言跟着一起去，居然还让她们那么胡来。你可得慎重一些指导年轻人呐。"

又不是每天都那么做，偶然来到这么个稀奇的地方，大家稍微有些兴奋而已。在我看来，年轻人们的那种活力，反而会让后宫势力的示威更有效果。

待在左卫门卫所里的卫士们，看到附近一向只有男人的这些地方，居然有秀美的年轻仕女翩翩跹跹地冒了出来，有说有笑自在逍遥，都擦着眼睛不敢相信：

"哎……那是什么？……大白天变戏法么？"

不过，他们都是些年轻男人，所以当他们突然看到太政官厅、阴阳寮附近出现了女人们隐隐约约的身影，听到女人们的声音时，似乎还挺高兴的。

"大祓一直不结束就好了。有女人们来这边，单调乏味的勤务也养眼了。"

他们开玩笑道。

上了年纪的官员们则是一脸不满，好像说了这些话：

"都说鬼和女人最好不要出现在人前……职业女性的轻浮样子

---

① 位于皇宫建春门以东，外记局的办公场所。
② 皇宫里侍从们集中的地方，位于外记厅南面。

真是让人无话可说。我家的女儿,不管发生什么事情,也绝不让她进宫出仕或给人打下手之类。"

"女人老实待在家里,不要抛头露面,照顾丈夫、抚养孩子就可以了。不炫耀才华,对谈情说爱之类毫不动心,守好家庭就行了。"

这种守旧的男人的想法,最让我气愤了。细想起来,以前的则光、年轻时的则光也是那样。经常那么说着,想要管束我。就是那样的则光,在他等待多年终于得以升殿后,发现了一个新的世界,他看到了女人的各种职场、生存方式、女性人生的一角,改变了他以往的观念。

干脆利落地安排日常事务,顺畅无碍地运作节庆活动,统率部下,下达命令,他看到后宫仕女们的这些样子,十分震惊:

"女人也能做这些事……"

而且,以前是他的妻子、一家主妇的我,淡定从容地跟有身份的上层官员们说说笑笑,得到"歌坛第一人"公任宰相的重视,一代才子、声名在外的头中将齐信大人认为我"不可轻视"、跟我说"要永远保持彼此的友情"。我如今是这样一种存在,他对此由衷地惊叹。

所以,也许可以说,他看待女人的眼光一点点地开始改变了。(当然,在则光那里,就此对我十分尊敬,与我是女人、是他原来的妻子、如今也依然可以毫不拘束地把我看作他的妻子,这看来似乎完全是两回事。)则光是个奇怪的男人,他只认可人格的核心——不同于教养、能力、技术之类,也许可以说是人存在的根本。

这个暂且不提,先回到刚才的事情。"中宫殿下的仕女们"不听管束、难以对付，一下子出现了这种风评。许多头脑顽固的人觉得很不愉快，认为已故关白大人（道隆公）离世才刚刚两个月，仕女们就这个样子。可是，最关键的中宫，即使听说了年轻仕女们的欢快劲儿，也只是好玩地笑了笑。在我看来，中宫似乎努力地想要：

"开朗……开朗……想也没有用的事情，就不要去想……"

白玉一般清丽的脸庞上，似乎可以看见以往所没有的成熟的忧郁。当然，这也是一种让中宫更添几分妩媚、看上去有一种神秘美的忧郁。

公卿、殿上人等等，不知道是否对我们待在太政官厅中感到浓厚的兴趣，时常前来拜访。

这座建筑物热得简直无法形容！

正值盛夏，本来就暑气炎炎，又因为建筑物是唐风的，屋顶铺的是瓦片。我们平常居住的宫中殿舍，屋顶铺着厚厚的桧树皮，而且地板离地面很高，通风良好。桧树皮修葺的屋顶挡住了暑热，屋内十分阴凉。而瓦片屋顶，白天太阳暴晒带来的热气，入夜之后仍然无法散去，屋内一直热得人像是要蒸发了似的。我们实在忍受不了，便跑到御帘外面，一个个躺倒在那儿睡觉。因为是老房子，有时会有蜈蚣、马陆从屋顶、墙壁上掉下来，蜜蜂在屋檐近处、抬头就会碰到的地方做了个很大的窝，十分可怕。

殿上人们每天都到这样的地方来拜访我们，跟待在宫里梅壶[①]时一样热闹。夜里也是不管什么人，大家一起聊天或者玩一些简单

[①]后宫七殿五舍中的凝华舍的别称。因庭院中种植有红梅、白梅，故而被称为"梅壶"。

的游戏，直到深夜。不知道是谁，模仿诗歌的形式，高声吟咏：

岂计太政官地，今夜行庭①。

这样一句，真是有趣。

日历上，时已立秋，但暑热依然不减。不过，因为不是住在宫里，可以听见虫儿鸣叫，也颇有情趣。

明天是七夕、七月七日。中宫八日即将返回宫中，所以这难得的太政官厅生活，也只剩下两个夜晚了。

头中将齐信大人、宣方中将、道方②少将等壮年贵公子们一起过来了。仕女们来到门口附近跟他们聊天，说到了关于明天七夕的事情等等。

我好不容易等到这个机会，连忙跟齐信大人问道：

"明天七夕，要吟咏什么诗好？"

齐信大人不假思索地答道：

"春天的诗比较好。'人间四月芳菲尽，山寺桃花始盛开……'"

"哎呀，我输了。这回被你扳回一手了，头中将。"

"啊哈哈哈！怎么样，没忘记上回的事情吧。"

"的确如此，果然……"

说着，我也非常高兴。

因为像齐信大人这样有才学的人，居然把我说过的一句话，记了好几个月……这应该可以解释为他对我的敬意吧。

---

①不承想太政官执行政务的地方，居然成了夜晚游玩的场所。
②源道方（968—1044），官至正二位，权中纳言。

今年春天的四月,在我的房间里,夜里聚集了许多男人,聊了很久,不知不觉中天已经亮了,齐信大人说着"差不多该告辞了",一边站起身来,突然他吟咏了一句七夕的诗:

"露应别泪珠空落。"

当时,我打趣他"好性急的七夕!"他笑着说"糟了,在这边随便开口可是会丢人现眼的啊"。他没有忘记这件事,这回是七夕,便故意相反地举出了一个四月的诗句来反击。

当时,宣方中将也在场,可是现在我跟齐信大人的对话,他却听得一片茫然。

"我说,怎么了?那是怎么回事呀?"

宣方大人已经可以说是个中年人了,却总是使用一些柔媚的女性措辞。

"呐,初春的时候,在少纳言房间里,我不是吟咏了七夕的诗句后被她驳倒了么?"

听齐信大人这么一说,宣方大人说道:

"啊,对对,是有那么一回事。"

然后笑了。其实,我不喜欢反应迟钝的人。齐信大人他们,不都心有灵犀一般,应对敏捷么?

女人不容易忘记事情,这是理所当然的。男人一向健忘,却能把跟女人之间的应酬一一记在心上,这真的是非常难得。边上的那些人,不论男女,他们都不知道我们在饶有兴味地说些什么,一副不可思议的样子。

不过，这位齐信大人也是个能干的人，听说他应该很快就会平步青云。听我的信息源经房大人说：

"首先，明年春天，应该就会当上参议吧。他是一条殿①那一脉的，与中关白家、道长右大臣都没有关系，所以反而晋升得更快。他是个聪明人，道长大人也很看重他。"

齐信大人成为参议后，将彻底只属于台前的男人社会。藏人头由于在天皇身边侍奉，所以跟后宫之间联系紧密，与我们也十分亲近。参议则无需前来后宫。齐信大人那精彩、优美、朗朗上口的诗句朗诵，以后再也听不到了。

中宫回到了宫里。几天后，一个非常炎热的午后，我收到了一封信。那封信，该怎么形容呢，深红色的薄款信纸附着一枝开得满满的红色瞿麦花一起送过来的。说起那一天的炎热，真是……我们把手放进冰水中，然后再按着喉咙，或者贴着太阳穴。不断地扇着扇子，干渴的嘴巴里含着冰块。痛苦得不知该怎么处置身体，天气热到发烫。

就在这个时候，那封红似火的书信附着红色的花儿，被送到这儿来了。

"——真是太别致了。"

我非常开心。

这就是所谓的以毒攻毒、以暑制暑吧。这么一来，反而产生了一种连汗水也吸走的清爽的紧张感，十分有趣。

"是谁来的信呢？"

我好奇地看了看，上面不是写着"——栋世"么？

---

①齐信的父亲藤原为光。一条殿原来是藤原为光的住处。

"我的心盼望着什么时候能跟你见面,就像深红色的瞿麦花一般热情似火。在等你来信的过程中,今年的夏天又过去了。炎炎酷暑,请多保重——致海松子。栋世"

字面圆熟老到,甚至可以说带着几分凉意。没有胡搅蛮缠的逼迫,也不像出家人那样远离情色,只是在享受这种挑逗的乐趣。这样的书信很适合作为中年人的消遣。而且,这样红彤彤的一封信,在盛夏的烈日之下送过来,有一种"干得漂亮!"的感觉。

我立刻想到,等到中宫那儿去的时候,要好好展示一下。

入夜后,渐渐开始吹起的凉风中,中宫惬意地放松着。她让宰相中将朗读物语,静静地听得入神。两个女藏人在稍稍离开一点的地方,扇着用槟榔叶制作的团扇,轻轻地给中宫送着风。中宫一下子就发现我来了:

"——这个物语没意思。差点儿都要打瞌睡了。尽是一些好像在哪里听过的场景……少纳言,你说话很有意思,把你即兴想到的,直接改编一下说来听听看。"

她说了一些我意想不到的话。

"哪里。怎么可能那么……"

"不,你说的话总是非常形象生动。听着听着,觉得真是如你所说,这样的事情很多。"

"是么。我自己完全没有发现……"

我说完,右卫门君立刻不怀好意地说道:

"快看快看,少纳言已经当了真,脸上都开了花了——中宫殿下真是会让人开心。"

大家都笑了,中宫似乎也觉得有意思:

"如果总是评解《宇津保》、《竹取》①之类，那样也太无趣了。像'草'、'虫子'、'游戏'这些'什么什么如何'的，好像也说差不多了。快点吧，什么都可以……"

"不，物语等等，不是那样的。"

这时，传来了一声：

"主上驾到！"

每一次见到主上，他都变得更加威严、高贵。今年十六岁，个子长高了，身形也更加壮实了。第一次见到主上时，那像美少女一般温柔、天真的身姿模样已经不见了。

不过，他那从容温和、亲切中带着威严的表情，现在依然如故。

"我把殿上人叫到这边来了。我跟他们说了要带琴、笛子过来，你可以弹琵琶么？"

主上对中宫说道。

"我想这样对你是个安慰……也是为已故关白祈求冥福吧，我也一起来吹笛子。"

他这么说道。我们知道，这是主上真心为中宫着想的一片苦心。

"好久没听你弹琵琶了，有些寂寞。"

主上一再说道。这是因为他一心想鼓励中宫振作起来吧。

"不知道会不会污了您的耳朵。"

中宫说着，手里拿过了中纳言呈上的琵琶。这时候，殿上人都一起进来了，房间前面、小厢房附近，都挤满了男人。

---

① 平安朝物语的代表性作品《宇津保物语》、《竹取物语》。

琴横放着，笛声响起。

情致盎然的夜晚开始了。

终于，周围渐渐开始暗了下来，大殿油灯一盏又一盏地点起来了。御帘的金属构件、莳绘家具上的金粉，在微暗中闪闪浮现。格子窗没放下来，所以隔着御帘，中宫的身姿恐怕会落入厢房那边的眼帘吧？中宫可能觉察到了，只见她突然上半身转了个方向，将琵琶立在膝上，遮住了脸。

灯光下，中宫风姿绰约。她叠穿着红色的衣服，手持光泽夺目的黑色琵琶，衣袖半掩，真是明艳照人。

尽管她侧着上半身，但依然可以从那倾泻而下的黑发中间，清楚地看见她洁白的额头。中宫暂时停止了弹奏，倾听众人的琴声、笛声。

"——犹抱琵琶半遮面"。

跟白乐天《琵琶行》诗中所描写的一模一样。只是，当时弹奏琵琶的，是身份卑贱的长安歌女。

我悄悄地跟宰相君耳语：

"《琵琶行》中的歌女，肯定没有这么美。中宫的身份可跟她不一样啊。"

宰相君立刻也明白了，可能觉得这很有趣吧，特意从济济一堂的众人当中穿过去，说给中宫听了。

中宫笑了，朝这边看了过来。

"少纳言，你知道'离别'的心情么？"

她说道。"离别"——在《琵琶行》的结尾，有一句"别有幽愁暗恨生，此时无声胜有声"。停止弹奏，抱着琵琶若有所思。中宫邀我共赏这种情趣的动人之处。

啊，这一瞬间的情趣，我已经很久没有动笔写了。那天夜里，回到自己房间，我急急忙忙地取出了草子，写下了这一夜的感动。

如果我不写的话，有谁会写呢？

中宫的美丽与那些欢喜雀跃、即兴情致，有谁能表达呢？也许终有一天，连我自己也只能将这一切视为遥远往昔的记忆，一颗老去的心也忘记了感动，甚至失去书写的欲望……

——不，只要是中宫的事情，或许我就算变得再老，也不会忘记……

虽然这么说，有些不敢当，但是中宫和我是一对少有的朋友，我们都对世间事物怀着一种感动："有意思！""真美……这个世界真是充满了美好的事物。"

"我说，我说，你不觉得么？"

那些无法诉诸语言、眼神交换的瞬间，那一瞥让我心中掀起喜悦的波澜，我如何能将这些压在心底呢？

为了已故的关白大人，中宫在每个月的十日、他的忌日那天，都会举行法会。九月十日的供养是在中宫职房间那边举行的。众多公卿、殿上人前来参加。讲经讲得非常有技巧，而且由相貌清俊、声名在外的清范[①]担任讲师。他给众人说教，那饱含悲切的语调，让平日里对信仰不感兴趣、调皮的年轻仕女们也都听得落泪了。

法会结束之后是宴席。酒过三巡，开始有人出来吟诵诗歌的时候，头中将齐信大人用他那响亮悦耳的声音朗诵了应时的诗歌：

[①] 清范（962—999），平安朝奈良兴福寺的僧人，居住于清水寺，也称清水律师。容貌俊秀，能言善道，受到小野宫一门、藤原实资等人的推崇。

金谷花醉之地

花每春匂而主不归

南楼嘲月之人

月与秋期而身何去①

　　心底似乎被什么击中了一般，我深受感动。我不停地擦拭着眼泪，用手拨开人群，努力地想要靠近中宫。已故关白大人那愉快的笑容、总是说着玩笑话的样子，浮现在我的眼前，"身何去"——人消失到何处去了，无处诉说的悲伤，在齐信大人的吟诵中，融入一种快意，这正是所谓的陶醉吧。我想把这一切告诉中宫。

　　中宫正从里面膝行而出，她也期待着我前来觐见、靠近她。

　　"我刚才想，少纳言肯定会受到感动的。"

　　中宫先是对我这么说。

　　"真是精彩……居然挑了一首就像是特意为今天的法会而作的诗歌来吟诵……头中将真是一个明白人啊。"

　　"是的。那真是……我被他的朗咏深深打动了，想起了已故关白大人……"

　　"是的，语调也朗朗上口，富有男子气概，而且充满了深情。"

　　"的确如此。"

　　我用心表述的样子，中宫似乎觉得有趣，她笑道：

　　"少纳言跟他关系亲近，所以就更是那么想了吧。"

---

①题为《为谦德公报恩修善愿文营三品》，收录于《和汉朗咏集》中。准确地说，并非诗歌，而是菅原文时为菅原道真写的愿文中的部分语句。

这样，我和中宫，每每有什么事情，便会互相问对方："你听说了么？""怎么想？"

不一一讲述了，我再次开始把偶然间觉得有意思的种种感怀，写进了草子中。一想到将来把它拿给中宫看，心里就充满了热情。中宫不是曾经说过么？——"少纳言，那本《春曙草子》，一定要继续往下写哦。那些不时浮上心头、稍纵即逝的想法，不写下来的话，很快就会忘记了。"

例如，关于风。

跟右卫门君、式部君交谈关于风的感想，将会是何种情况？当然，跟则光或者栋世说的肯定不一样。换做齐信大人，情况也不一样。倒是跟经房大人，可能聊得来。

最值得诉说的对象，终究还是中宫殿下。

如果我告诉中宫："我喜欢风。"

她一定会说："是么，我也喜欢——风，你喜欢什么时候的风？"

"暴风雨——我喜欢听着暴风雨的夜晚。此外，三月的傍晚，伴着雨，慢悠悠地吹过来的风，也很有情趣。八、九月份，夹着雨吹来的风也……"

初秋的风，伴着雨，很是喧嚣。斜斜的雨脚。夏日里穿过的缝有薄棉的衣服，加上一件生绢的单衣，这么穿着也很好。夏日里，即便是生绢的单衣，也觉得憋闷、热得难受，甚至想要脱下扔掉，然而不知不觉中，居然已经如此凉快了。这么想着也很好。

以前，中宫不是对我草子中的一段话颇有共鸣么？

"初秋时节，把残留着一点汗香的薄衣盖在身上午睡，那种虚幻中带着一些伤感、优雅的情趣——"

中宫还称赞它为"敏锐纤细的文章",她一定会明白我"——喜欢风"的感觉。

破晓时分,推开格子窗或门时,一下子扑面而来的风。

九月末、十月初的时候,天空阴沉沉的,风呼呼地刮着,黄色的叶子簌簌飘落,那个时节的深切思恋。

不过,不管怎么说,没有比秋台风更有意思的了——我现在这么写着的时候,外面狂风乱刮了一整夜。狂暴的秋台风将皇宫的巨大屋檐吹得摇摇晃晃,侵掠而过。

卫士们的脚步声。

远处,物品被刮倒的声音。

远处,有人在呼唤着什么人的声音。隔壁房间突然传来了低声说话的声音,灯光隐隐约约地从壁代①上方透了下来。

第二天早晨起床一看,发现变得更有情趣了。立蔀、篱笆等都东倒西歪。庭院里栽种的胡枝子、女郎花等花木都被风吹折了,大树的树枝断了之后飞了出去。格子窗的每个小框框里都细细地沾着树叶,这简直不像是狂风所为。这时,宰相君出来了。这人是个美人儿,跟一片狼藉的庭院形成了无比鲜明的对比。她穿着深红色的打衣,搭配着枯黄色织物做成的衣裳、薄绸小褂,是个清秀的美人。

"我一整个晚上都没睡着,少纳言你呢?"

"我也是。天快亮的时候,才终于迷迷糊糊地睡着了。"

"好像现在风还是很大啊,我非常害怕风。"

---

①寝殿造建筑中,通过在悬挂绢或绫的方式,代替墙壁,将主屋和厢房隔开。有的用数层绢织物缝制而成,可以遮挡视线,也可以御寒。

她一边说着，一边从主屋稍稍膝行而出。被台风侵袭过的庭院，有一种别样的情趣，她睁大了眼睛看着，低声喃喃道：

"是以山风谓之岚①。"

风将宰相君的头发吹起，垂落肩头散了开来。

这时，小兵卫君出现了。她年方十七八岁，青春年少，之前也登上过那个时司的钟楼，性格活泼，是个大美人。喜欢美人的我，对她很中意。这个人虽然不是小个子，但举止稚气，意外地看起来像个孩子。现在，她也是说着："我也要到外面去，好好看看台风过后的样子。我想到庭院那儿去"，然后把御帘往外推开，羡慕地看着庭院里花木那边的女童们。她穿着有些残破的生绢单衣，搭着一件褪了色的浅蓝衣服。但她的头发富有光泽，而且十分浓密，那种美真是……她伫立着，秀发倾泻在背上，发长超过了身高。

"挖那里，把那棵花扶起来……"

她正从御帘里给女童们发出种种指示。太阳出来了，庭院里栽种的花木上面沾满了露珠，熠熠生辉。屋檐、篱笆上挂着的蜘蛛网上，露珠闪烁，如同串着珍珠一般。

由于露重、风吹，胡枝子有些东倒西歪。每当露珠掉落，花枝便会摇动。结果，人们都没用手碰它，它就"啪"地反弹回去了。

人的美。

自然的美。

这种情趣，除了中宫，还有谁能明了呢？我将继续把这些写在草子上。在心里不断地诉说……

---

①此句出自平安朝六歌仙之一文屋康秀的和歌。原歌为"吹くからに秋の草木のしをるればむべ山風を嵐といふらむ"（秋山风起草木枯，是以山风谓之岚）。